U0536397

《梧桐深处》书系

港口纪事

许 评 —— 著

中国书籍出版社
China Book Press

图书在版编目（CIP）数据

港口纪事/许评著. --北京：中国书籍出版社，2021.6
　ISBN 978-7-5068-8518-8

　Ⅰ.①港… Ⅱ.①许… Ⅲ.①短篇小说—小说集—中国—当代②散文集—中国—当代 Ⅳ.①I217.2

中国版本图书馆 CIP 数据核字（2021）第 121008 号

港口纪事

许　评　著

责任编辑	杨铠瑞
责任印制	孙马飞　马　芝
封面设计	中联华文
出版发行	中国书籍出版社
地　　址	北京市丰台区三路居路 97 号（邮编：100073）
电　　话	（010）52257143（总编室）　（010）52257140（发行部）
电子邮箱	eo@chinabp.com.cn
经　　销	全国新华书店
印　　刷	三河市华东印刷有限公司
开　　本	710 毫米×1000 毫米　1/16
字　　数	206 千字
印　　张	15.5
版　　次	2021 年 6 月第 1 版
印　　次	2021 年 6 月第 1 次印刷
书　　号	ISBN 978-7-5068-8518-8
定　　价	95.00 元

版权所有　翻印必究

"梧桐深处"系列丛书
编委会

编委会主任：董　秀（女）

编委会副主任：蒋祖逸

编　　　委：（按姓氏笔画为序）

　　　　　　王玉祥　宁家瑞　许　评

　　　　　　张　帆　钟　芳（女）

　　　　　　徐云芳（女）　蒋祖逸

主　　　编：蒋祖逸

执 行 主 编：王玉祥

编　　　辑：张　帆

总序
为民族文化复兴鼓与呼

伫立于百年未有之大变局中，举国上下正凝心聚力为民族复兴而奋斗，中华民族迎来了前所未有的重大历史机遇和伟大复兴的光明前景。实现中华民族伟大复兴需要中华文化繁荣兴盛。数千年的人类文明史无不证明，但凡优质的文化皆具有超越时空的属性和魅力，它们既是民族的，也是世界的。与此同时，那些广受认同的文化成果又是不同时代无可替代的精神标尺，它不仅能标示出文化创作个体的精神维度及价值向度，更能够丈量出具体时代的人文高度。从文化的传承发展来看，优秀的文化种子可以散播在任何地域，至于如何才能更好地生根、发芽，乃至茁壮成长，则取决于生命个体能否汲取时代精华，在漫长历史发展中流芳。

在古今中外优秀文明成果的濡染和中华优秀传统文化的引领下，近年来盐田文学艺术界日趋成熟，呈现蓬勃向上之态势。盐田地处深圳东部，依山面海，历史源远流长，地理位置优越，自然环境优美，民俗文化丰富，历来都是艺术创作的风水宝地。2020年恰逢深圳特区建立40周年，我们欣喜地看到，在山海盐田丰富的人文气息浸润下，在盐田区文联的精心培育与指导下，在盐田广大艺术家的共同努力下，八册之丰的"梧桐深处"文丛终于和大家见面了，这既是盐田为深圳特区建立

40周年献上的一份礼物，亦是艺术家们内心美好祝福的自然绽放，可谓水到渠成、锦上添花，也见证着深圳盐田文学艺术界"主力军团"跨上了一个新的起点。

遍阅"梧桐深处"系列文丛可知，就艺术表现手段而言，它是一部体裁多样的文学作品集以及用文学作底蕴的摄影艺术集，反映了盐田区在经济、政治、文化、社会和生态文明建设各方面取得的成就，记述了百姓的幸福生活，描绘了繁荣发展的美好景象。如此鲜明而有趣的组合，既凸显了盐田文艺界在文学创作方面的优势，也映衬出盐田摄影艺术在促进历史、人文和性灵相互融合方面的独特魅力。同时，这也昭示着盐田尚有更多闪光点值得继续深入发掘与展示，譬如，书画、音乐、戏剧、影视等别的艺术门类也表现不俗，渐呈崛起之势。

聚焦丛书作者们的社会身份，既有盐田区文联主席蒋祖逸先生、盐田区文联秘书长王玉祥先生及盐田区作协主席钟芳女士等各自领域的带头人，也有数位来自基层一线优秀的业余作者。他们都有着令人钦敬的共性，那就是深爱盐田这片热土，同时对文学艺术表现出异乎寻常的热爱和坚持，或许这才是他们能创作出有思想、有温度、有感染力的优秀作品的初心。

党的十八大以来，特别是习近平总书记主持召开文艺工作座谈会后，在习近平新时代中国特色社会主义思想的指引下，我国文艺界引发了一股股勇于登攀文艺高峰的热流，呈现出百花齐放、蓬勃发展的生动景象。正是在新时代文化盛世下，盐田文艺乘势而上，努力创作出无愧于时代、无愧于人民的艺术佳作。"梧桐深处"付梓成册，是盐田文艺事业浓墨重彩的一笔，是深圳文艺发展成就的有机组成部分，也是中国当代文艺发展的一次有益探索。

是为序。

深圳市盐田区委常委、宣传部长　董　秀

目 录

小 说 ……………………………………………………… 1
    港口纪事 ………………………………………………… 3
    妹夫海浪 ………………………………………………… 19
    妻子小何 ………………………………………………… 36
    成长日记 ………………………………………………… 69
    校园四师记 ……………………………………………… 98
    菜园记 …………………………………………………… 119
    我的大哥 ………………………………………………… 136
    老王 ……………………………………………………… 141
    隔壁疍家阿姨 …………………………………………… 145

散 文 ……………………………………………………… 151
    读书随笔七则 …………………………………………… 153
    旅游札记 ………………………………………………… 176

跋　写给普通人 ………………………………………… 237

小说

港口纪事

每年的暑假我都会在妻子老家港口村住上一段时间。

这是地处赣北皖南交界的一个小乡村。两条小溪在村中交汇，一条清澈，一条浑浊，如果从山顶看，两条小溪泾渭分明。它是港口村的灵性所在，承载着港口村历史记忆与生活的喜怒哀乐。江南的山村大都与水有着千丝万缕的联系，山与水纠缠不清，演绎着人世间的兴替与悲喜故事。虽然没有"滚滚长江东逝水"的历史沧桑与雄壮，但涓涓细流更真实，更当下。为方便村里人洗涮、浆洗，村口小溪边砌着青条石。晨光未曦或是日薄西山，村口妇人洗衣之声此起彼伏。以前读"长安一片月，万户捣衣声"不太能绘出生活场景，如今听着妇人们棒槌用力捶打衣物，小溪的石台上响声一片，顿有一种超越现实的感悟。妻子说，她已经不太适应这种洗衣方式，怕这棒槌捣坏了城里单薄的衣物。是的，城里人精致的衣物怎经得起捶打？

每天石板上有节奏的捣衣声唤醒了港口，在薄薄的雾霭中，妇人谈论家长里短；落日的余晖将洗涮的妇人们的脸映得通红，一天的生活在洗涮的锅碗瓢盆、衣物中慢慢退场。江南的小溪承载着不仅是最基本的需求，而且赋予了江南人妩媚多情。一首香港歌曲"我看青山多有情，青山亦笑我多情"，不错的，江南的山是有情的，如果没有相依相伴的水，一汪清澈的溪水，那多情的青山，就少了神韵。

我更喜欢山村的清晨。

新农村建设已经取得很大成效，乡间常见的砂石路已经难见踪影了，村村通上了水泥路。在村口立了两块碑石，记载了两条乡间小道的修建的情况。两条路都连在不远处的高速路、国道上。要想富，先修路，这是农村沟通外界的最重要的物流保障。路，加速了物质的流通，促进了思想的解放。从这点上说，路何止是富裕呀，其实是打开了世界的一扇门。

早晨的乡道是宁静的。城市如同巨大的水泵，不断抽走乡村的青壮年男女，像港口这样300户的大村，暑假只剩下老人、孩子。千百年来曾经对土地怀着痴情梦想的中国人，在城市化、现代化的冲击下，对这块养育了千百年的土地失去了信心，土地再也不能承载人们对物质的渴望。

"回来了，什么时候走？"

"某某打工寻了钱，盖起了大房。"

"某某在高速工地赚了钱，买了小车。"

"某某在深圳开了公司，一年要赚好几百万啊。"

成为港口日常的对话。

几十年来，中国经历了一场彻底的物质化运动，从最繁荣的城市到最边远的乡村，人们聚焦在金钱上，金钱成了评判一个人的成功与否的主要标准。

清晨的乡村也是热闹的。小路在山野间蜿蜒，几只喜鹊在高大枝头叽叽喳喳，一群山雀在电线上列队，扑棱棱惊扰了一只白鹭的梦。清晨的乡村是属于鸟儿的，鸟鸣急促而悠扬，和谐在空旷的山野间，空旷的小路，留下我的脚步。"独坐幽篁里，弹琴复长啸"，虽没有古人的雅意，但是忍不住"长啸"。哦——哦，气出丹田，浑身舒畅。不禁想到竹林七贤在山野长啸，那是孤独者的情怀。蒋勋在《孤独六讲》里对"啸"有精辟的描述。

"'啸'那是一个孤独人走向了群山万壑间张开口大叫出来的模样。我们现在听不到阮籍和竹林七贤其他人的啸，可是《世说新语》里说，当阮籍长啸时，山鸣谷应，震惊了许多人，那种发自肺腑、令人热泪盈眶的呐喊，我相信那是动人的……而这些孤独者竟会相约到山林比赛发出这种不可思议的啸声，大家不妨看看《世说新语》，便会理解到'啸'其实是一个极其孤独的字。"

凡能歌善舞者大多来源于这空旷的田野。广西的高山密林才会有刘三姐的对歌，你听沟壑纵横的漫漫黄土孕育了遒劲的信天游，风吹草低见牛羊的大草原才会有冬不拉悠扬的旋律，大凡动人之音皆出自心底的孤独啊！在空旷的山野中，是需要歌声来纾解灵魂的。可是我不会唱歌，我只剩下喊声，远远达不到古人"啸"的境界，自然也只能是"喊"了。

谁说山野无声，清晨的山野是喧嚣的。沿着山脚溪流在欢唱，旋律时急时缓，一道石碣挡住溪流，声音顿时喧嚣起来，奔腾而下；平坦之处，溪流宁静而平缓。清泉石上流，我以为清泉石上"唱"更恰当。溪流滋养下的稻田正在灌浆，微风拂过，密密的水稻翻起了层层的绿浪，荡漾在群山的绿海中。远处群山笼罩在雾霭中，如在迷离的梦里。她在向我招摇，我跑到雾里，原来是一个山村，"白云生处有人家"的境界也就是如此吧！我还未到村口，村里的狗儿顿时狂吠起来。停下脚步，掉头返回，还是不要惊扰村里的梦吧。妻子、儿子已经在村口等我，一群山羊咩咩叫着走在小路上。

（一）表弟新运

新运是妻子的表弟。

妻子的小姨几年前死于癌症。姨夫入赘人家，剩下一儿一女，女儿新凤去年也嫁人了，如今家里只有一儿新运。

第一次见新运他还在读初一。

小个，圆脸，小眼睛，大门牙。两只大牙外突，十分醒目。新运很健谈，知天文，晓地理，每个老师他都谙熟，聊起村里掌故头头是道，没有村里孩子的木讷。每次说到兴起，就会很响地擤鼻涕，哗一口浓痰脱口而出，毫不顾忌。妻子不喜欢他，觉得他不讲卫生，说话浮夸。

如今他已经二十出头了，来来去去打工，总没有常性，干三两月就辞工，一点工资都花在路上。一日下午，在路上遇见了骑摩托车的新运。

"姐姐，你有没有摄像机？"急刹车，单脚撑地，一辆崭新的大洋摩托在阳光下锃亮。

"你要摄像机干啥？"妻子问。

"你看，我不用双手骑摩托车，一直能骑十几里。"他自豪地说，"我想拍下来，申请吉尼斯纪录。"

身形几乎大了一倍，皮肤黝黑，嘴唇下已有密密胡须，只是那两颗牙没有变化，差一点认不出他。

"你别成天瞎想。多赚点钱，娶一个媳妇，踏踏实实过日子。"妻子劝道。

"我出名了，就可以赚很多钱。"他急切地说。

"没有，我没有摄像机，你找别人借。"妻子生气地走了。

新运摇摇头，一溜烟消失在路的尽头。

妻子说起小姨、说起新运总是唉声叹气。小姨是当地少有的高中毕业生，学了裁缝，嫁到了离港口十里的叶村，日子很殷实。家里大大小小的事情都是小姨一人打理，姨夫是一个烂忠厚的人，没有什么能力。十年前，花费多年积蓄建起的新屋被洪水冲倒了，小姨只好四处打工，省吃俭用又盖起了新屋。姨夫嫌花钱，两个孩子初中毕业就去打工了。

新凤的日子也过得很潦草。前几年打工认识一个安徽阜阳王姓男子，后嫌穷，离开了阜阳。新凤受人怂恿加入了传销组织，小姨病重，姨夫去把她找回来，可是在火车上，新凤趁姨夫打瞌睡，下车走了。直到小姨病死，新凤也没回家。新运倒是被家人催了回来，可是在小姨病中，母子如同路人。

小姨死去不到一年。

姨夫入赘人家，新凤嫁到景德镇，家里只剩下了新运。如今新运越发痴呆，头脑里总是有些奇思怪想，总是胡说八道，村里人劝姨夫带新运去市里看看病，姨夫说没钱。如今小姨一走，整个家都散了。小姨一生辛苦，死后荒凉，尸骨未寒，姨夫就匆匆抛家别子。每说道此岳母眼圈总是红红的。

岳母可怜新运，每次回村里都会叫他来港口吃饭。再见到他，他的话已经不多了，端起饭碗，蹲在角落，埋头吃饭，一大碗白米饭，风卷残云落肚，也不夹菜。

"不要再捡烟头，自己挣钱买烟"，岳父递给他两包烟。他抬起头，脸黑瘦，慌忙放下饭碗，在那件灰色的T恤衫擦擦手，接过烟，小心地放在裤兜里。在与我对视的一刹那，他的目光落荒而逃。低声嗫嚅，听不清他说什么，只是两颗大板牙依旧。

吃完饭，他也不说话，用力擤鼻涕，哗一口浓痰飞到门外，匆匆走了。看见他踽踽独行背影消失在村口，心理堵得慌。

"哎，新运这一辈子也娶不上媳妇了。"岳母收拾新运吃完的碗筷，感慨道。

"村里人都知道他脑子有问题，谁还敢嫁给他，缺衣少食的，现在沦落到捡烟屁股吃。"岳父慢慢倒满一杯酒，气愤地说，"有病治病，胜远（姨夫）真不是东西，扔下儿子就走了。"

我的头脑里又浮现出新运那张小圆脸。"姐夫，我们的老师可笑得很……"

（二）表弟源栋

源栋是妻子三姑的小儿子，今年14岁。

姑姑家源港村距离港口村有10里路。十年前，三姑姑曾带着源栋在深圳一家幼儿园打工，当时联系并不多，印象并不深。

2018年暑假回到港口村，岳母说源栋爱钓鱼，让他一起陪我钓鱼。一日，我在港口桥下钓鱼，一小个子男孩拿着鱼竿来钓鱼。

"姐夫，"他边说边解开缠绕好的鱼线，麻利穿好蚯蚓，轻轻一拉鱼钩，鱼竿成一弯弓，熟练抛出鱼线。

我以为是村里的孩子。

"这是源港的源栋啊！"妻子一手拎着一桶衣服，一手牵着儿子来到河边。

"源栋？"我迟疑道。

"就是小时候在深圳打工三姑姑的儿子。"妻子说，"你忘记了，那时候他才四岁。"

"这里没啥鱼，都是一些小白条。"他熟稔地提竿，将一条手指长的白条拉出水面。他熟练摘下鱼，放在妻子带来的水桶里。儿子喜欢玩水，小手欢快地抓桶里的小鱼。

"姐夫，港口村鱼比源港多。"

源栋喜欢钓鱼，他说源港没什么鱼，只能偶尔钓到巴掌大的鲫鱼，他喜欢来港口玩，每次来港口都会带上鱼竿，港口村的水深有大鱼。

近几年新农村的建设，港口村变化很大。村道路面硬化了，堆在村口的垃圾也有专人负责清扫了，沿着小溪的一边的小楼重新粉刷了，还专门修了景观栈道。闲着的时候，就去溪边寻一浓荫四蔽处钓鱼。白天天气过于炎热，没有什么鱼获。夜钓意趣要好得多。妻子总是担心夜钓，时常让源栋陪着我。几天下来，与源栋熟识起来。

夜晚，桥头下洗浴的人散去了，水面渐渐平静，我与源栋来桥头钓鱼。夜晚溪边蚊虫闹得厉害，穿着拖鞋的源栋屡屡被攻击。啪，啪，源栋不断打蚊子。

"姐夫，蚊子不咬你？"源栋手拍个不停。

"你看，我擦了驱蚊水，全身都包裹起来了。"我递给他驱蚊水。

夜光漂在夜幕中十分醒目，突然漂没顶了。

"姐夫，提竿。"源栋兴奋地说。我用力一扬，一条巴掌大的鲫鱼拉出水面，"哗哗"地在水面挣扎。

"源栋，你这个年纪守得住寂寞、爱钓鱼的不多啊。"我熟练地解鱼。源栋凑过来，看看这尾巴掌大的鲫鱼说，现在这么大的野生鲫鱼少了。尤其是今年年初修景观栈道、修大坝，港口小溪连续干了三次水。

"我就喜欢钓鱼，家里只有我一个人，无聊时我就来钓鱼。"夜钓顶灯照在源栋稚气的小脸上，我猛地发现他的脸型同妻子几乎一模一样。他把鱼放进鱼护。

源栋很健谈。没有鱼口的时候，他聊起了学校住宿生活。经公桥镇只有一所初中，大部分孩子是住宿。现在住宿条件比以前好多了，一人睡一张床。说到伙食，他很夸张地说："那就是比猪食强一点。"

聊起学校逸事，他头头是道，脸部表情生动，略带嘲讽的语言，我突然想起了新运。十年前新运也是这样笑。

源栋钓鱼很熟练，不时拉出手指长的大眼睛鱼。

"姐夫，你是不是嫌我话太多。"他把鱼放到我凳子下的鱼护中，"其实我最怕暑假了，妈妈在温州给人家当保姆，哥哥在广州打工，爸爸每天在外面干活，家里只有我一个人。"

"我真是搞不懂大人哎，妈妈一年就回来几天，心里不知道有没有我这个儿子。"他熟练拉饵，上钩，抛线，他自嘲道："爸爸每天也不知道忙啥，我是典型的光棍。"

"光棍"，我猛地一惊。

"有你这么小的光棍吗？"

"反正我就是觉得我这个家，总是我一个人。姐夫，我暑假最喜欢来姑父家了，姑父家才像个家。"

晚上，鱼口不多，源栋的话很多。尤其说到学校里的趣事，他会哈哈地笑，十点多我们收竿回家。

第二天一早，我们一家人在桥头散步。源栋远远走来，他赤裸着上身，一件汗衫搭在肩头，睡眼惺忪地同我们打招呼。

"源栋昨晚是不是睡得太晚了？"妻子问。

"嗯，姑父的呼噜声太大了。"源栋揉揉眼睛，"不过，有声音总比一个人睡好。"

源栋个头比同龄人要矮不少，黑瘦。

"源栋你要多吃一点,你看你太瘦了。"妻子说,"是不是学校伙食不好啊?"

岳母洗完衣服拎着满满一桶衣服从溪边台阶上来,接过话,"学校伙食再差要比他家里吃得好,至少一日三餐还有点。"岳母摇摇头,去家里阳台晾衣服,走了。

中午,岳父在村子里买了些小龙虾、鲜河鱼做了一顿大餐,源栋吃得津津有味。

"源栋慢一点吃,小心鱼刺。"岳父夹了一条鱼放在源栋碗里,抱怨道,"你爸爸也不管你,赚钱赚钱,一家人就知道赚钱,儿子也不管。"

源栋埋头吃饭。

晚上,他照例陪我钓鱼。

"姐夫,我喜欢钓鱼,钓鱼才不寂寞。"

"我哥哥近段时间去外国装机器,春节还要带女朋友回来,哥哥很帅啊。"

"我爸爸买了新车,来学校接我啊,很拉风。"

"有一次钓了条2斤重金色的鲤鱼,拖着我的竿子跑,后来卖给酒店了,酒店老板还招待我吃了一顿。"

听着他絮絮叨叨诉说,不时发出哈哈笑声。我能感受到一个男孩子,成长中的男孩子,在孤独中成长,钓鱼是化解孤独寂寞的方式,消解孤独的手段。

我在港口住了一周,他每天晚上都陪我钓鱼。他说陪姐夫钓鱼很畅快。今天早上我们要离开港口,岳父顺路送他回源港。

"源栋自己做饭要小心火,晚上睡觉盖一点,不要贪凉。"岳父叮嘱他。源栋情绪不好,沉默不语。很快到了源港,源栋拿着他的鱼竿下车。

"姐夫，明年来源港玩，我陪你钓鱼。"源栋说完，头也不回走了。

看着他瘦小的身影消失在村子的密林里。

"哎，他太寂寞了。"岳母长长叹息道。

（三）丽红

邻居是岳母远房亲戚，叫玉田，夫妻俩育有三女一子。丽红是家里的幺女。

玉田夫妻个不高，是村里最勤快、最勤俭、最普通的人。他俩就像忙碌的、辛勤的小蜜蜂，早晨起来喂猪担粪，下田干农活，每天晚上看完新闻联播，准时睡觉，雷打不动。

初识丽红，她读初二。每天骑自行车早出晚归。妻子问她暑假里忙啥，她说给村里孩子补课。

一天傍晚，丽红送来一碗糯米糕。

小姑娘个头不高，扎着马尾辫，圆脸，大眼睛。

"姐姐、姐夫，尝尝我们自己打得糯米糕。"蓝色T恤，牛仔裤，她放下碗说，"姐姐、姐夫要常回来呀。"

听岳母说，玉田家老幺读书成绩最好，在镇上数一数二，家里穷，供不起她读书，每年暑假她都是帮别人补课挣学费。

"你小小年纪真能吃苦！"妻子边尝糯米糕边说。

"帮别人补课，我也把知识复习一遍，还能挣生活费，一举两得。"她欢快地说。

我对她刮目相看。

一天傍晚，她补课回来，我在门口看书，她打招呼："姐夫看书啊。"

她搬了小马扎坐在我身边，小圆脸汗涔涔的。记不得聊什么了，只记得她说，我一定要像姐姐一样到城里读书。

后来听岳母说，丽红考上了县一中，高考成绩很好，考上了开封大学。为了能上大学，她自己跑前跑后办助学贷款，玉田最后被丽红拉去盖章签字。

"玉田叔这个女儿太能干了，都说穷人的孩子早当家。"妻子感叹道。

她身上有一股子劲，永不服输的劲头。

再见到她，她已经读大三了。

她变化不大，个不高，小圆脸，马尾辫换成了蘑菇头。假期里依然是忙忙碌碌给人补课。

"假期里要休息休息，不要太辛苦啊！"妻子递过一片西瓜说，"你现在是大姑娘了，也要打扮打扮，别把自己搞成小伙子一样。"

"姐，我还压着好几万的助学贷款呢。"她接过西瓜，边吃边说，"真甜。爸妈年纪大了，我哥还没有成家，家里还要起楼。"

"不过我习惯了。"她笑着说，"老师说，我的成绩还是有希望保研的。"

她喜欢与我聊天。

"丽红，你怎么报考开封大学，听说你的分数挺高的。"我问，"不过这所学校新中国成立前很不错的，是一所老牌大学。"

"姐夫，我们学校也有百年的历史，以前在中原也是一流的，我学习的地球遥感专业，在学校也是很棒的专业。"

"这真适合你，天天跑来跑去了。"

"姐夫，我发誓要追上姐的步伐，看来现在差距又大了。"说完她哈哈地笑了。

丽红一点也没有变，她还是以前那样认准目标绝不放手。

听岳母说，大学毕业后她保送去了浙江大学，大学四年她没有花家里一分钱，拿了国家奖学金，勤工俭学，还完贷款。

2015年暑假，我们一家去杭州旅游。丽红约我们一起在西湖边上的绿茶餐厅吃饭。

"这个地方是西湖打卡点，菜地道，价格也很亲民。"她没有什么变化，圆脸、蘑菇头，鼻梁上多了一副大眼镜。

"丽红，你是大姑娘了，买几件上档次的衣服，打扮打扮。"妻子劝她。

"我现在忙，忙学习，忙活动，没有时间。"她扶一扶大眼镜说，"姐夫是浙江人，推荐你们吃地道杭州菜，我觉得不够味。"

她依然一身学生打扮，T恤，短裙，凉鞋。

边吃边聊，她说自己的英语、专业都与同学有差距，现在天天忙着学习，四处参加英语角活动，恶补英语。

说到就业，她说想留在杭州。

丽红的大哥叫国英。曾经在深圳打工，2001年还在我们家住过一天。模糊地记得，国字脸，宽厚的肩膀，话不多。后来离开了深圳，去了杭州。

一天我在微信上看到丽红在深圳机场的镜头。

留言：来深圳了？

她很快回复：来深圳，工作在华为。

她还是很忙。

每次邀请她来家里聚一聚，她总是来匆匆，去匆匆。

"姐，你看我这件衣服行么？"她问，吃完饭在家里喝茶。

"我们老大批评我了，给了我 3000 块，让我换一套像样点的正装。"

"你呀，在大公司上班，不能像学生那样随意着装了。"

妻子拿出一套职业套装，让她先换上。两人在房间里试穿衣服。

"姐夫，明天我穿姐这套正装上班。"她说，"姐的眼光比我们老大眼光强多了。"

丽红匆匆走了。

丽红虽然在深圳华为工作快一年了，身上乡土气息还是很浓厚，她也从没有打算同她的乡土告别。这一年，她带父母走了很多地方。她的父母个子矮小，尤其是她爸爸，生活的重担早就压弯了他的腰，终日佝偻着身子忙这忙那。记得结婚那年，妻子回娘家，特地给丽红妈妈买过一双百丽皮鞋。她一直舍不得穿，脚上穿着烂布鞋。一次她去走亲戚，岳母问她为什么不穿新皮鞋。她指了指包裹说："费鞋，在包裹里，等到了再穿。"我们坐在突突车里，看着她爬上车，小心把包裹抱在怀里那一幕，我总忘不了。

虽然生活在同一个城市，但是见面并不多。

一次看她微信背景换作了北京。

留言问：到北京出差？

她回复：所在部门整体搬迁到北京了。

2018 年冬天我们去北京办事。

丽红约我们在地安门东来顺店吃饭。周末的晚上东来顺店里热气腾腾，食客盈门。等到座位已经是 8 点多。丽红化了淡妆，总觉得哪里不对劲。

"为了拿优等奖学金，学习特别刻苦，四年在系里成绩一直是前三。"

"没想到,得到保送浙大的研究生的机会。"

"从杭州、深圳到北京,我也想不到自己会走这么多地方。"已经是九点多了,东来顺的食客还不少,灯光下,镜片后的眼睛很亮,她夹起藕片边吃边说。

"我给爸妈发工资,上次老妈助听器丢掉了,她一晚没睡着。哎,他俩丢三落四的,我给他们寄了三次手机了,平时舍不得用,用了又经常丢。"

想起暑假,丽红妈妈让我教她使用 iPad 的那一幕。

"这个丽红给我买的,她让我没事听听黄梅戏,我喜欢的节目她都放在一起,"她递给我一台华为 iPad,"小徐,你帮我找找,怎么都不见了。"

"丽红给我和他爸两台手机,她爸又不会用。"她笑眯眯地大声说,"你不嫌我嗓门大吧,我耳朵不好。"

她指指耳朵说。

难怪他家的电视里新闻联播声音那么响。我调好 iPad 的收藏夹,放出黄梅戏视频,递给她 iPad。她笑着说平时家里没有人,就爱听这个,解解闷。这一幕我是多么熟悉啊。我总会想到我的母亲。母亲在绍兴东关镇住了 20 年,不上微信,不会用手机浏览网页。每次回家重要的任务给她普及手机应用知识。她总是说,只要教会她打电话、听电话就行了。曾多次努力教她用微信,教她搜索爱听的越剧,她总是忘记。

……

"你呀,别啥事情都往自己身上扛。"我说。突然意识到,原来她换了一个金丝眼镜,难怪怎么看都不顺眼。

"我要找到自己的生活方式。"丽红说话的语速很快。她和妻子用家乡话说了一些往事,两个人说得哈哈笑。火锅的热气不断升腾。妻子和丽红的镜片都蒙上一层雾气。

儿子上洗手间，发现椅子上的一个包，包里面有X光片。

"小姨，这是你的吗？"

"嗯。"

"你不舒服？"妻子问。

"来北京生病了，不舒服去急诊排了三个钟头，医生说很严重，需要门诊仔细看，第二天去门诊，说马上要住院。"

"我的医保还在深圳，回深圳动手术。"

"天啦，你一个人在深圳动手术，也不通知家人，也不说一声。"妻子责怪道。

"就是小手术，胸膜炎。"她淡淡地说，"现在恢复得不错。"

七天住院，没有陪护。

"当时医生很纳闷。"铜火锅里的汤汁蒸腾得很快，丽红喊道，"服务员加水。"

"华为担心的是没人干活，每个人都是一大摊事。爸妈也帮不上忙，还给我添麻烦。已经好了，没事了，没事了。"

"我准备给哥在景德镇买一套房，让他在景德镇开一个电子器件的维修店。上次姐姐买房，也借了一部分。"她扯开了话题。

我心里想，这个小姑娘需要多强大啊，才能用瘦弱的肩膀扛起这一切。

"你呀，要自己生活，不要总把责任扛在自己身上啊。"

"习惯了。我现在找到了想要的生活。"

不断有电话打进来，她不断接电话。

"我负责华为线下门店的管理，事情很多。最关心的是销售量，每天睁开眼睛第一件事情就是看销售量。"

| 17

吃完饭已经是十点。

北京的夜晚灯火璀璨，街头车水马龙，看着她消失在车流中，不禁感慨：北京有多少像丽红一样的拼搏者。

不久，从微信中得知她又调到了合肥。

最近一次来我家是端午节，她出差来深圳，顺道来我家吃饭，饭后妻子泡上家乡的茶，俩人慢慢地聊天。

"去年我挣了100万，今年就没有这么好，收入影响很大，中美关系如此紧张，严重影响华为销售。"她慢悠悠地品了一口茶说，"还是老家的茶的味道好。"

她一边喝茶一边刷着手机上的数据，摇摇手机说："我不太关心局势，但是华为在北京的销售太差，还是深圳消费能力强。这是我合肥门店销售的数据，直接与我的业绩挂钩，销售量还不够。"

"我妈妈前段时间骨折了，我每个月给他们工资，让他们别干农活了，割禾我让爸妈雇人，她偏偏自己割禾，结果闪了腰，骨折了。"

……

丽红从不忌讳自己的出身。北京、深圳、合肥工作三年，每到一处，都要带上父母走一走，在华为打拼三年，举手投足间乡土气息依然很浓，但是我很欣赏她，她身上洋溢着一股子积极向上的奋斗精神，她知道，美好生活是奋斗出来的。

妹夫海浪

进入腊月后，一种情绪经过一年的酝酿，在深圳的街头发酵，渐渐浓烈起来。早晨上班路过火车票代售点，代售点前长长的队伍，热切的眼神，意味着回家的时候又到了。2004年春节像往常一样不紧不慢地走来。我和妻子早已商量好，春节回上海。

"林岚想来深圳。"妻子看着电视不经意地说。

2003年底，我和妻子凑钱在南山区丁村买了一间小房，房子很小，只有30来平，朝向马路。时常有隆隆驶过的货柜车，阳台的窗户虽然关得严严实实，但是发动机低沉的轰鸣声，总能找到罅隙钻进耳膜。

"什么？林岚要来？"我觉得有点突然，"她不是在苏州打工吗？春节不回家吗？"

隆隆，隆隆，一辆货柜车从远处飞驰而来。

我起身，扔下书，狠狠地拉上窗帘。

"林岚要带她的男朋友一起来。"妻子大声说。

林岚是妻子的妹妹，不爱读书，早早出来打工。林岚左脚掌天生畸形，走路有点瘸。在初二时因受不了同学的嘲笑，一赌气就从家里跑出来，不肯回学校，后辗转在苏州、上海等地打工，说起来也有好多年了。

"我们后天就走了，她到深圳？"

"他俩已经买好了明天的机票，来深圳，就暂住我们家。"

"啊！"虽然不满意这个小家，但毕竟是新家。

"林岚也怪可怜的。"妻子说着说着眼圈就红了。

（一）

第二天傍晚。林岚和她的男友到了。

"他叫汪海浪，安徽泾县人。"林岚在苏州打工已有五六年，青春中的女孩总是美丽的，在爱情的滋润下，脸庞圆润，比以前漂亮了。

小伙子很结实，国字脸，棱角分明，平顶头。

"姐夫、姐姐好。"小伙子有点拘谨，他急促不安地说，"走得急，也没带什么礼物。"

由于临近春节，买不到车票，他俩从上海乘飞机来深圳。我隐隐为这俩莽撞的年轻人担忧。

春节后，回到深圳。他俩已经盘下丁村中一小店面，准备开一小杂货店。

林岚俩忙忙碌碌进货、卖货，小杂货店旁边有一所小学，生意不错。最难熬的是假期，小店的生意因学生放假差了很多。

我和妻子时常会去林岚店里坐坐。

海浪很热情，话也渐渐多起来。他四处找货源，说起南山的各个批发点，他如数家珍。

"深圳货源多，各地方批发价格有差异，要找最便宜的货不难，就是要跑。"常年在外打工，海浪普通话说得不错。

他爱笑，说着说着笑容就在脸上溢开了。

"不过，我不怕跑。"他憨憨地笑着说，"就是深圳偷自行车的太多，这都是我买的第二辆车了。"

小店外倚靠着一辆破旧的车。

"海浪买的二手车，花了100来块。"林岚说。

他俩还学会了制作奶茶，小店的生意不错。放学时店里总是聚满了一群"贪吃"的小学生。

日子过得很快，下班常常看见海浪自行车后垒得高高的货物，他吃力地蹬着车，一点点消失在小巷的尽头，觉得他像老舍笔下的祥子。

一年后，我们搬到深圳的东头。

也许是小店的主人嫉妒，租金涨得厉害，小店最终难以为继，海浪骑着破旧的自行车满世界找店面，最终在莲塘找了一处店面，也靠近学校，租金比城中村贵了近2000元，海浪咬咬牙租下店面，继续经营他俩的小店。

海浪知道我喜欢钓鱼，他说要约我去钓鱼。一个星期天，学生放假，小店没什么生意。海浪骑上他的破自行车，拉我去深圳水库，他抄小路走进库区，找到一隐蔽的钓点。深圳水库水面很大，鱼也很多。

九月阳光透过树林，斑驳的影子洒在身上很惬意。我俩正过瘾，突然另一钓点的钓友说，你们胆子真大，巡逻船过来了还不收竿。深圳水库是水源地，禁止垂钓。我俩慌张收拾好渔具，躲在草丛中。巡逻艇突突地转过弯走了。

我们钓了不少鱼。快乐的时光总是很短暂，太阳渐渐偏西了。突然听得山道上一阵嘈杂，原来巡山队员来了，我俩慌张收拾渔竿跑路。我们的鱼获连同海浪的破自行车都被没收了。我很愧疚，这可是海浪的交通工具，夕阳下海浪疲惫的身影拉得很长、很长。

为了经营好小店，我和妻子为他俩出谋划策。劝他们搞多种经营，不能只经营杂货、奶茶，最好餐饮一起做。林岚准备经营早点，买来了很多笼屉，准备蒸包子、馒头。可是试营业几天，她的包子、馒头并没有受到顾客的青睐，生意只能寄托在学生上。随之而来的假期，给这个盈利微薄的小店带来了灭顶之灾，结果是一年的辛苦全打了水漂。高昂的店面租金最终让他们离开了深圳。

林岚先回老家了，海浪暂住在我家。为了能学得一技之长，我介绍海浪去一家摄影社当学徒，家里有一辆破旧的自行车，暂借给他代步。每天看着他骑着破自行车出门，深夜回家，心里总有说不出的滋味。那段时间，他的话很少，总在外面吃饭，晚上总是回来得很晚。他不愿打扰我们的生活，甚至连休息日也不愿意在一起吃饭。海浪变得沉默了。他就像一只悄无声息的小猫，静静地躲在墙角。

三个月后，海浪最终放弃了。

那是一个周末。妻子让海浪回家吃饭，饭桌上海浪低头吃饭，沉默着。我问他绘图软件可学会了。

"姐夫、姐姐，我不想学了。"海浪放下碗，脸涨得通红说，"我学不会啊。我太笨了，真的学不会，姐，让我回去吧，我，我……"

海浪声音越来越低。

我不知道该说什么。

海浪的父亲死得早，他没读完初中就辍学了，文化底子差。后来我去问摄影社的老板，老板委婉地说，海浪老实，不说话。当时我挺生气的，总以为他不愿学。后来慢慢理解了，文化上的自卑彻底打败了他，他已经对深圳不抱梦想了。朱德庸曾说，人绝对本能知道自己是做什么的。经过一年的打拼，海浪痛苦地明白，城市的梦很美，但不属于他，他知道自己该做什么。

几天后，他骑着自行车去火车站买票，在阳台上看着他骑着破旧的自行车消失在小路的尽头，心里五味杂陈。后来断断续续听妻子说，林岚与海浪结婚了，岳父嫌海浪家太穷，小两口把家安在岳父家——港口村。在岳父帮助下，海浪考了电工证，成为一名乡村水电工。

（二）

再次见面已经是两年后了，暑假回到港口村。

那是一个赣北皖南交界的一个山村。港口村是经公桥镇下辖的一个较大的村庄，村里有300来户。港口村静静地卧在群山中，两条小溪在村中央交汇，形成了两条狭长的河谷，港口村沿着河谷呈人字形。以前这里水运十分发达，是皖南徽州货物中转的一个码头。随着水运的衰落，码头逐渐消失了。村里计、汪是大姓，还有不少是20世纪逃饥荒的徽州人，岳父也是从浙江衢州逃难而来，最后入赘在计家。

经公桥镇位置独特，位于皖赣的交界处，皖赣公路、景黄公路呈人字形在经公桥镇交汇，现在景婺黄、大广高速穿镇而过。北上婺源、徽州、杭州，东去鹰潭，西去芜湖都很便利。经公桥镇物产丰富，盛产木材、竹子、茶叶。这里的人有经济头脑，从事木材生意，收购各种经济作物，南来北往，家境殷实。虽然在深山处，远比浮梁其他乡镇富裕。

岳父门口停着一辆崭新的大洋摩托。

"这是海浪新买的，5000多块。"岳父说，"海浪走乡穿镇的需要摩托车，这车皮实。"

红色缸罩与擦拭得锃亮的排气管在阳光下熠熠生辉，后座上固定了一个洗得泛白的帆布工具袋，里面放着一些常见的锤子、风钻等工具。早晨，海浪踏上摩托车一溜烟消失在村口，总听见岳母在喊：慢一点，海浪。

这几年，乡下大兴造屋之风，老屋一一被推倒了，新式的小洋楼在村子里像雨后春笋一般冒出来。由于缺乏规划，村里的小洋楼像小学生潦草书写一样，一笔轻，一笔重，凌乱地"涂抹"在村里。如今，海浪每天忙于开槽、铺设水管、电路。因吃苦耐劳，赢得乡里人的信任，接的业务日渐多了起来。尤其是七月里，村里新式小洋楼要趁着酷暑现浇，要开槽、要铺管线，海浪很忙碌，骑着大洋摩托奔走在乡村，好几天都照不了面。

我喜欢在村边的小溪里钓鱼。岳母、妻子怕我出意外，有时会叫海浪陪我钓鱼，海浪有了钓鱼的"借口"可以放松放松。他的话不多，平顶头上时常夹杂着水泥屑。他见钓点水岸边杂草丛生，便从工具袋里拿出砍刀，不一会儿，灌木、小竹子就被清理得干干净净。

清澈的溪流，微风送来山野的特有的清香，山鸡咕咕的叫声在山涧回荡，心也就澄净下来。海浪不像以前那样拘谨了，聊聊家长里短，说到好笑的事，笑容溢满了整张脸。渐渐海浪也盼望我回来，岳母常说，海浪现在也喜欢钓鱼。每到暑假，海浪会打电话问我什么时候回港口钓鱼。

又是一年的暑假，我回到港口，海浪陪我钓鱼。

"经公桥还是比较富裕的，资源丰富。"我说。

"杉树值钱，竹子不值钱。"他一边抽烟，一边挂好蚯蚓，把蚯蚓扔向钓绳的尽头。

"家里没有劳力，一切都要靠你，岳母常年在深圳照顾我儿子。"我注视远处一动不动的浮标，歉然地说。

"上次我去看山头的杉木，发现叔叔在砍树。我打电话给爸爸，爸爸说让他砍。真是让人哭笑不得。"他说。

"老爸也是，今天砍五六棵杉树，明天砍七八根竹子。让我扛出山谷，你看我的肩头通红通红的。"他把鱼竿放在水面，一手指着两个通红的肩头。我俩有一句没一句说着。说这一两年，他接了很多活，但是农村结账很慢，有时候过了一两年都结不了账。

自从港口的小溪流被村里人承包养殖后，小溪里的鱼、虾、蟹也多了起来。乡村里常见的电鱼、药鱼现象也少了。不时能收获二三两的大鲫鱼。今天天气太热，鱼口不好，一上午除了几条小杂鱼。鱼获不多；但是我依然喜欢这样的野钓。耕读渔樵是古人的四种职业，钓鱼甚至成了一种象征。独钓寒江雪的孤独，斜风细雨不须归的写意，一人独钓一江秋的豪放。我不喜欢姜太公功利性的钓鱼，这种把钓鱼与职业规划联系在一起，怎能赏无边的风月？

海浪撺掇我去他的老家钓鱼。

"我老家的鱼多，随便用蚯蚓穿一钩，钓的都是大鲫鱼，还有那些大黄鳝，我半晌可抓半篓。我们村里祠堂前有一大水塘，一直不清塘的，里面的大鲤鱼可多了。"

说起故乡，海浪话很多，词汇也很丰富。茂密的山林，烟雾缭绕，静静的山村，深幽的池塘，还有呆呆的鳝鱼，蠢蠢的王八。说起上树抓鸟，下池子捉鱼，他手舞足蹈，脸异常生动，眼睛也放光。

"姐夫，这里鱼太少，要么去我家钓鱼。"

我的心也被他撩拨得活泛起来。因为时间的缘故，终究没有去成他的老家。

2007年，岳父母家的新房也盖好了，是一栋三层的小洋楼。我曾多次听岳母讲起盖楼海浪出了大力气。每次谈及盖楼的过程，他都不愿多谈及，只是淡淡地说：这点苦对农家孩子算不了啥。盖了新屋，家里的居住条件改善了很多，岳父岳母住三楼，海浪夫妻住二楼。

海浪为人踏实，活做得瓷实，十里八乡找海浪的人越来越多，每天骑着鲜红大洋摩托奔驰在乡村小径，像一团火焰在山野里燃烧。他骑着大洋摩托奔驰在致富路上，他是快乐的。

（三）

2008年暑假，我如期回到港口。

暑假的港口很宁静。

这座赣东北典型的小山村。静静地坐落在群山中，树木葱茏，两条小河在村中交汇。村口有两棵古老的银杏树，树龄均在500年以上。港口曾是徽商运送瓷器与木材的重要的码头，如今在村口的溪流里还有不少瓷器的残片。自206国道贯穿后，这条水道渐渐消失了，山村失去了往日的喧闹。近几年村子更加安静了，村里壮劳力大都奔向了城市。妻子的外婆对城市颇为不满，总是抱怨：不知道城里有什么好，家里年轻人一到城里就丢了魂，再也不回家。我却喜欢宁静的港口，喜欢安静地钓鱼，简直就是山中岁月静好。

一天我和海浪在岸边钓鱼。

长时间没有鱼口，他提议去水库（养殖）去钓鱼了，我拒绝了。我以为钓胜于鱼，鱼获自然重要，但是享受湖光山色的钓鱼过程更重要。山色幽幽，溪流潺潺，一人一竿，心渐渐沉浸在这山色湖光中，浮躁的心，顿时澄澈起来。

海浪感到无聊，拿出打火机来烧岸边枯枝，火势顿时大起来，哗一声升腾起一尺多高的火焰，噼噼啪啪烧断了一队蚁路。枯叶烧完了，火势就黯淡下来，海浪轻轻地把未燃尽的枯叶踢进水里，嗤嗤，灰烬渐渐沉下去。

"你怎么把头剃光了？"我问。

"开槽时，风钻搅起来灰尘飞到头发里，洗起来太麻烦。"他摸摸了光头，笑着说。

"妈要我戴上口罩。可是戴口罩干活不方便。"

我心里想，岳母提醒还是对的，长期在粉尘中工作，容易得矽肺。

"林岚，又上班了？"我问。

"她去镇上服装厂干活赚点零花钱。"

看得出，海浪是自豪的。他依靠自己的双手在港口扎根下来。记得一年前，他在电话里兴奋地让我给他儿子取名。我选取《易经》中"地势坤，君子厚德载物"中"子坤"两字。海浪连连说好，说这两个字有文化。

他爱抱着子坤，对村里人夸耀。时间久了，村里人渐渐接纳了这个安徽的上门女婿。因为林岚腿脚不方便，海浪还请他母亲来港口照料。

海浪也有苦恼。

海浪在大年初二喝了酒，喝醉了。他痛哭，抱起刚刚满两岁的儿子，跪在地上，求岳母放了他，他要带儿子回家。海浪喝多了，竟然要摔自己的儿子，幸亏岳父手疾眼快，抱住了汪子坤。

我能感受到海浪的痛苦，这毕竟不是自己的家，农村养儿防老，海浪不能带妻子回家，反而入赘在港口，这对在农村长大的男孩来说，是一种深深的耻辱。

风波很快平息了。

海浪也向岳母道了歉。

岳父对海浪的抱怨渐渐地多起来，说海浪喝酒太多，抽烟太凶，打牌赌注太大，不会带孩子。更可恨的是，他如今也喜欢钓鱼，钓鱼对于一个农村人来说实在算不得什么雅好，简直就是好逸恶劳的代名词。

（四）

2010年的暑假回到港口，再见到海浪，我隐隐感到他变了。停在门口那辆大洋摩托车轮挡板上覆盖着厚厚的泥垢，乡间泥泞的小路溅起的泥垢在大洋摩托车上结成了坚硬的"盔甲"。岳母每次打扫庭院说，海浪不爱惜车，不再像以前那样精心擦拭摩托车。

"他呀，带孩子也漫不经心，上次骑车回来，汪子坤在摩托车旁拉便便，他都不管，结果儿子的屁股被灼热的排气管烫起了水泡。"

"每天一回来就是打牌，打牌。"岳母边扫地边说。

海浪无动于衷，已经习惯了岳母的唠叨。

我们约着一起钓鱼。

下午山这边，没有太阳，很阴凉。

"今年的活多不多？"我问，我们支起鱼竿，静静等鱼儿上钩。

"差不多，如果活多，我叫徒弟做。"海浪叼上一支烟，"啪"点着，深深吸了一口，慢悠悠吐出几个烟圈，烟圈袅袅地升腾在空寂的灌木里。

"爸爸跑客运客人多吗？"

"他赚不了多少钱。"他深深地吸了口烟，"现在跑客运的人太多了。"

"幸亏家里有你这个强劳力，可以帮忙家里减轻很多负担。"浮漂猛地沉了下去，扬竿，一条小鱼。我边取鱼边说。

"爸爸昨天又砍了一大堆竹子，我的肩膀扛得通红。"海浪掐灭烟头，指着红红的肩膀给我看。

"一个上午就值100来块钱。"

"林岚还是在家里照顾孩子更好。"我挂好饵料，把鱼漂甩向远处。鱼线在空中划出了一道美丽的弧线，鱼饵落入水中一道涟漪荡开了。

"她在服装厂赚得500来块钱，还不够她零用。"海浪猛地一拉竿，一条巴掌大的鲫鱼拉出了水面。鲫鱼挣扎着，滑脱了，扑通落进水里了。如今海浪也习惯用饵料钓鱼了，村里小洋楼越来越多，地面硬化越来越多，常见的蚯蚓也不见了踪影。

"她有时把别人欠账就收了，我都不知道。"海浪有点沮丧。

太阳坠入了山头。溪边的凉风习习。

妻子送来了几瓣西瓜，要我们早点回家吃晚饭。

海浪抓了一瓣，几口就吃完了。

西瓜很甜，清凉可口。

鱼儿不多，我们收竿回家。海浪爱喝酒，尤其爱喝白酒。拿起一水杯，满满斟满了一杯。菜很丰盛，岳父特地买来了一只斤把重的野生甲鱼，还买了野生的黄鳝，满满一桌。家里的菜很有味，吃起来很香。

海浪的妈妈在一旁忙碌。

"奶奶来一起吃。"妻子招呼着子坤奶奶。

奶奶夹了一点菜，端着饭碗走开了。

海浪没几口，一杯酒见底了。咕咚，咕咚，海浪又倒了一杯。

"海浪少喝一点。"岳母拿走了酒瓶。

海浪的额头已经有了酒后特有的红色。吃完饭后，我躲在房间里看看书，早早就睡了。海浪默默地在客厅看电视，看到很晚。

……

夏天，天蒙蒙亮，港口已经醒了。晨雾还没有消散，小溪边村妇在台阶上三三两两的洗衣服、洗菜。村头的桥下，水波随着捶打的衣物一漾一漾荡开了。远处的湖面上有两只水鸟，浮在水上，河面显得空旷而宁静。近几年村委会已经对村里的环境进行了整治，村口大桥洞下随意丢弃的垃圾已经不见了，在村里主要路段设置了垃圾桶，环境整洁干净。

岳母不到五点就开始忙碌，生炉子，烧水，做早餐。有时候还趁着早上凉快在地里忙活。村口一户人家，早就点起了炉子，开始炸油条，炸油饼。小杂货店已经开了门，老板睡眼惺忪坐在门口的条凳上打着哈欠，昨晚牌打得太晚，睡意还未消。几只土狗欢快地跑来跑去，它们相互撕咬，一时疼痛，小狗汪汪叫起来。母鸡带着一群小鸡在村口堆着的沙土上刨食。村里又有人在盖新房，一台小型的搅拌机周围已经堆满了砂石。

天大亮了，每家都忙着自己的活。不时有后架着工具的摩托车，突突地驶出了村口，一辆三吨的载重货车稳稳地停在桥上，载客的蓝牌车不时进出村口。村子里苏醒过来。太阳慢慢在山头探出了头，山林里雾气很大。

第二天，海浪没有去干活，陪我钓鱼。

"这段时间不忙吗？"我坐在小溪边，支起鱼竿。

"活很多，就是收不了钱。"海浪绑好鱼线，搓好鱼饵。"海浪，我去上班了。"桥头林岚大声地喊着。

海浪皱皱眉头，一声不吭。

太阳慢慢升高了，河对岸林子里的雾气渐渐散去了。太阳一出来就能感受到它的威力，大地像下了火。浮漂在水里一动不动，露出水面的鲜红与橙色相间的鱼漂四目在碧绿色的水面异常显眼。远处两只水鸟扑棱棱跃出水面，平静的水面荡起一圈圈涟漪。上午我俩没有啥收获，热气蒸腾得很厉害。

"没啥鱼，我去村口玩玩。"海浪走了，留下我一人。

中午，岳父岳母和妻子去了经公桥，海浪炒了两个菜，因为我不吃辣的，他特意炒了清淡的菜。

端上菜。

"姐夫，你先吃！"

一会儿厨房里又升腾起一阵油烟，刺鼻辣子飘了出来。海浪端出了一碗热气腾腾的辣子。

"不吃辣子，没劲。"他在窗台上拿起了一瓶啤酒，用筷子熟练地撬开，酒沫升腾着倒入了酒杯。

"姐夫也来一杯。"

"你喝，你喝！我不喝。"用手挡住了他递过来的酒杯。

"姐夫，姐姐对你真好！"他一饮而尽。

"啥好不好，过日子就是油盐酱醋茶，习惯就好了。"

"林岚，哎……"海浪喝完啤酒，又倒了一大杯白酒。

"海浪，少喝点。下午你还要干活了。"

"没啥事，着急的活叫徒弟去干。"他一口酒杯空了一半，"挣不挣钱差不多。"

他咂咂舌头慢慢地说。

以前我知道海浪能喝酒，这次回来我感到海浪变了。他不像以前那样明快了，心里像压着一座大山。大洋摩托车也许用得时间久了，每次发动摩托车，不再是欢快的清脆的突突声，往往要蹬踏多次才能发动。海浪边发动边咒骂，加大油门，用力一蹬，摩托车总算突——突——突突转起来，像得了哮喘的病人一般。

我不知道哪里出了问题。

2011年春节，我们开车回去了，在大雪纷飞的腊月廿四抵达港口村。港口只有在进入了腊月后才逐渐苏醒过来。从浙江、广东、福建打工的村民回来了。家家户户忙着备年货，港口开始了一年一度的狂欢。海浪更忙，春节前有很多家要搬进新居，他忙着安装水电。冬天不能钓鱼，几乎没有机会与海浪聊天。儿子很兴奋，这是他第一次看见皑皑的白雪。他和汪子坤像两条欢快的小狗，在雪地上撒欢。

"林岚，你安下心来带孩子，你看汪子坤都成了野孩子。"妻子又在数落林岚了。

妻子的性子很躁，对不善料理家务的林岚很不满意。

一早，汪子坤不肯吃早餐，林岚偷偷塞给汪子坤两块钱，买了一包零食吃。

"汪子坤天天吃零食，都瘦成啥样呢？"妻子疾言厉色对林岚说。我听不太懂妻子家乡的话。我拉了拉妻子，示意她态度要好点。

冬天黑得早，村口的灯光亮起来，黄晕的光透光效果很差，村头不时射过闪亮的灯光，一辆小轿车耀眼的光柱划破夜幕，急驶而来，透过车窗，沉闷的重金属音乐声回荡在空中。

"开车回来的人越来越多，林岚，要带好汪子坤，别让他野到车道上。"妻子对林岚说。

海浪的摩托声嘶哑的声音由远而近，一道白光射过来，海浪熟练停车，关发动机，白光消失了。

"爸爸吃饭了。"汪子坤在门口大喊。

一家人围着桌子吃饭。海浪照例喝白酒。

"海浪，你也要管管林岚，每天不着家，成天在外野。"妻子对闷头喝酒的海浪说。

"天天盼姐姐来，盼来姐姐骂你。"岳母夹了一块肉放在了子坤的碗里。

海浪低头喝酒，一声不吭。

腊月廿六我们匆匆驾车去了浙江绍兴。

回来的时候已经是初五了。村头巷尾铺满了炸成碎片的爆竹红色碎纸屑。白雪融化后满是肮脏的黑色，在阳光照耀下丑陋触目。村里横七竖八停满了车子，村里热闹得很，走亲戚的，回娘家的。鞭炮声此起彼伏，喇叭声与钻天猴的呼啸声交织在一起，村里洋溢着春节特有的欢快气息。

家里的气氛却很凝重。海浪黑着脸，沉默寡言。林岚不见踪影。

初六我们返回深圳。

小舅子搭我们的车一起回。

一路上，小舅子、妻子、岳母用家乡话在说着什么，林岚、海浪什么。我插话问："林岚怎么了？"

车子里一片沉寂。

（五）

后来我才知道，2011年的春节是岳母家里最糟糕的春节。

林岚在服装厂，有了外遇，海浪管不住林岚，矛盾渐渐升级了。家庭的矛盾，与林岚的龃龉让海浪渐渐消沉起来。海浪越发喜欢喝酒，家庭的不合，让他沉沦在酒中，更染上赌博的恶疾，日子中的争吵、纠纷多起来。岳父也越来越看不惯这个女婿。

林岚心并不在农村，八年的婚姻生活，二十八年的农村生活，她对海浪，对港口倦怠了。林岚在村里有一个绰号"飞天拐子"，我不明白。现在明白了，林岚不愿守着农村单调的生活，她渴望城里的生活。

她遇到了一个城里人。他叫高军。2011年的暑期回深圳不久，岳父就频繁打电话说，林岚到景德镇去打工了。再后来林岚就不愿意回家了，谣传渐渐成了事实。

这段孽缘彻底改变了林岚的生活。林岚就像老房子着火般，不管不顾地要离婚，整个家陷入了混战。我打电话给海浪。

"我不想离婚。"电话那头，传来低沉的声音，"我刚刚把户口迁到这里。"

在深圳，岳母也没有心思，紧锁眉头，唉声叹气。林岚在家里总是逼着海浪离婚。海浪不搭理林岚，林岚口里最常说的一句话是："你是不是男人，是男人签字离婚。"

不满在积累，矛盾在激化。

一次晚饭，海浪的母亲看不惯林岚咄咄逼人的样子，说了林岚，林岚破口大骂。海浪终于被激怒了，拿起皮带狠狠抽了林岚。

家在风雨飘摇之中。

一个夜晚，海浪再也受不了林岚的苦苦相逼，离家出走了。渐渐地纸包不住火，邻居知道了，连夜找海浪，他却在朋友家喝得大醉。

端午节那天，他给我打电话说，他已经找好了一帮朋友，准备教训高军。我劝他不要激化矛盾，如果想维系这段婚姻就不要这么做，冷静下来，分开一段。在妻子和我再三劝解下，他放弃了打人的冲动。决定先回家，他带着母亲还有汪子坤回到了安徽泾县。

一个月里海浪彻底消失了，联系不上他了。岳父在电话里大骂海浪一走了之，很多工程没有下文。再一个月后，海浪突然出现在经公桥镇。他要离婚，事情终于向最坏的方向转化了。

岳母再也没有心思在深圳了，2011年10月国庆岳母回家处理。

两人终于离婚了。岳母回到深圳说："海浪骑着摩托车，把他所有的工具带走了。"

如今我已经有六年没见过海浪了。在暑期，我依然会回到港口，大洋摩托早不见了踪影，小楼门前停放着是岳父年前买的红色的力帆轿车，再也没有人陪我钓鱼，我习惯了一个人在村口溪边独自夜钓。

夏夜，漫天星星，乡村的夜并不宁静，虫鸣喧嚣。空中高速喷气飞机不时嗡嗡飞过，闪烁着航灯消失在群星里。地面不时有车灯锐利地划破夜幕，快速行驶，我不知道海浪独孤地驾驶那辆大洋摩托的灯光能否穿透夜的黑。

妻子小何

妻子姓何，属蛇，比我小7岁，我习惯叫她小何。

1997年下半年小何来到我们单位工作，她只有二十岁，在学校教美术。

这是一所职工子弟学校。20世纪60年代，三线工程成为国家战略，父母从上海、浙江支援三线工程来到了江西景德镇这家军工企业。虽然在景德镇的郊区，但与当地生活几乎没有交集，大家来自五湖四海，交流的是普通话。工厂里有邮局、银行、学校、食堂、俱乐部、电影院，生活配套一应俱全，简直就是一个小社会。父母从来没有把这里当作自己的家，生活了20余年不会说当地话，没有景德镇的朋友，也不愿意融入景德镇人的生活。我从小生活在景德镇非景德镇小镇上，大学毕业后，因厂里待遇要好得多，回到我的学校——职工子弟学校。一切是这么的熟悉，熟悉的校园，熟悉的老师，只不过我的身份发生了变化。

我对她没有什么印象，只记得她浑身上下收拾得很干净。1997年是我生命中很糟糕的年份。大哥考取了研究生离开景德镇，我连续两年名落孙山，心情郁闷。

90年代后，随着国有企业改制深入推进，单位效益一直在走下坡路，甚至发不出工资。头脑灵活的，有门路的，调回了上海、南京等大城市，有本领的、胆大的下海去深圳、海南等经济特区。父母都是老实人，面对窘境也只能长吁短叹。我一直想离开这里，也想到深圳去搏一搏，可终究没有勇气。唯一的途径就是想通过考研改变命运，可是接二连三的失败让我灰心丧气。哥哥来信总是鼓励我，要我咬牙坚持，要通过考试改变命运。可是英语基础太差，考研如此艰难，我的人生出路在哪里？我总会发出高加林式的追问。

年近30事业无成，爱情无着落。

在与异性交往中，我很自卑的。从小个头较矮，又不善言辞，从来没有什么异性朋友。在读高中的时候，我很佩服班里的几位同学，他们懂得如此多，尤其是在女同学面前侃侃而谈、大方自然。我却总是这么笨拙。只能用努力学习来赢得别人的尊重，在学习上很刻苦，可是无论我怎么刻苦，成绩只是平平。人家都说青春期是金色年华，可是我的青春是灰色的，是苦涩的，在中学六年里我几乎没有同女生说过话，除了灰色的学习没有什么色彩。或许正是这种扭曲的青春学习生活，参加工作后，我一直也没有真正意义上的恋爱。虽然对一些女孩动过心，可是又不知如何能俘获芳心呀。

单位效益如此差，考研又屡屡受挫，我的恋爱就这样遥遥无期。年底我的考试准备进入了冲刺阶段，无暇顾忌身边发生的一切。

考试几乎耗尽了我所有的精力。

1998年春节后，同事把学校一位皮肤黝黑的女同事介绍给我，我想试着接触接触也好。她与这个黑皮肤的女孩同一个办公室。当我在一楼办公室遇到小何，她脸上露出诡异的笑容，让我很困惑。

（一）

1998年的初夏对我来说是最美的季节。

我已经顺利通过了研究生入学复试，终于能够离开这个压抑而又没有前途的单位。

"六一"儿童节前夕，她要准备节目，晚上在学校四楼会议室辅导一些孩子演出。我因为要准备学生中考的资料，时常在四楼办公室加班。

夜色浓了，孩子们辅导陆续结束了。隔壁会议室叽叽喳喳的声音渐渐弱下去。

我整理好资料准备走了。

"还没有走。"她正俯下身子在教一个孩子描图案，瞥见胸部的弧线。我的脸红了，转过头去。

"徐老师等会儿，我一会儿就好了，我怕黑，一起走。"我不自然地坐在她的对面。

不一会，她结束了。

我们一起走。

家长来接孩子了，孩子们陆续离开了。

我俩走在熟悉的校园的路上，家属区的路灯照射下来，把我俩的影子拉得很长、很长。路边有几棵高大的梧桐树，梧桐树黑黢黢的，不知名的虫儿在角落里鸣叫。初夏的深夜，有点凉，她双手拢着双臂，开玩笑地说："要是谁现在借我一件衣服穿，我会很感激他的。"

我真想脱下身上的衬衫，可是我只穿了一件单衣。

抬头看见她隆起的胸口，我心一阵狂跳，我从来没有如此近距离同她一起走。慌忙低头走路，幸好很快到了她的宿舍。

回家后，我一直恨自己懦弱。马尾辫，小个子，高胸脯，一身紧打扮浮现在我的脑海。

明天我一定要约她。

我曾想过很多种结果，没想到她答应了。

我们开始了约会，频频约在小树林里，这片树林平时很幽静。我恋爱了，不可遏制的情感迸发了。

在婆娑的月影下，我的心沉浸在一种从未有过的宁静中。

我们开始牵手，开始拥抱，开始相吻。

年轻真好，恋爱真好。每一天充满了期待，因为她会出现在你的眼前。她的一颦一笑，如此强烈地牵动着我。

"六一"儿童节她带着学生在舞台上忙碌着。

台下的视线追随着她。她为了躲开我炽烈的视线，带上了墨镜。难怪人们说，恋人的眼睛是闪亮的，她怕暴露了我们的恋情。她那身淡绿色短裙在学生中穿梭，犹如流连花丛蝴蝶翩翩飞舞，可爱的精灵，我多想揽你入怀啊。

整个夏天，整个世界只剩下我们俩。

在郊外的山林里，那里是我们的世界。我骑着自行车远远避开人群，她坐在后座上，双手紧紧箍住我的腰，脸贴在我的背上。

离学校十里地，有一个直升机的试飞场。我们喜欢去那，那儿有一片茂密的林子，中间是巨大的直升机库，偶尔有直升机在试飞，直升机旋翼发出巨大的轰鸣声震耳欲聋。平时整个场地静悄悄的。试飞场前面还有一小湖，湖水清澈。老同学徐海斌工作就在小湖对面的中学，心里烦闷时就会去他那聊天。

我熟悉这片林子，场地，小湖。喜欢这里的宁静。六月的太阳已经很有热力了，可是密林里，微风习习，还是很惬意的。

在茂密的树林了，我们手扣着手，听风起风卷。

在茵茵的草地上，我们肩靠肩，看花开花落。

青春真好，恋爱真好，原来青春的色彩绚烂的，就像这片斑驳的绿色灌木林，青黛色远山，色彩艳丽的野花，还有远处清澈一潭的碧绿。生命的二十八年里，设计过多种多样的恋爱，可是从没有预料到会这样猝不及防地开始，浪漫的心怀突然被春风唤醒，不可压抑。以前人家说是触电，我觉得不准确，更像是烈日里明明不渴，可是看到水井就忍不住要喝。恋爱就是这样，明明刚刚分别，可是就不可压抑地思念。

歌词说思念是不可触摸的网，描绘得多好啊。

我的办公室在四楼，她在一楼。她会借机来到楼上，趁着没有旁人，我们相吻，现在想起来当时大胆至极，校长就在隔壁办公室呀。

我的眼里全是她的影子，我的耳朵总是追逐她的声音。

我们看了一场又一场电影，什么电影不重要，重要的能把她拥在怀里。

从此我对晚上充满了期待。

夜色里，幽静的校园成为我们的乐土。我们在沙坑边私语，也不知道有如此多的话题，不知不觉夜深了，以致巡夜的保安发现了，我们落荒而逃。

一次，她送给我一件鳄鱼牌T恤，她比画着给我穿上。这是我第一次穿上异性送给我的衣服。她很有审美眼光，衣服很合适。

一边试衣服，我一边开玩笑。

"同事称我为许仙，你属蛇，不知是白蛇还是青蛇。"

"我自然是白蛇，青蛇你就不要有什么非分之想。"

快乐的时光总是过得很快。

这个夏天学校组织去厦门旅游。

厦门的鼓浪屿、日光岩游人如织，我们压抑着心中的情感，避免被同事发现。一次同事们都出去了，房间里只剩下我俩。我紧紧抱住了她，嘴唇紧紧贴在一起。热血涌上头，火热的躯体，让我失控，我拉扯开她的T恤。

"别，别，这里有人。"她抑制不住颤抖地说。

在她的坚决抵抗下，我停下了。

看着她绯红的脸颊，慌乱收拾衣服，我觉得我做错了。

以前我总是诧异有些人眼光锐利，一眼就能看穿男女的暧昧。现在我突然明白，热恋中的男女是隐藏不了的，举手投足之间就暴露了亲密无间。

厦门的夏天出奇的热，我们挤上公交车。我很自然地为她占了座位。在同事惊讶的目光下，突然暴露了，我们就像小偷被抓了现行。

一刹那，同事们异样的目光，让我俩不知所措。

"徐老师，你隐藏可真深。"老李调侃道。

"你真可以，连大姐也给你糊弄了。"章老师戏谑道。

既然已经暴露，我们索性在众目下毫不掩饰表现恋情。

1998年的夏天，大雨是主题。

雨水没完没了，哗哗的雨一天接着一天。泛滥的洪水充满了河道，漫过了河堤，打着漩涡的黄褐色的洪水拥进了街道、城区。阻挡了她回家的路，假期她一直没有回家。

她的小屋成了我们最好的避风港。

这里没有瓢泼大雨，没有电闪雷鸣，有的就是两情相悦，缱绻缠绵。《红楼梦》中有一章节写的是宝玉初试云雨情，我当时不明白。在这小屋里，我突然明白了。

窗外，雨哗哗地下着。

屋里，我俩依偎着，不着边际说着。手不经意划过乳房，如触电般，一阵悸动。

……

一切就不可避免地发生了。

当一切平息下来，我的心里空荡荡的，身子在一刹那间被掏空了。28年了，多年来我一直在期待这一天，这一次。曾千万次设想过，可是没想到就这样突然发生了，猝不及防地发生了。我惶惑，这就是期待已久的，我茫然，这就是我的宿命。

"你看，就是你弄的。"她指着被子上的一点鲜红，我让一个女孩成为女人。虽然千百次地期待过，但是这一天突然的不期而遇，我还是没有准备好。

晚上走在回家的路上，月亮高挂中天，我身心疲惫，不知所措。我对一个女孩所做的一切，我能否承担得起？

第二天又期待这样的感觉。

从此总想去探索，总觉得这样的过程太快。几乎每夜留宿在她的那间小屋。后来我读《查泰莱夫人的情人》对查泰莱夫人最渴望的与心爱的人睡一夜，有了深刻的理解。一觉醒来，我匆匆离开小屋。夜深人静，我走在路上，只有一个切实的愿望，何时无须离开。

一个月过去了，幸福的时光总是转瞬即逝。我要离开景德镇，我要去遥远的西北。火车一路西行，我的心越来越远，我从来没有想过我们的未来。我们有未来吗？

（二）

火车驶过宝鸡，漫漫的黄色替代了绿色，我的心如同窗外的黄色一样荒凉。我们的爱情刚刚经历火热的夏，就一下进入了别离的冬。

我的读书生活按部就班开始了。

我陷入了前所未有的孤独。

渴望的研究生生活没有想象的精彩，我十分珍惜这来之不易的学习时光。可是一旦投入到学习上，发现我已经不能适应校园的生活。在工作中养成的一些口头禅，让我丢脸。

还有在导师侯老师和师妹前我的普通话简直就是灾难，我对自己的发音彻底崩溃。我的自信一点点在消失。

在郁闷的心境下，对远方的她的思念不可遏制地涌起。

发出了我的第一封信。

把我的思念，我的渴求——倾注在笔间。很快，每周都能收到她的来信，小小的略带弯曲的字迹，满满地铺满了信笺。每次读她的信，我总要等到夜里，躲在蚊帐里，旋开窗前的台灯，在昏黄的灯光下，一行一行读。她的信总写不长，一会儿就看完了。我就像一个没有吃饱的孩子，一遍遍读着，慢慢读出她的体温，她的气息。浓浓的思念挡不住睡意，头枕着信进入梦乡。醉过方知酒浓，爱过方知情深。今天，我彻底体会到了相思之苦。

一次我在信里提到多么渴望摸摸她。

我总忘不了，在那个小房间里。

寒冷的冬天，烧着热水，冲凉的胴体。挺拔的乳峰，白皙的皮肤，乌黑的头发……想起陈忠实《白鹿原》长工对女性乳房的描述简单而深刻啊。作家最了不起的地方是，虚化了、美化了生活的丑陋，爱恨情仇读起来淋漓畅快。可是有些镜头，需要在今后的成长中才能深刻理解。

就像生活，懵懵懂懂看了很久，停了很久，有一天突然，一道亮光穿透了你生命中的黑暗，耀眼而夺目。

我和她距离3000公里。书信解不了相思之渴。

"说什么海誓山盟，我现在就想把你手牵。"这简直唱到了我的心里。我们约定在周末打电话，可是长途电话是昂贵的，每次通话诉说衷肠，看着时间一秒一秒流逝，多么渴望时间停下来。

一次在通话中，她一直不肯挂电话，我多次催促她。可是她就这样一直讲着讲着。她说："下大雨，不想挂电话。"仿佛看到凄风苦雨，她柔弱的消瘦的双肩在抽泣中起伏。

如今我的箱底还珍藏着不少电话卡，电话卡里记录的每一分每一秒都是我们相思的印记。

1999年的冬天，十分寒冷。

那一夜，我突然梦见家门口的那株石榴树。

1983年的春节前夕我们搬进了新家，爸爸在家门口种了两棵石榴树，一棵长得好，几年后就枝繁叶茂，开了许多红色小花。我和哥哥就会期待秋天的石榴。妈妈说，新种的石榴要三年才会结果。果然，花落了，小骨朵并没有长成石榴，在秋风里落下了。另一棵就像天生发育不全的孩子，叶子稀稀拉拉的，花就更没有正经地开过。

爸爸总是在石榴树下忙碌着。或者搭个鸡窝棚，或者做一些衣架，或者是慢慢地劈柴。他喜欢把柴火码得整整齐齐。太阳下山，透过稀疏的树叶，斑驳的光影洒在爸爸的身上。

几年后一棵石榴树死了，另一棵石榴树终于结果了。虽然石榴不多，红红的石榴慢慢咧开了嘴，我和哥哥期待着，期待着。中秋后，我们终于吃到了酸酸甜甜的石榴。打开石榴，晶莹剔透的石榴子密密麻麻地整齐排列着，多诱人啊。我会一粒粒吃，哥哥却说，一把把吃滋味更好，一粒粒吃不出味道。我喜欢品尝点点滴滴酸甜，不像哥哥。

从此每年的秋天，当秋风吹落了树叶后，光秃秃的树枝上，摇曳着的石榴成了我们最大的期待。可是顽皮的孩子往往趁家里没有人，偷摘石榴。真正能留下的也就几个。

石榴树，石榴就成了我对景德镇家最深刻的记忆。

我梦见了家里的石榴树死了，我打电话给她，让她去看看石榴树。

她告诉我，爸爸生病了。家里石榴树光秃秃的。

多年的积劳成疾老爸颈椎炎发作了。我和哥都在3000公里之外，心里十分焦急。她主动去家里为父亲找了中医院的一位熟识的医生，经过治疗，父亲的病情缓解了。那是她第一次去我家。

一直以来爸妈对我和她的关系是不赞成的，他们希望我以后不要和这个痛苦的地方再发生任何联系。何况她的工作以后怎么办？她很善于沟通，主动问寒问暖，虽然不至于让爸妈改变主意，但是她给他俩留下了深刻的印象。

春来冬去，我已经习惯了这样的相思生活。

还清楚地记得第一年的假期，我冒着严寒匆匆回来的情景。

放下行李，匆匆赶去那个小屋。她低头织着毛衣，神情淡然，消瘦的肩膀随着双手有节奏地晃动。一切的相思，相思的人就在眼前，曾经千百次设计的场面并没有出现。

"我回来了。"

她抬起头，看着我，脸上顿时起了红晕，眼睛亮起来。

我坐在她身边，一把把她揽入怀中，深深吻她。她有点慌乱，很快就紧紧抱住我，吮吸着爱情的甘汁。已经是半年没有彼此抚摸，急切地寻找彼此。

不断高涨的情感的潮水淹没了我。她却很理智，低声说："现在不方便。"逃离了我的怀抱，伸手把门关上。

"先试试这件毛衣，"把一件只剩下一只袖口没有织完的深红色的高领毛衣在我身上比划，"我估摸着织的。"她一边脱下我的外衣，一边说。

"别动，站好！"

"大小挺合适的。"她把毛衣按在我的双肩。

前段时间看《父母爱情》，其中一幕，为丈夫八十岁生日，妻子准备亲手织毛衣，为此还大病一场。我很有感触，是呀，上个世纪，一件亲手编织的围巾，毛衣就是浓浓的爱。

快乐的生活时光总是飞快。在厂门口遇见一位经营电话业务的前学生家长，她感叹地说："何老师每次打电话总是放不下电话，何老师心里苦呀！"我又想起在电话里舍不得放下电话的她，消瘦的肩膀，淡淡的"反正在下雨，多聊一会"。

慢慢地适应了研究生的生活，一切按部就班。

为了减轻生活的压力，我一口气接了三个家教。每个周末我奔波在南关什字、西关什字。兰州的冬天异常寒冷，夜幕降临，寒风中昏黄的路灯总让我想起小屋的灯光。她在干什么呢？

因为单位的效益不好，她选择了南下，在1999年底去了深圳。她能应付得了吗？

不久，她来信说找到了工作。

整个校园沉浸在世纪末的狂欢中，但是我与她相距4000公里。

后来我问过她，为什么这么坚决南下打工去。

她淡淡说："我和你好上了，引来了很多流言蜚语。"

她与单位的领导发生了一次激烈的冲突。

以前一起打牌、喝酒的朋友经常在她面前开玩笑，说许仙可花心了，没有人看好我和她的未来。

她个性很强，很情绪化。

学校有一姓竺的主任，以前因为身份（无编制）总是受人排挤，好不容易有了身份，自然要找回来那种尊重。她的先生还是厂里的二把手，她在学校的地位越发重要，同事们也越发尊重她。

竺主任多次让她泡茶端茶。

她在多次忍耐后，终于爆发了。

一次课间，同事传达竺主任的指令，让她泡好茶送到教室。

"我不去，我要改作业。"她拒绝了。

想到前一次节日办公室聚餐，因为她没有第四节课，办公室凑了二十三元钱，竺主任让她去买肉买菜，准备包饺子。二十三元太微薄了，何老师甚至贴了些钱，买来的肉菜刚刚能包上饺子。有人说怪话，说她是不是贪污了，怎么这么少。竺主任的眼光也是怪怪的。

"你是新来的老师，帮领导泡泡茶也没啥。"一位老同事劝道。

"我不去，我是老师，我为学生服务，不为领导服务。"她冷冷地说，头也没有抬，继续改作业。

几分钟后。

"你刚来的黄毛丫头，我还叫不动你了！"竺主任在办公室门口咆哮道。

她突然站起来，拿起竺主任的茶杯扔到了楼下。

满办公室的人惊讶得说不出话来。

校领导多次劝她给老同志道歉，她拒绝了。

竺主任与她势同水火，时常发生冲突，而远在兰州的我并不知道这一切。

2003年，我们在深圳接待过老同事朱老师，她也是我的小学老师，为人正直，曾在饭桌上说起这些往事。我心里不禁感慨，那时我只觉得自己难，她也难啊。

这些琐事，最终让她下决心离开。

她终于在深圳立足了，她在南山一所小学找到了工作。

2000年的夏天，她说暑假来兰州。我对这个夏天充满了期盼，她从深圳来兰州，我用地图细细算过了，距离4000公里，从广州到兰州的列车运行35个小时。七月初，一放假，她就坐火车来了。上午十点半抵达兰州车站，我一早就去火车站接她。我站在三号站台，远远眺望火车，车站的道轨一直消失在视线以外。第一次这么喜欢这站台，因为我的爱人就要来了。这么多年来，我憎恨站台，因为每一次出现在站台意味着别离，这次不同。从三号站台这头走到那头，时间才过去5分钟。我不时抬头看那站台上巨大的钟，时针不紧不慢地走着，我甚至怀疑是不是钟坏了。

我也记不清楚走过了多少个来回，视线的尽头高大的火车头出现了。隆隆的车声越来越响，来了，她来了。

火车慢慢驶近了，伴随着巨大的刹车声，渐渐停了下来。1、2、3……7号车厢，就是这里。旅客们大包小包下车，我的心怦怦跳起来，我的她呢？

一个娇小的熟悉的身影出现了。一身绿色的运动服，一副墨镜，身后拖着拉杆箱，四处张望。是她，我急忙挥手，向她奔去。昨夜想了一夜见面的情景，拥抱、热吻。可是一切没有发生，我接过拉杆箱。

她摘下墨镜笑着说："看啥，不认识呀！"

年轻脸庞，充溢着青春的气息。

她很自然挎住我的手。在公交车上，我贪婪注视着她，她用柔软的小手扣住我的手，我一言不发。现在我感受到歌词里所唱"书上说海誓山盟，我现在就想把你手儿牵"的无奈，牵着你的手，才能真实感受到你的热度、你的温度、你的柔情蜜意。

"你这样看我，我都不好意思呢？"她对我耳语。

吹气若兰，以前我总不能领会，今天我懂了。只有亲密的爱人的才会有这种气息。

"我就要把你看在心里，永远。"我低下头小声地说。

熟悉的红晕又在那张精致而白皙的脸上泛起。

……

我在学校附近租了一间小房，开始我们的暑期生活。那间简陋的小房，却是我生命中最值得回忆的地方。因为那是青春岁月中无拘无束，相厮守最长的一段日子。

在改完了高考试卷后，我们把假期生活安排得紧凑而充实。兰州的夏天没有南方的炎热潮湿，我们选了一个明媚的日子去五泉山公园。虽然黄河贯穿兰州，但是兰州地处干旱的西北，绿色植物远没有江南茂盛，五泉山公园是绿色植被保持较好的地方，是兰州人最喜欢的景点之一。

我已经不记得我们流连的风景了，与爱人在一起的从容、闲适除去了生命的焦虑。七月的兰州天高云淡，树荫下颇有凉意。山上树木葱茏，缺水的西北这可算得上一块宝地。拾级而上，亭台掩映在树荫中。山上有了浓荫，自然凉爽，可惜已经找不到了传说中的泉水了。公园并不高，不到两个钟头，我们已经抵达山顶。远眺兰州，静静地卧在黄河的河谷里，黄河缓缓向东流去。蓝天一碧如洗，几朵白云悠闲飘过。经历了爱情的焦渴，备受相思的煎熬，执子之手美得就像天上的闲云。

我和她肩并肩靠着。

游历的景点像老照片背景已经模糊了，可是那种宁静、甘甜是我一生中最难忘的。

下得山来已经是傍晚时分，买了点干粮、凉拌菜，时鲜蔬菜，回去炒一个菜，就是一顿丰富而简单的晚餐。

其实人又能吃多少呢？山珍海味吃多了会腻的，但是与幸福的人一起吃晚餐是永远不会腻的。兰州的千层饼、牛肉面、酸菜伴着她一起留在味蕾里，经久不散。

我们一起去了兰州铁桥——中山桥，徜徉在滨河路。以前没有写日记的习惯，那些生活的点滴如同一个个片段，背景一律是模糊的，只有那份情感一直留在记忆的深处。正如池莉所言："记忆是一朵花，每年春天都开得不同，它会大一点、会小一点，会艳一点、会淡一点；它会特别突出，也会悄然消隐；只有经过历年的积累，再回眸，才可以见到那份记忆的真实。记忆是有生长与消亡的，经过生长达到成熟的记忆才是历史。因此我想说，历史是个人的。我想说，没有个人的历史，人到底是单薄的。因此我还想说，中年是人生最好的年纪，人未老，始知世，又可以凭借古人历史的墙垛，远远眺望，温故而知新，由暗入明。"

她说得多么深刻。

黄河缓缓流淌，河边有一雕像，母亲怀抱着哺乳的孩子，寓意黄河母亲河。这条母亲河是中华民族的摇篮，孕育了灿烂的华夏文明。徜徉在河边，我一直没有感觉到张承志《北方的河》那种雄浑与厚重，黄河静静地流淌穿过兰州，浑浊而缓慢。记得一篇书评说黄河是黄色文明，象征着保守与封闭；当下是海洋的世界，那是蓝色文明，象征着包容与开放。当我亲近这条河流的时候，我是惶惑的，黄河你来自雪域高原，难道是千百年你的滚滚浊流耗尽了你的奔腾与不羁吗？

河边还有一巨大的仿制水车，随着河流吱吱流动。

"我是你河边破旧的老水车，千百年纺着疲惫的歌。"我轻轻低吟。

"文人就是酸，"小何指着远方比画着，"奔流不息，生命不止，才是硬道理。"

绿色的紧身裤，运动衫紧紧裹住她饱满的身躯，扎在脑袋后的马尾辫在跳跃。

"年轻真好。"我默默感叹。

在十几年后，人到中年，那份情感，那段日子正如埋在地下的老酒，芳香而甘醇，让人陶醉。

随后我们还去了西关十字，这里小商铺林立，这里她发现了一种手工制品。由于国有企业改制，大量的工人下岗了。这里有很多毛纺厂的下岗工人自己开的小店铺，卖手工织品的材料，免费教人织鞋袜之类。

她对此特别感兴趣。

对手工编织她也极有天赋，一个下午竟然学了大概。

从此夜里她忙碌起来，疯狂地迷恋上了。

从此，我挑灯夜读；她飞针走线，拖鞋，手套，围巾从她灵巧的手中逐步成形。夜深，我忍不住困乏，先睡了，一觉醒来，她还在灯光下编织，我劝她早点睡，她低着头说，很快就好了。兰州的夏夜，在宁静的校园，小何热情地编织未来。这是我生命里最难忘的夏夜，不是闷热烦躁，而是宁静清凉。

兰州城横卧在黄河的狭窄的河谷里，两边都是山。独特的山形地貌，加上日照时间长，河谷水充足，兰州产的水果特别香甜。八月正是水蜜桃成熟的季节，时常有村民挑着自家产的水蜜桃在学校附近叫卖，价格便宜。六角一斤，我们有时一口气买十斤。兰州的水蜜桃不大，但桃肉饱满，细腻松软，汁多甘甜；白蒂红脸，淡淡的红就像少女的红晕，嘴尖稍歪，惹人怜爱。我常开玩笑，说这个桃长得像她。

她娇嗔道："我就把整个桃子塞进你的嘴，看你还瞎说。"

一口咬到桃子，满口是醉人的香呀，甜甜的桃汁迫不及待涌进喉咙。我可不愿像猪八戒吃人参果那样囫囵吞枣，慢慢地、一点点让甘甜融化。我一辈子的好桃肯定是在那个夏天吃完了。以后在商场里每每看到水蜜桃，总会挑几个，可是再也吃不上那样的好桃了。

那个夏天简直就是水果大餐。

几天后，兰州的白兰瓜上市了，新疆的哈密瓜来了。水果集中上市，价格又便宜了，兰州果然是名副其实的瓜果之乡。

北方的夏天和南方不一样。阳光下，炎热，可是一到阴凉处就不同了，不像南方，夏天从里到外热透了，湿乎乎的空气让人腻烦。兰州的夏天也是多变的，有时突如其来的风沙，让你猝不及防。

八月的一天，天空像往日一样湛蓝，阳光毫无遮挡地射下来，大地晒得滚烫。不愿意看书，拿了张小凳子，坐在屋檐下。夏日的午后是慵懒的，我坐着发呆，小何在编织。看着针在她怀里跳跃，小凳旁一小筐，小筐里的线球随着她的手在翻动，怀里的编织很快长了不少。没有风，云的影子慢慢移了过来。她时不时撩一撩额头的刘海，额头上沁出了密密的汗。

"你发啥呆，看啥？"

"没看啥。"

远处的云的阴影越来越大，太阳不见了，天有点闷。

"你给我扇扇，怎么这么闷？"我拿起扇子，不紧不慢摇着。针线翻飞，怀里织物已经成形了，胸前渗出了汗水。

"哎，你用力一点。"她并不抬头，线在她灵巧的手指间游动。

一阵风带起了尘土，树叶开始晃动。"起风了，凉快，还是天风好。"她并没有放慢速度。

一会儿，飞沙伴着豆大的雨点迎面而来，我们慌忙撤回了家里。听着雨点敲打窗声，雨丝连成了线，扯天扯地，白茫茫的水世界。夏天的雨来去匆匆，雨水消去酷热。院里不知谁在放《让我们荡起双桨》"海面倒映着美丽的白塔，四周环绕着绿树红墙……"

从内心流淌出来的歌声如此美丽。

那一个午后，留在了心底。正如心理学上所说，所有的片段都不会忘记。只有在特定的情境里才能重新激发，经过情感加工的记忆如同酝酿的酒芬芳馥郁。一个个记忆的片段是忘不了的，只是在适当机会重新激发。

兰州的四十天，值得我一辈子珍藏，那是人生里最没有牵挂，最自由的日子。兰州的云，幽幽地在山头游走，黄河缓缓流淌着，甚至是河边的水车，咿咿呀呀的旋转声留在记忆的深处。这些日子不断出现在梦里。

快乐的时光总是短暂的，才相聚别离又在眼前。

四十多天的厮守的日子转眼即逝，八月底，她要离开兰州。幸福的时光总是相似的，但是生命中的那个夏天永远不会再来了，只能出现在脑海深处，可是拥有了这样的夏天生命还有什么不知足的吗？

（三）

2000年11月底，论文框架大致准备好了，我向导师请了假，南下深圳。抵达深圳已经是在深夜，深圳的深秋没有一点寒意，远处建筑的灯火璀璨，这就是深圳。

"这里，这里。"她在广场的一角挥手，飞快地跑了过来。

"怎么晚点这么久，急死人啦！"她一把拿过我的背包。

夜色里，镜片后的眼睛闪着光。

"先吃点东西吧！"她边走边说。

"还是先回家，我想洗澡。"深圳的风黏黏的，很不适应。

坐上大巴，大巴驶向南山。"深圳的夜色，多么美好。"我突然想起了当年风靡一时的歌曲，深圳我来了。深南大道的路灯像一条河，大巴流淌在灯海里。她把头靠在我的肩头，静静地。

抵达她的宿舍，我去冲凉。

她在厨房里炒了蛋炒饭，听着厨房里油锅滋滋的声响，久违的感觉涌向心头。

吃晚饭，疲乏涌来，我哈欠连天。

"晚饭后，还有活动，不许睡，我洗洗就来。"她拿着衣服去了卫生间。

躺在床上的我，睡意袭来。

醒来已经是第二天的上午九点了。"桌子上是早餐，我去上课了，你好好休息。何"

这已经是深圳了，我揉揉太阳穴，站起来，拉开窗帘，一屋的阳光。深圳的深秋依然炎热，窗外的树荫浓密，墙角的簕杜鹃一簇簇地绽放。

吃完饭，我在楼下的院子里走了走，院子很安静，除了院子入口的保安懒懒地坐在椅子上。这是一个老式的四层楼，楼下有一小院，院子四周栅栏上爬满的簕杜鹃。一棵高大的木棉树，木棉树干上长满了锐利尖刺的小疙瘩。"我有我红硕的花朵，像沉重的叹息，又像英勇的火炬"，虽然没有看到木棉花开，但是我对木棉树有着一种敬意。南国的树与北方的树从外形到内在的气质差别很大。

我见惯了北方的白杨树，挺拔的干，一律上束的树叶，让人想到战士，整齐而庄严。南国的树是四处弥漫的像泛滥的洪水，如大叶榕，宽大的叶，蔓延的干，垂地的气根，浓荫四蔽。北方的花开得含蓄而内敛，深圳的花开得奔放而张扬。我转出了院子，外面是喧闹的街市。

沿着深圳道路漫步，街头行人脚步匆匆，马路上的公交车呼啸而过，远处搭着脚手架的工地，工人们干得正热火朝天，这种节奏让我兴奋，这是一座年轻的城市。

中午，她给我打了食堂的盒饭。住的是她学校的教师楼，一间三室一厅的套房内居住了3人，一老师家就在深圳，很少来住。另一间住的是一姓李的老师，湖北人。

周末，我们有时邀在一起吃饭。

李老师男朋友姓韩，在福田教书，周末时常过来。我们一起做几个菜，合在一处吃饭。深圳是年轻人的世界，来自天南地北的年轻人。李老师很健谈，一起吃饭就天南地北地瞎聊。

2001年春天我留在了深圳。

元旦我们选择了仙湖植物园。第一次去仙湖植物园，我就喜欢上了。植物园的面积颇大，树木葱茏，依山傍水。入园后，没有选择坐车，沿着山路走了六七里，两旁是高大的台湾相思树。山回路转，一路上游人如织，"至于负者歌于途，行者休于树，伛偻提携，前者呼，后者应，往来而不绝者，滁人游也"应该就是这样。建在半山腰弘法寺，是深圳香火最盛的寺庙。我们也入乡随俗，也进了三支香，小何虔诚地在每尊佛像前祷告，我问她，许了什么愿。她笑着说，不告诉你。

进完香，我们去湖区。决定走小路，小路幽深。沿着弯曲小径一路下行。溪水淙淙，沿着山沟而下。周围是密密的竹林，有凤尾竹、罗汉竹、山竹，或是高大的一丛，或是散落在沟边山石，或是密密的一片。

南国的冬天阳光和煦。

竹林里却是凉意十足。坐在竹林的巨石上，发现竹竿上密密刻了不少字迹。某某到此一游，某某与某某永结同心之类，字迹歪歪斜斜，真是大煞风景。小何喜欢照相，每到景致绝佳处，她总要留影。

青青竹林幽深、清凉，溪水潺湲，流向仙湖。

走乏了在路边的石凳上坐坐，听听鸟儿的欢唱，看看蓝天流云，算得上赏心悦事。几百年前汤显祖《牡丹亭》里，杜丽娘伤感青春，"原来姹紫嫣红开遍，似这般都付与断井颓垣。良辰美景奈何天，赏心乐事谁家院"，杜丽娘的青春年华是寂寞而孤独的，没有人分享生命的美，没有人关注这美的生命，她的感叹是如此沉重。汤显祖是敏锐而敏感的，他感受到美的消逝的无奈与伤痛。

在这里，我们分享着爱情的甘美。镜头里她摆着各种姿势，她要把美的青春永远定格在镜头上。十几年后，偶然翻看这些照片，那流逝的生命，消逝的印记又在脑海里复活了。

小溪的尽头是仙湖。

仙湖是植物园的神来之笔，四面青山环抱。仙湖水清，翠绿的青山倒映在湖中；仙湖水深，从岸边望去，从浅绿到蓝色。仙湖正对着一块绿地，这也是深圳人休闲的好去处。假日里游人如织，孩子放风筝，玩飞碟；铺上一块垫子，随意坐着、躺着，享受这南国煦暖的阳光。

春光融融，暖风习习，湖面上波光粼粼，小船推开波浪，一派春色。

沿着湖边的栈道，我们走在树影波光里。

小何甚至做了一个草帽，用青草编织的帽子，戴在头上，引得路人注目。她还一定要我戴着草帽合影，当时还觉得怪不好意思。今天看来，那青春张扬的日子多么让人怀念。我们还一起去了热带沙漠植物园。植物园里有三尊不同地带的裸女雕像。非洲女子是全裸，美洲是半裸，亚洲是穿着纱衣。我的目光在非洲裸女的身上逡巡颇久，妻子说我色。色本来是指脸色，好色，本指好的容貌。生活中谁不喜欢好的容貌。外在的"色"往往是第一印象，可是相处久了，自然内在的"态"就显露出来。可是当下的社会是浮光掠影的物质社会，外在的"色"却更强大了。好的艺术品我看应该是内外兼修的，因为你要经得起时间的洗礼。后来我多次去过沙漠植物园，艺术家恰如其分地反映了不同地区人们的性格的差异。非洲女子的奔放与张扬，美洲女子的热情与快乐，亚洲女子端庄与矜持。一方水土养一方人。虽然同处热带沙漠，但是不同地区深深烙上不同的文化印记。

热带沙漠园区旁边是一块化石林。展示的是几百万年前，几亿年前的植物化石。徜徉其间，山上郁郁葱葱，山脚是生命的遗迹。你会有一种强烈的时空错乱感。生命的本质是什么？脑海里会突然跳出这样的话。大自然最神奇的是给每种生命展示的舞台，至于何时谢幕，谢幕后又以什么样方式再现，你我永远不得而知。

沿着湖穿行在各个主题园，展示最多的还是侏罗纪时代的蕨类植物。植物园很大，我们或登高远眺，或探幽览胜，或静坐浓荫，行到水穷处，坐看云起时。那时候去植物园没有车，游览得很细致，后来有了车倒是走马观花，当作一件任务来做了。

仙湖植物园也是我与深圳结缘的第一个大型植物园。

以后，我们几乎年年要去一两次。

在一起的时光总是过得十分快，在写论文的闲暇之余，我找了一份代课老师的工作，每天忙忙碌碌。期间我参加了深圳人事局组织的应届大学生双向选择会，在高交会馆里挤满了来自全国各地的年轻的、热切的脸。2001年寒假期间，接到盐田区教育局参加笔试与面试通知，顺利通过了笔试与面试，教育局同我签约了。

忙碌完紧张的毕业答辩已经是六月底了，我将离开这个生活了三年的西北城市。我感谢这座城市，在这里我学会了吃拉面，在这里留下了我最甜美的时光，在这里有面对学业无奈的沮丧，有对远方的亲人的刻骨的相思。我感谢这座城市，我学会了独自面对一切困难；感谢这座城市，这里留下了我一生中最难忘的日子。六月底我再次登上南下的火车去那个南国边陲的小镇——深圳。

（四）

2001年7月办好入职手续，我和小何回家了。

原本并不想办婚礼，岳母觉得太委屈女儿了，坚持把女儿堂堂正正嫁出去。定下日子后，婚礼办得很简单，我只请了两位初中同学做伴郎。港口村里来了很多人，我不太听得懂他们的话，只是知道来了很多亲戚。

酒席上，我如坐针毡。

酒席是在家里的院子里办的，人来人往，满地是鞭炮的红红的碎屑，村子笼罩在喜庆里。酒席从中午就开始了，当地风俗新娘独坐屋里，向隅而泣以示别离父母之悲。

村里的狗像主人一样"喝"得醺醺的。

它们在桌底下钻来钻去，不时为争夺骨头，肥肉嘶哑在一起，高高竖起的尾巴毫不顾忌扫过你的脚。乡邻已经司空见惯了，毫不顾忌地拍拍狗，甚至是给狗来上一脚，狗"嗷"的一声逃窜而去。

下午，冗长的婚宴结束了。在鞭炮声中，终于可以把小何接走了。岳母眼圈红红的，岳父再三交代我要照顾好小何。临上车，岳母把一厚厚的红包递给我，我慌忙推脱，岳母硬塞在了妻子的口袋里。

这就是我们简单的婚礼，简单到甚至连一张婚床也没有。小何一说到此事就会嗔怪道："太寒酸了，你给我的婚礼。"

婚后回到了深圳，生活开始逐渐步入正轨，我们租了一套两居室的小房，把父母接到了深圳。当时热播《一地鸡毛》，深有同感。生活是零碎的、杂乱的，远谈不上诗意。父母还带着不到三岁的笑笑（妹妹的女儿），笑笑爱哭，晚上总是哭，隔壁的房客很反感，有时在半夜听见笑笑哭后，隔壁咚咚砸墙表示不满。我颇为难，妈倒是很淡然，冷冷地说："谁家小囡不哭。"当时觉得不可思议，现在回想起来觉得自己可笑。

爸妈住不惯深圳。

一天晚饭。爸爸发脾气了。"你们租的房子，连煤气都没有，用电炒锅，炒得饭菜太不好吃了。"房东把一套三房改成了两套两房，煤气管道要自己开通，当时我们不愿多交一笔费用，就没有开通煤气，用电做饭、烧菜。

还有一次，爸上街，走在人行道差一点被自行车撞。

他向我抱怨："深圳警察太少，你看老人家被人撞了，也没有人管，要是在上海就不是这样。"

我知道爸的不容易，老境颓唐，子女都自顾不暇，自然对他照顾不周，更重要的是他一直想回上海的愿望终究没有实现，情郁于中，自然要发泄。可是我当时哪里懂得这么多。

最糟糕的是，妈妈在南山医院检查，除了高血压外，还确诊糖尿病。我很愧疚，我没有能力给爸妈提供一个安心养老的地方。

日子总是以它亘古不变的步伐不紧不慢地前行。

（五）

2002年的暑假，小何突然不舒服，反胃、呕吐。

去医院检查，结果是小何怀孕了。一个没有计划的生命就突然而至了，我第一反应就是，太突然了，自己的生活杂乱无章，一切都没有准备好。面对这个世界，太多的无助，我们甚至没有立锥之地，哪里有容纳孩子的地方。我对妻子说，两人挺好，干脆我们就做丁克族。

太突然了，突然得要我们马上做出决定。

小何妊娠反应很明显，我千方百计说服了她，让她放弃这个孩子。她从手术台下来，我顿时松了一口气。

奇怪，做完手术，她的一切症状马上消失了，甚至胃口出奇的好，我们还在龙坤居附近的南昌馆子店吃了很正宗的江西炒粉。现在想来，年轻人真是无知无畏呀，一个生命就这样被无知的我扼杀了。直到今天，一说起这件事，心头会升起复杂的情感。如果当时有长辈在，我们可能就会留下这个生命。那个假期我们过得十分暗淡，小何对这个逝去的小生命耿耿于怀，2002年9月的一天，我还在上课，小何给我电话，让我下午抽空早点回来，她看了一间新房，准备买。

我兴冲冲地从深圳的东头坐车摇到西头，天色已经暗淡了。这是一个适合年轻人的小户型的楼盘——心语家园，名字取得很温馨。小何看中的是在西头靠马路的一间一居室的房子。阳台面对月亮湾大道，货车驶过，就会有隆隆声。我觉得太吵，但是价格有吸引力。34平，大约是17万，首付只要5万，还带装修，算算正好能承受。

虽然环境不是很好，毕竟便宜，连夜签了合同。

我们期待着入伙，因为有了自己的家。心语家园是我们第一次置业，在网上我们认识了不少热心的准业主。来自宁夏的 Kevin 夫妻、东莞的小宋夫妻、山西的小赵夫妻。这些准业主来自各行各业，大家都有热情，有特区的朝气，相信凭借自己的双手能创造美好的新生活。因为开发商在装修过程中使用劣质涂料、厨卫设备质量不过关等，我们一起商量如何维权，共同起草了投诉函给南山建设局、给媒体，敦促开发商提高质量。虽然心语家园有很多问题，但是毕竟是我们的家，回想一起走过的日子，心里充满了感激，因为只有在这个年轻的城市，才会有如此众多的心怀梦想的年轻人，坚信自己能改变明天。

特别怀念那段日子。

一起品尝过 Kevin 的手工面，一起听过发烧友小宋的顶级唱片，还有领教过小赵家那条小白狗风骚。每天晚上在架空层散步时，小狗跟在赵先生身后撒欢，最要不得的是这条小公狗很好色。只要见到年轻女性就爱立起身，前肢抱住女孩脚，剐蹭。小赵妻子脸色绯红斥责这条小狗，妻子被它惊吓过，后来次数多了，也司空见惯了。

小区住的大多是年轻人。Kevin 离开了稳定而有保障的电力部门，来深圳，从头开始，用他的话说，从事外贸，口语有了质的飞跃。小宋的先生是东莞当地人，用他的话说，年轻闯荡江湖，死而无憾。小赵是一个沉默的 IT 男，但是一旦谈到选择深圳，他会很激动。

"如果爱一个人，就把他送到深圳，这是人间天堂；如果恨一个人，就把他送到深圳，这是人间的地狱。"一次聊天，小何突然很有感慨地引用了热播剧《北京人在纽约》的台词。

几个年轻人都沉默了。

深圳的夜，灯火迷离，小区顶楼的霓虹灯闪烁。Kevin 透过镜片的眼神闪闪发光，小赵低头不语，小宋的先生接着说："不管是人间天堂，还是人间地狱，我都喜欢。这里是异乡人的家。"

聊城市，聊生活，聊未来。

当时深圳一位网友抛出了一篇博文《深圳，你被谁抛弃了》，引起了深圳人的广泛关注。我们热烈争论着、热情探讨着深圳的未来，颇有点挥斥方遒，指点江山的气概。

如今我们的热情、伤感、激愤、豪气都随风消散了。可是记录着美好的时光点滴片段深深地印在心里。

虽然房子很小，但是这里是我们的家，属于自己的家。小何一点点装饰着这个家，家里很温馨。有了家，小何的母性需求强烈起来。她认了一个干儿子，叫王志宏，小何很喜欢他。我觉得很奇怪，志宏生性木讷，旁人看来他呆呆的。可是妻子却说，他很聪明，有时周末干脆就住在我们家。

志宏对小何十分依恋，周末的时候，小何有时候带学生画画，他也一起画，小何说干儿子的色彩感很好，我看着乱七八糟的画面，说小何偏心，这么喜欢儿子，不如生一个"湿"儿子。每提到此，小何总会幽幽地说："都怪你。"

心语家园离大南山很近。

周末，我们一起去爬山。

她不愿意走蛇口的台阶，宁愿走党校附近荔枝园里的小路。小路陡峭，尽是爬山者踏出来的泥土小径。花 40 分钟左右就能爬到半山亭，一身汗流淌下来，气喘吁吁坐在亭子里，四面凉风习习，说不出的畅快。

深圳的年轻人多，爱爬山的人也多。看周围爬山者，前者呼，后者应，伛偻提携，自得其乐。在沿着阶梯走上二十来分钟就能登顶，登高远望，山腰荔枝林葱茏，山脚青青世界的小木屋红色的顶掩映在绿色中，远处的妈湾港货柜林立。

深圳就是这样有特色的城市，它让你割断了内地城市特有的温情，因为你在这个城市里是陌生人；他让你充满了热情，充满了期待，因为你是陌生人，而机会对每个陌生人都十分平等。从来没有一个城市像深圳一样，短短几十年从小小的渔村蝶变为国际化大都市。2012 年深圳政府推出了《深圳十大观念》算是官方对深圳的一个总结吧，可是这些总结出来的概念离温情、琐碎、点滴的生活有点远。每一个经历深圳快速发展的人，都对深圳有自己的解读。

2004 年"五一"，我和小何去逛了深圳房交会。

我们在深圳高交会馆穿过了一个个展出的楼盘，坐着新世界的看楼巴士去半山花园。这个楼盘是香港新世界在深圳开发的首个楼盘，建筑是泰式风格，讲究亭台楼榭的布局，注意搭配各种花鸟鱼虫的石雕，高大乔木、低矮的灌木错落有致，依照山势 10 栋楼依次升高，寓意步步高。

楼盘是小高层，绿化面积很大，容积率很低。

走在小区里，就如广告词：住在森林里的家。楼盘倚山而建，借苍翠山色，充满了生机。楼盘的外墙刷了黄色的涂料，一点也不张扬，显示出皇家的雍容华贵。我和妻子一下就喜欢上这里的设计和幽深美丽的环境。我总觉得人生中有许多东西是讲究缘分的。徜徉在美丽的小区里，冥冥中有一种力量招引着我们。当然价格是最大的问题，均价达到了 7000 多元，当时这种价位甚至比中心城区高。

只能遗憾地离开。8 月底，我正在单位开会，小何打电话要我到半山花园。原来半山花园推出了新的促销手段。买三房首期只要支付 3 万，开发商无息借 12 万，三年还清。虽然头三年还款压力会很大，但是至少我们能支付起首期。

接下来小何开始忙碌装修，好在半山花园的已经是半成品，厨房卫生间已经装好。只要适当简单装修，买电器，做橱柜就可以入住。忙碌到十二月，我们住进了真正意义的家。虽然入住的业主并不多，夜晚漫步在小区里，空气清新，虫鸣呢喃，简直就是人间仙境。山的厚重，森林的翠绿，古朴的石雕，精致的亭台，让我每次都有发现的喜悦。开发商在设计上、用料上是下了本钱。无论是石雕，还是亭台，甚至是路面都注意了色彩的搭配。黄色的楼面，淡黄色石雕，暗红的亭子，褐色的隔墙，青色的亭顶，深深浅浅的绿色植物。木料涂上暗红的油漆显得高贵，石雕中有憨憨的乌龟，张着嘴的鲤鱼，振翅的凤，鸣叫的鹤惟妙惟肖。

入住以来，我渐渐熟悉了这里的一草一木。

（六）

2005年秋天的一个晚上，小何说她想要一个孩子。

"为什么要孩子？现在不是很好吗？"我从书中抬起头问。

"现在条件成熟了，我们要有一个孩子，我今年都28了，你已经35了。"小何缓缓地说，"你还真想丁克呀。"

我不知道该怎么回答，只是习惯了两个人的生活。

小何强烈地想要一个孩子，在那个夏末，她甚至用上了现代化的工具。今天我看到电视剧《宝贝》里的台词："老婆排卵了，赶快回家。"我太熟悉了。

一天晚上，小何测了试纸说，这两天排卵，一定要造出小人。破例我们一连三个晚上都在努力，最后我躺在妻子身边叹道："这真是个累人的活。"她很满足说："但愿成功，不要错过，这是受孕最好的时间。"

说来也奇怪，到了 10 月小何反应果然就来了。她去医院检查，确定已经怀上了。小何回来高兴地说："看来还是得靠科学的力量呀。"

小何的妊娠反应很厉害，吃什么吐什么。脸本来就小，现在更瘦。我只好请妈妈援助，让妈妈来深圳照顾小何。2005 年的 11 月，爸爸妈妈第二次来深圳，这次居住条件比上次好多了。妈妈很有经验，经常根据妻子的口味变花样做菜，可是妻子几乎没有什么胃口。人家孕妇反应三个月，可是小何五个多月了，胃口还是不好。

看着小何日渐隆起的肚子，我很担忧。2006 年的春节，大哥、大嫂一家一起来到深圳过年。大年初一，我们去登梧桐山。侄子昭昭很喜欢登山，我们走在前面，小何和妈妈走在后面，我们在山上吃了顿农家乐。在外面大哥总是抢着买单。大哥很喜欢这里的农家乐风味，哥嫂、妻子陪着爸爸、妈妈在山上的菜地里转转。南国的春节阳光很好，和煦温暖。

春光融融，一家人说说笑笑。这样的时光很难得，因为难得才值得珍惜，大哥喜欢拍照，拍了很多张合影，留住一家人幸福时光。

有了爸爸妈妈才有家。

我们兄妹仨天南地北，但是爸爸妈妈在哪里，我们春节就在哪里。现在想想这样团聚的日子并不多。每次翻看以前的照片、日记，那些笑声、影像在耳边、眼前。时间是生命的敌人也是生命的朋友，时光荏苒，爸妈渐渐老去，我们已经步入中年，可是亲情在时光中越发浓郁。

爸爸的牙不好，小何托朋友找了医生，给爸爸做了假牙。做假牙时间较长，我陪着爸爸一起去医院。我走在前面，爸爸跟在后面，他已经跟不上我的步伐。我停下脚步等爸爸，回头看见爸爸稀疏的白发，心里一酸。小时候是爸爸走在前面，我跟在后面，我总赶不上他的步伐。

在医院拔牙、做牙模、调假牙，很费时间。我静静等着。爸爸躺在牙医的椅子上，拔牙尖锐的声音很刺耳，爸爸张开嘴竟然有些颤抖，拔出来的牙齿扔在瓷盘里，发出"叮当"声，变形、黄色的牙齿粘着血丝很难看。

拔了牙爸爸的嘴有点变形，每天只能艰难地吃一些面条、稀饭。大概花了3个多月，牙套做好了。牙套有点紧，在牙床上摩擦，牙床红肿，不得不多次去调整。

爸爸每次都问，花钱多不多。

"放心吧，可以走医保卡。"她总是宽慰他。

每次从医院回来，我想牵着爸爸的手一起走。他感到别扭，总说："不要紧，我自己慢慢走。"爸妈年纪大了，身体又不好，小何和我商量，让岳母来照顾月子。小何的妊娠反应始终没有停过，到了八个月，小何胃口突然好起来。她很能吃，每次产检，医生总是说孩子体型偏小。妻子倒是很知足，挺着大肚子说，只要孩子健康就好，浓缩的是精华。

怀孕的女人是满足的。一天天隆起的肚子，小何很有成就感。晚上躺在床上傻傻地数宝贝心跳，说着莫名其妙的语言。我笑话她，她不以为然地说你不懂，儿子和我有心灵感应的。今天我做B超，宝贝不肯翻身，我对他说，宝贝乖，翻身给妈咪看看。宝贝就翻身了，你说宝贝乖不乖。孕期母亲眼中唯一的话题就是孩子。

小何每天要坐大巴去南山上班，虽然路途远，可是精神很好，她说："孩子很乖每次坐大巴，安安静静的，一点都不捣乱。"随着产期的临近，我担忧，劝她早点休息，小何说不用，宝贝很乖，一点也不捣乱。

楼下同事刘老师爱开玩笑。一次，他看见小何挺着大肚子回来，坐在楼下凉亭里休息。他很严肃地对我说："徐老师，我给你儿子想好了一个名字。"

我不搭理他。

"叫徐大巴，你老婆再上班孩子要生在大巴上了。"

"呸呸，你乌鸦嘴呀。"刘老师的妻子拉走了他，"他就是这样爱乱开玩笑。"

4月11号，父母回绍兴老家了，岳母来了。

小何的预产期在7月12号。小何总说，坚持坚持就放假了。好在岳母精心照顾，妻子的孕期很顺利。千盼万盼，我们的假期开始了。假期的第二天，一早妻子上洗手间，大声说要生了。

我匆匆把妻子送进了医院。小何怕痛，她坚持要剖腹产，由妇产科田主任主刀。我手忙脚乱，紧张焦急地等待着。

今天天气很奇怪。早晨还是天清气朗，等妻子送进产房，天色暗了下来。在手术室外，我强作镇静，默默念叨：不会有事，不会有事。

窗外云越压越低。一声炸雷，大雨如注。

11点18分，护士抱着孩子出来，笑着说："恭喜你，生了儿子，母子平安。"悬着的心才放下。

雨越下越大。

看着襁褓里的儿子，就是一个小肉球。我心里一片空白，风声，雨声充斥了我的头脑。我迷瞪瞪的，迎接着另一个崭新的我，不是我，是新生命。

雨下得太大了。岳母赶到医院时，浑身都湿了。

儿子，51厘米，重3400克。我不敢抱儿子，他太小了。

岳母老练地抱着儿子，儿子抽噎起来。他饿了。

小何躺在床上，脸色苍白，竭力让儿子吮吸奶头。儿子是幸运的，妻子的奶水很快就下来了。

窗外的大雨如注。

儿子吮吸着乳汁，我手足无措。雨太大了，小何让我去买几条鱼，煮汤，好下奶。岳母要照顾小何和儿子，我被指派去煮鲫鱼汤。以前我从来没有煮汤的经历，当我把如白开水般的鲫鱼汤端到小何窗前，她无奈摇摇头。

雨一直下个不停。

第三天，医院给儿子洗澡，我看着护理人员小心地给儿子调好水，把特制的游泳圈套在儿子的脖子上，进入水中，儿子摇头摆身子，很享受的样子。水，果真是生命的源泉。我发现儿子的一条腿上布满了胎记。我对小何说，儿子天生异象，出生时候电闪雷鸣，大雨如注；胎记布满整条右腿。她指责我，没有生活常识，连汤都煮不好，却满脑子乱七八糟的东西。

我无言。

儿子出生，让我手足无措。

我不知道其他男人在成为父亲后表现如何，但是我知道我绝对是世上最笨拙的父亲。

幸亏岳母能干，月子里小何恢复得很好。

儿子在他的生命历程里是幸福的，丰富的母乳，安静的环境，他长得很快。儿子是上苍送给我们的礼物。儿子一天天地成长，进入我们仨的时光。

成长日记

儿子在一天天地成长，从儿子视角看这个世界，你可以发现世界是如此多姿多彩，我们的视角、触觉、嗅觉被日常生活钝化了，觉得今天都是昨天的简单重复，一旦你俯下身子，细心看他们的"世界"，耐心听他们的"话"，感受孩子的世界，你可以感受到成长之趣，生命之美，从这点上说，是我和儿子一起成长。我如实记录了儿子从3-6岁的成长点滴，每次翻看记录儿子生活点滴的日记，我都会有新的感动。

2009-5-6　星期三　天气　晴
它还会活吗？

昨日是立夏，意味着夏天来了，今年的初夏很凉爽。晚上儿子要去散步。下楼，半轮月亮挂在中天。"月亮"，儿子兴奋地指着。

"爸爸，月亮出来跟我玩呀。"儿子一脸得意。

"今天我吃了青菜，她就出来了！"

"爸，我们去看小虫。"儿子飞快跑起来。

凉风习习，月影婆娑。草丛里，一只红色小虫缓缓而行。

"它还在。"

"咦，还有一条小的，是他的宝贝？"儿子仰着小脸问。

梓函也凑着小脑袋过来。小虫受了惊吓，蜷缩起了身体。梓函狠狠踩了一脚，小虫顿时瘪了。

"哇，你赔。"儿子号啕大哭。

我一边抱起儿子，一边劝他。

"爸，它还会活吗？"

"会的。"我安慰他。

孩子的内心是多么单纯。在儿子的视野里一切是有生命的，花儿、草儿、虫儿，他能感受到它们的痛苦与快乐。一个生命的逝去，对于孩子来说是多么大的挫折。甚至在听到大灰狼吃掉小兔时，会伤心地落泪。这就是可贵的童真吧，人的成长是童真渐渐消失的过程，伟大的作家其实就是延续了这份纯真。

2009-5-13　星期三　天气　晴

儿子的执着

从书上查到儿子每日必看的虫学名叫马陆，也叫千足虫，昼伏夜出喜食腐草。吃完晚饭，说去看虫，他的动作飞快。穿袜、穿鞋、开门、按电梯，还不断催促，"快些，爸爸、妈妈。"

院子里凉风习习，灯光婆娑。草丛里红色的小虫蠕动着身躯慢慢地向前爬。

"小虫，小虫出来啊！出来跟我玩。"儿兴奋地说。

他拿一个小棍，轻轻敲打小虫，小虫蜷起了身子。

"这里还有一个。"

草丛里一条小虫慢悠悠地蠕动着，在寻找与发现中，儿子脸上露出快乐的笑容。

不一会，小伙伴梓函也加入了他的发现之旅。儿子对他高度戒备，因为上次梓函踩死了一条小虫。

"走开，走开！你要踩到它啦！"儿子推开了梓函，很野蛮。

夜渐渐深了！

我劝儿子回家。梓函的姨娘骗他说："你走，梓函就要踩死你的小虫。"

刚走几步的儿子，顿时跑回小草丛旁，专注看着他的小虫，唯恐它受到了伤害。

无论妻和我怎样劝，儿子就是不愿走。"梓函，会踩死我的虫！我不走，我要看住。"他嘟囔着。

我无奈地摇摇头。

2009-6-26　星期五　天气　雨

不能踩蜗牛

"爸爸是灰太狼，妈妈是美羊羊，我是喜羊羊。"我们一家三口穿上了儿子挑选的亲子装，去散步。

凉风习习，树影婆娑。一家三口向院子深处走去。

"蜗牛，是不是晚上出来散步啊！像我们一样，爸爸。"

"是呀，小蜗牛，可乖呢！"

路灯下，一只大蜗牛，一只小蜗牛，悠闲地爬着。

"这是蜗牛爸爸，这是蜗牛儿子。"儿子稚气的脸仰着。

树影下，儿子静静地注视着蜗牛。

每一个小生命总能勾起儿子无限的遐思。难怪哲人说，成长的过程实际是不断放弃生命的过程，不断长大也是对生命不断麻木的过程。我多么希望儿子对生命的关注能持续得长久一点，远离世俗与功利，沉浸在儿童的纯真的世界里。在他的眼里，一草一木，小鸟小虫，都是他交谈沟通的对象。

"小鸟，小鸟不要怕。我给你米米吃！"这是他的口头禅。

一会儿，一个大朋友也蹲下身子看蜗牛。

"不能踩蜗牛。"儿子提醒道。他有前车之鉴！

大朋友饶有兴致地看蜗牛，儿子可是大气也不敢喘。看看无趣，大朋友走了。儿子才放下心来。

2009-8-19　星期三　天气　晴

她的鸡鸡和我不一样

今天儿子回来不解地问："邓子恩的鸡鸡，同我的不一样耶！"

"怎么不一样？"妈妈问。

"两个半圆，中间一条线。"儿子郑重其事地说。

"那妈妈有没有鸡鸡？"我启发道。

"妈妈有毛毛，没有鸡鸡。"儿子肯定地说。

"那妈妈用什么撒尿？"

"用屁屁。"儿子不屑地说。

2009年9月6日　星期日　天气　晴

结婚和离婚两个字一样吗？

天长地久影楼入驻小区花园后，小区里常见一些新人拍结婚照。一日，夕阳西下。一对新人做依偎陶醉状，摄影师咔嚓、咔嚓把幸福的一对定格在镜头里，儿子也沉醉其间。

"妈妈，姐姐真漂亮。"

"哥哥，姐姐为什么一起照相？"儿子问。

"他们要结婚了！"妈妈说。

"结婚可真好！"儿子向往地说。

准新娘、新郎会心地一笑。

"那，离婚的'婚'是不是与结婚的'婚'一样啊！"儿子天真地问。

"不能瞎说。"妻子把儿子拉在一旁。

"哦，我知道了，结婚的'婚'是好的，离婚的'婚'是不好的。"儿子恍然大悟。

再看那对新人，脸色顿时很难看。

"离婚是不好的，当然不用照相！"儿子跑开了。

"孩子乱说的。不要介意！"妻子尴尬地说。

夕阳把新人的影子拉得很长。

2009-9-18　星期五　天气　晴

妈妈又去南头吃饭了

今天妻子回来得晚，儿子打电话给妈妈，问："妈妈你在哪里？"

"在南头吃饭呀！"电话那头传来妻子的声音。

"妈妈你怎么能去'男'头，你是女的！"儿子焦急地说。

"你呀，你是女的，你应该去'女'头。"儿子大声对着电话。

"好，那谁去'男'头吃饭呀！"妻子忍俊不禁的笑声穿过话筒。

"当然是，我去！"

"我去'男'头，你去'女'头！"儿子得意地说。

2009-9-27　星期日　天气　阴

人是会变的

昨日，儿子去宁欣甜（比他小半岁的一女孩）家里玩，他竟然不肯回家。好不容易把小家伙骗回家。路上我问："你喜欢宁欣甜？"

"嗯，我喜欢同她玩。"

"那你不喜欢你的陈曦？"

"陈曦可是你的老婆。"我开玩笑地说。

"你不知道人会变的吗？"他撅着小嘴说。

2009-11-13　星期五　天气　大风

电灯泡

儿子与陈曦小朋友很要好，俩人总爱手牵手。

一日老师排练节目，轩宇（另一男孩）站在陈曦与儿子的中间，儿子十分生气，大声斥责轩宇："你为什么要当电灯泡。"

回家后我问儿子："什么是电灯泡？"

儿子很气愤地说："轩宇不知道，我同陈曦很要好吗？"

"那与电灯泡有什么关系？"

"电灯泡总是不好的，轩宇就是不好的。"

"你们大人怎么这么笨。"说完,儿子跑开了。

2009-11-19日　星期四　天气　大风

老师来了

没走几步,儿子撒娇不肯走路,要抱。妻无奈背起他。

一阵孩子的声音传来,只见儿子在妻的背上扭来扭去,要下来。妻故意双手箍住他。

儿子挣扎要下来自己走,我很诧异。

原来眼尖的儿子早看见了他的老师。儿子立在地上,大声喊:"潘老师,好!"

2010-1-21　星期四　天气　晴

一枚茶叶鸡蛋

昨天我匆匆回家,忘记从单位带回了一枚茶叶蛋。接儿子回家,儿子高兴地说爸爸:"你们学校的母鸡下蛋了?"

"我忘记了,今天爸爸走得匆忙。"我歉意地解释着。

儿子顿时大哭:"你去拿回来,我要。"

"我去买一个。"我哄他。

"我们去华润买。"我牵着他的手。

"不要,就要你们学校的鸡蛋,母鸡下的鸡蛋。"儿子耍起赖。

"你现在就去拿。"儿子哭得很伤心。

我只好打电话请同事带回来。经过一番周折,总算落实老师带回来。

儿子不哭了。"爸爸,你们老师什么时候回来。"

"我们在这里等吧！"他高兴地说。

结果在小区门口等了半个小时，一辆校巴缓缓驶来。不是单位的校巴。儿子说："爸爸，你们的校巴是不是要等5辆车呀！"他侧着脑袋说。

一会儿，托同事带来的宝贵的鸡蛋终于回来了。

儿子欢天喜地接过了这枚颇受周折的鸡蛋。

2010-3-3　星期三　天气　多云

我再也不玩纽扣了

今天天空云压得很低，显得十分压抑。儿子在沙发上玩一件衬衫。妻子今天加班，我在厨房做晚餐。

"爸爸，纽扣跑到我的鼻孔里了。"儿子带着哭腔跑进厨房。

我心头一紧，急忙让儿子仰头，看鼻孔。果然一粒纽扣卡在鼻孔的深处，我吓坏了，手足无措。如果滑进气管，那就麻烦了。急忙联系上以前的学生的家长——耳鼻喉科的张主任。

他听后，马上指示我抱平稳孩子，尽快到医院。当时抱着他去医院的路上，我心不断下沉，怎么办？

张主任开车来了，他二话不说，开门，调好座椅，取出工具，检查后说："纽扣在挺深的地方。"

我更是茫然不知所措，机械地按照医生的吩咐抱紧儿子。虽然只是短短的几分钟，感觉是经历了几个世纪。在令人窒息的紧张中，罪魁祸首被勾出来了。看着带着几丝鼻血的纽扣，我长长地舒了一口气。

在回来的路上，我背着儿子。

"爸爸，医生伯伯用鱼钩把纽扣勾出来了！"儿子趴在我的背上轻轻地说,"我再也不玩纽扣了。"

2010-4-4　星期天　天气　阴

我的小蚕死了

妻子给儿带回了十条蚕。儿子开始养蚕,可是他过不了几分钟就要去看看小蚕。"小蚕,小蚕快快长。我给你的家舒服吗?"儿子总是自言自语。

早晨上班途中,儿子突然来电。

"妈妈,小蚕死了。"电话里儿子号啕大哭。

"小蚕,怎么死的?"妻子问。

"我,我——用吸铁石把它一夹,它就——死了。"儿子抽泣着。

"妈妈再给你买几条小蚕,小宝不要哭。"妻子安慰着。

"我要十条,你要买十条。"儿子说。

2010-5-8　星期六　天气　多云

爸爸我想你

五一节,我要去北京出差。收拾东西准备去北京,儿子叫妻子拿一个购物袋,把他的东西收拾好,准备同我一起去北京。

"我的衣服、裤子都在这里,我可以去北京了。"儿子拿着购物袋,守着门口生怕一不注意爸爸走了。

趁着他不注意,我悄悄地溜走了。

儿子大哭。电话响了。"爸爸,你回来!"儿子在电话那头大哭。

在哭声中,我去了北京。

第二日,他一早就翻出了放在房间内的港澳通行证,看着我的相片，泪水涟涟。

"爸爸，我想你，你什么时候回来，你要给我带礼物呀！"儿子清脆的童音在电话那头响起。

4号我回到家里，他高兴地飞进我的怀抱。

我拿出了礼物，他一件件摆弄着精致的礼物。

2010-9-22　星期三　天气　多云

老婆不是用来吵架的

晚上为琐事与妻子发生了口角。

"你就是会说，你发什么脾气呀！"妻子尖锐的声音在屋里回荡。

"女人真是麻烦！你有完没有完啊。"我嘟哝着。

"你搞错没有！"妻子的声音提高了八度。

我牵着儿子，快步走，甩开了紧跟着的妻子。

"儿子，不要跟着爸爸！"妻子有些歇斯底里。

"你们不要吵了，把我的头都吵晕了！"儿子甩开了我的手。

儿子跑开了。

小区的灯光有些暗，他不小心摔倒了。

我很想去扶起他。咬咬牙，一狠心又往前走。

妻子搀扶起儿子。

"你看，你爸爸害你摔跤。你爸爸做得对吗？"妻子心疼扶起了儿子，一边大声问。

"你们做得都不对。"儿子大声说。

"爸爸，你知道吗，老婆不是用来吵架的，是用来生儿子的。"稚气的声音却很坚定。

我和妻子不禁哑然失笑。

2010-12-25　星期六　天气　阴
圣诞礼物

昨日是圣诞夜，儿子早早地睡觉了。因为今天有圣诞老人的礼物。睡觉前，他把玩具盒清空了，拿到了床头枕头边。

外婆生气地问："你把玩具盒放在枕边干啥？"

"圣诞老人要给我送礼物，你不知道吗？如果没有东西装礼物，圣诞老人就不会给我礼物啦！"儿子仰着脖子说。

"圣诞老人都是把礼物放在袜子里的。"外婆逗趣道。

"你也真是的，这都不懂。袜子这么臭，早把圣诞老人熏跑了。"儿子一脸的鄙夷。

第二天，妻子把礼物放在枕边的盒子里。

儿子醒来兴奋地发现了礼物。

"我有礼物了，圣诞老人昨天来送礼物给我了。"儿子兴奋跑下床。

妻子问："儿子你看见圣诞老人了吗？"

"我睡着了，怎么看得见？"他嘟着小嘴说。

"圣诞老人是从哪里来的呢？"外婆问。

"是从楼顶的烟囱里下来的！《喜羊羊与灰太狼》上都说了。这都不知道。"儿子抱着礼物跑开了。

2011-3-23　星期三　天气　阴
妈妈的孙子就是我的儿子

"爸爸，妈妈的孙子就是我的儿子耶。"

"是的，可是你连老婆都没有怎么有儿子呢？"我摸摸他的小脸。

"我会找一个靓女做我老婆的。"儿子自信地说。

"你怎么找呀？"我说。

"那很简单，我送她一个钻石，一个大大的钻石，她就做我老婆了。"儿子夸张地比画了一下。脸上露出了自信的微笑。

2011-9-2　星期五　天气　阴

家访

下午老师给妻子打电话，说晚上要来家访。儿子对家访的老师充满了期待。早早吃完了饭，桌上出奇的干净。往日儿子吃饭的时候，桌上总是留下不少饭粒。

"是不是老师要来，吃饭都干净一些。"妻子问。

"我今天吃饭第一名。"儿子拍拍肚子，跳下了椅子。

"收拾收拾玩具，你的玩具太乱了。"妻子说。

儿子竟然把他的笔，玩具一一归类了。

老师的造访竟然有如此力量。

"爸爸，老师怎么还没有来。"儿子跑过来，挤在我身边问。

"不是说八点吗？"我边看着书，边说。

"现在还差多少八点？"儿子头顶了过来。

"还有20分钟，4个字儿。"妻子说。

儿子咚咚跑走了。

"妈妈，你打个电话，问问老师到了没有？"儿子又跑过来，急切地问。

"哦，太晚了，老师不来了。"妻子煞有介事地对着电话说。

儿子一脸的失望，走开了。

砰，卧室的门关上了。

妻子轻轻推开门，儿子一头扎在被子上。满脸的泪花。

"妈妈是骗你的。"妻子慌忙解释道，"我现在打电话问问叶子老师来了没有？"

"叶子老师，哦，还在海山居。"话筒里传来了叶子老师的声音。

"爸爸，你快点穿上衣服，等会叶子老师来了，你就来不及穿衣服了。"儿子催促我。

"妈妈，我们去楼下散步。"儿子拖着妻子要走。

"待会错过了叶子老师怎么办？"我说。

"不会的，我们就在楼下。等她。"儿子欢快地说。

2011-9-11　星期六　天气　晴朗

离婚

小姨吵着要同姨夫离婚。

儿子神情落寞。一日，他突然说："爸爸，你有一个懂事的妈妈，一个这么聪明的儿子，你不会离婚吧。"

"你知道什么是离婚吗？"

"不知道，反正是不好的事情。"

一会儿，他又跑到妻子处。

"妈妈，你有一个懂事的爸爸，聪明的儿子，你不会离婚吧！"

看来儿子已经意识到离婚的危害。

2011-9-20　星期二　天气　阴

升旗仪式一

今天是星期二，儿子很兴奋，他已经期待很久了。因为今天轮到他当小旗手。

昨晚，妻子和他演练了5遍。稚嫩的嗓音唱国歌有点滑稽，小脚笔直，一个孩子对待老师布置的任务是多么重视啊！"一、二、三、四，出旗"儿子脚抬得老高，抬头挺胸，在庄严的国歌中，扛着旗子走来。

一块毛巾被儿子夸张地甩开了。

我忍俊不禁。

第二天，天蒙蒙亮，阴沉沉的，像要下雨。

晚上回来，我问儿子升旗了没有。

"下雨了，下星期二再升。"儿子颇为失望地说。

2011-9-29　星期四　天气　大雨

升旗仪式二

昨夜在录像里看到儿子升国旗的情景。音乐响起，儿子手持红旗，在等待。凤凰班的孩子们不断变换队形，在叶子老师的指令下，孩子们的表现可圈可点。镜头上儿子踏着节奏，有力地走进来。可能是停靠的位置有点前，叶子老师跨一步才接住了国旗。

小伙伴学着武警展示的甩旗的动作，庄严的国歌响起，儿子缓缓拉起了绳子，国旗迎着风，慢慢升到了旗杆顶。儿子仿佛还沉浸在音乐中，回味着准备了一个月的升旗动作。

2011-10-22　星期六　天气　晴

儿子的女朋友

这段时间儿子的嘴里老是念叨俞悦这个小朋友。

原来俞悦是他新交的小朋友，是他的同班同学，一个胖乎乎的小女孩。

儿子每天回来总会高兴地说:"爸爸,你买的这本书俞悦最喜欢看,她一直在看。"有时妻子开玩笑地说:"俞悦是你新交的女朋友吗?"

"不是女朋友,是朋友,我这么小哪里有女朋友。"儿子扭捏地说。

记得上星期日,我们在恩上村玩,儿子和楼上的小伙伴玩得起劲,突然感叹起来:"唉,要是俞悦在多好呀?"

看着儿子有点伤感的表情,妻子就俯下身子说:"你就打电话约她,反正她是你女朋友。"

"是,朋友,不是女朋友,可是,可是我没有电话呀?"儿子很着急地纠正。

星期日的晚上,儿子来到我书桌前很郑重说:"爸爸,你给我一本笔记本。"

"你要笔记本干啥?"我没有抬头。

"你忘记啦!我要记俞悦的电话。"儿子大声说。

"啊,有……有……"我一边抽出一本笔记本,一边说,"你要记清楚。"

第二天晚上回家,我见儿子在电话上忙着拨号。

"妈妈今天回来晚,你不用打电话了。"我一边脱鞋,一边对儿子说。

"爸爸,我打了四个电话都没有打通。"

"妈妈在开车,你不要打电话。"我制止他拨电话。

"我是给俞悦打电话。"儿子头也不抬,继续拨电话。

"俞悦不在家,没有人接电话,你稍晚再打。"听筒传来了长长的音。

妻子回来，一家人围着桌子吃饭。

儿子今天饭吃得特别快。

"我去打电话，"儿子连嘴也不擦，"俞悦在家吗?"儿子对着听筒说。

"俞悦，你怎么现在才回来。我是晓远。"儿子笑着说。

"我吃了饭，对了忘记告诉你，我家里的电话。"儿子满脸的笑容，"你拿笔记一记。"

"找到了，铅笔也行的，2521，我再讲一遍，2521，慢一点，不着急。"儿子始终带着笑。

"是3009，两个零，对两个零，最后是9。我再读一遍，25213009，记好了。"儿子一只手支在电话旁，一只小手在空中挥舞。

"记住，有事情，给我打电话。"

打完电话，儿子一扭一扭到饭桌边。

"哎呀，我忘记说爸爸妈妈的手机号。"

他又开始给俞悦打电话了。

又一日。儿子放学回家，同妈妈神秘地说："妈妈，我告诉你一件事。"妻子停下手中活。

"俞悦答应嫁给我了。"儿子高兴地说。

"她怎么答应的?"妻子抱起儿子，把儿子放在腿上。

"她下午说，晓远，我们结婚吧! 我就说，好。"儿子指着妻子的嘴说。

"那陈曦不是也要嫁给你吗?"妻子抓住他的小手，开玩笑地说。

"那她就做二房，俞悦做五姨太。"儿子沉思了一会儿，艰难地说。

"什么五姨太，什么乱七八糟的。"我忍不住指责他。

"就是在宏村，那个给她老公生了儿子的五姨太。"儿子委屈地说。

我顿时恍然大悟，原来暑假去宏村的木牌楼，卢村里著名的卢百万曾经娶过五房姨太，其中五姨太因为生了儿子，住的房子最气派。导游还开过玩笑，"小朋友你以后要不要也娶五房太太呀。"

想不到，今天总算有了下文，让人忍俊不禁。

2011-11-14　星期一　天气　晴

儿子打电话

晚上在小区里散步，儿子在回来的路上，突然说："我听到俞悦的声音。"咚咚跑到了楼梯口，"俞悦，我在这里。"儿子边跑边叫道。

亭子里只有两个老人在聊天。

"我明明听到了俞悦喊我的声音。"儿子嘟囔着。

"肯定是你想俞悦了，"妻子笑着说，"俞悦晚上要弹钢琴。"

"那你问问奶奶，她们看到俞悦没有。"我从后面赶上来，对儿子说。

儿子扭捏着，"还是你帮我问。"

"自己的事情，自己解决。"妻子笑吟吟地说。

儿子想了想，走过去，"奶奶，你看见一个小女孩了吗？她是我的同学。"

"哦，有一个穿花衣服的小女孩，从这里走过去了。"奶奶笑着说。

儿子咚咚地向前跑去。

"那女孩比你小多了，她只有三岁。"老奶奶在后面大声说。

儿子失望地停下了脚步。

"妈妈，俞悦在干什么呢？我想给她打电话。"

回到家里，他拿起电话拨通俞悦家的电话。

"我找俞悦，我是晓远。"

"俞悦，你在家干什么？"儿子笑吟吟的。

"不许叫我小童，我是晓远。"儿子一脸的笑容，"我给你出一个算术题。"

儿子在电话里东一句西一句欢快地说着。

一个孩子的世界是多么单纯、快乐。

两个涉世未深的孩子，笑声不断从话筒里传来，童年的世界是真诚而纯洁的，没有功利，没有竞争，有的是快乐。但愿儿子能将这份快乐保留的时间长一些。

2011-12-2　星期五　天气　晴朗

精子与卵子的故事

前日给儿子买了一本的挂图《我的身体》，他可喜欢了，只要有时间就看这本书。书中图片很多，印刷得很精美。他不识字总是缠着我给他讲图片里的故事。

"爸爸，你告诉我屁屁是怎样形成的？"儿子指着图片下角还冒着热气的便便，兴奋地说。

我按照图片上的说明，从胃消化，到肠子的吸收，最后从肛门里排出。

"扑哧，就出来，好臭！好臭！"儿子捂着鼻子跳开了。

"爸爸，你给我讲讲，生宝宝的故事吧！"儿子指着书的最后一页。

这是精子，就是卵子。

"爸爸，精子是不是就是人种呀？"儿子抬头问。

"是呀，就是我以前说的人种。"

"咦，妈妈不是说从地里挖出来的吗？"儿子反问道。

"不是，你看是在每个人的鸡鸡里的。"我指着图片说。

我详细同他讲解了精子和卵子相遇的故事。

"爸爸，精子像长着尾巴的蝌蚪。"儿子说，"他没有眼睛。"

"但是，一个精子跑进去，其他的呢？"儿子歪着头问。

"一个最强壮的、跑得最快的就进去了，卵子就关上门，其他就进不来了。"

儿子若有所思。

"哦，爸爸是不是生我，把精子用完了？"

儿子又纠缠上了。

我只好扯开话题，指着宝宝发育的图片，给他看。

"哦，原来我是这样生下来的。"他若有所思。

晚上，几个家长带孩子来家里排练节目。儿子十分兴奋，因为来的都是他的好朋友，冬子、兆华、陵佳、乌达等。

商量好节目后，排演了一段，孩子很认真。

中途休息，儿子与小伙伴都在看书。幼儿园的阅读习惯抓得很不错，孩子们都很爱看书。

儿子大声说："妈妈，你再给我讲讲精子与卵子的故事。"

家长侧目。妻子顿时脸红了。

陵佳妈妈是管计生的，最擅长讲这个故事了。

儿子拿着书，给陵佳妈妈。

……

第二天上学，在车上，儿子很大声对外婆说："外婆，外公是不是没有精子啦！"

岳母窘极了。

今天上午，收到了老师发来的一条信息。

"一周播报新闻又到了，昨天远远给我们带来了非常精彩的新闻，关于'宝宝是怎么来的'，使孩子受益匪浅，谢谢家长的支持。刘彩霞老师。"

随后收到妻子短信。

"我昨天说给他准备新闻，他说不用他自己准备好了。"

原来如此。

2012-1-7　星期六　天气　阴

我掉牙了

儿子牙齿松动了好几天了。

他颇为焦虑，总是问妻子："妈妈，我的牙什么时候掉呀！"

妻子俯下身子，看着他张开的嘴，"你长大了，很快就掉了。"

昨日，儿子突然大声说："妈妈，我的牙齿动得厉害。"

妻子用手轻轻一拨，牙齿掉了下来。

"要把牙齿保存好，俞悦就是放在枕头下的。"儿子捂着嘴，指着一颗玉米粒大小的牙齿。

"妈妈，这是什么牙？"

"是切牙，儿子你讲话漏风了。"妻子笑着说。

儿子匆忙到洗手间，看着镜子里的牙床。

"妈妈，漏了一大洞。一定要放好我的牙，否则我长不大的。"儿子郑重其事地说。

岳母回家了，儿子总是要妻子陪他睡觉。

"儿子，你长大了，要学会独立睡觉了。"晚饭时，我严肃地对他说。

"我还是上小学自己睡。"儿子摇头说。

"你天天霸占我的女人,什么时候还给我?"我板着脸对他说。

"她也是我妈耶。"儿子仰着头说。

"那你去调查一下,你们班上多少同学是自己睡觉的。"妻子说。

第二天。

"爸爸,我调查了,俞悦是自己睡,但是魏峰鸿像我一样同他妈妈睡的。"儿子得意地说。

第三天。

"爸爸,你如果今天让我看一会儿碟片,我就把你的女人还给你。"儿子朝我眨眨眼。

"我都掉牙了,长大了,把女人还给你。"他一本正经地说。

2012-3-1　星期四　天气　阴

我是名人

今天一起同儿子冲凉。

"爸爸,我是名人?"儿子得意地说。

"你怎么知道你是名人?"我诧异地问。

"认识我的人多呀。除了凤凰班,还有其他很多班。"儿子自豪他说。

名人,果然是名人。

天上的星星

早晨,儿子喊我。

"爸爸,天上星星有多少?"儿子躺在被窝里。

"嗯，多得数也数不清，就像你的头发。"

"还有了呢？"儿子接着问。

我一时语塞。

"多得像地上的草，这都不知道。"他得意地说。

"哦，你真厉害。"

"当然，我告诉你啊，还多得像蕨类植物。"

2012-5-9　星期三　天气　晴朗回家

我不做她朋友了

昨天，妻子在看儿子班级的照片。一小女孩依偎在杨培新身边，我问儿子这女孩是谁。

"是夕雨。"儿子一脸不高兴。

"女孩真不好，夕雨妈妈聊天说，这么小就傍男孩。"妻子指着照片说。

"杨培新怎么这样的表情，一脸不情愿。"

"哎，他不情愿，我可想了。"一旁的儿子长叹一声。

我和妻子顿时忍俊不禁。

今天回家，儿子很郑重同我说："爸爸，我决定不同夕雨做朋友了。"

"你看，她在我手臂上狠狠抓了一道。"

儿子手臂上隐约一道。

2012-5-13　星期日　天气　阵雨

输液

今日儿子发烧，去输液。儿子胆怯地看着前面的小朋友输液。

一个头与儿子相仿，身体消瘦的孩子在妈妈的怀里怯生生地把手给了护士。

"医生，轻一点，轻一点。"声音中充满了哀求。

"哎，这个孩子隔一段时间就要打针输液。"孩子妈妈无助地解释着。

一张小脸，瘦而黑，一脸的苦相。站在一旁的我被这张脸触动了，惊悚与无助，害怕与无奈，痛苦与乞求交织在一起。儿子在一旁，无语。

"医生为什么还要打一针。"孩子终于哭出来。

"血管太细，不好找。"护士满脸歉意。

"医生为什么又要打一针，为什么又要打一针。"孩子眼泪汪汪，让人不忍看。

换了一只手，护士总算找到了血管。

孩子在哭声中离开。

轮到了儿子，儿子惴惴不安。

护士在他的手背仔细寻找，胖乎乎的小手找不到血管。

"要么，在脚上打。"

"不，我不要打在脚上。"儿子坚决反对。

护士叫来隔壁的一护士。

搜寻许久，一针刺入，儿子的手臂在发抖。

"好了，好了。"我劝慰儿子。

"爸爸，扎针为什么这么痛？"两颗眼泪挂在儿子的眼角。

一直输完3瓶液体，儿子又问："妈妈，是不是每天三瓶，三天九瓶呀！"

"哎，我还要扎三针。"

成人社会已经让我们慢慢磨去痛感，如果一个成人，面对小小针头大喊大叫，我们会笑话他多么不勇敢。在一次次痛苦的磨砺中，我们也在失去眼泪，压抑成勇敢，我们在成长中却失去了孩子对痛苦的释放与表达，或者说成人的痛苦表达更具有内伤。

2012-6-3　星期天　天气　小雨

算数学

前天，儿子去喜来登酒店吃自助餐，他很兴奋。

第二天，儿子说："爸爸，你什么时候再带我们吃喜来登自助餐呀？"

"你算对了数学题，我就带你去。"我低头喝汤。

"算术，我最喜欢，爸爸你一定要说话算数。"儿子一脸的兴奋。

"昨天，我们吃饭，一人是388元，三人共计要多少钱？"我慢慢地说。

"太难了。"妻子说。

"那就先算两个人要多少？388加388是多少？"我慢悠悠地问。

"好难呀。"儿子摸着脑袋。妻子在一旁说，"儿子要争气呀，能不能吃自助餐全靠你了。"

"计时5分钟。"我提醒道。

儿子绞尽脑汁，跳着下了饭桌。

"776！"儿子大声说，"对不对，爸爸。"

我愕然。

"耶，儿子，我们又可以吃自助餐了。"妻子在一旁竖起了大拇指。

"那三个388是多少了？"我接着问。

"爸爸，好难呀！"

儿子最终没有算对3个388是多少。

儿子沮丧对妻子说:"妈妈,对不起呀,不能带你去吃自助餐,只算对两个人的。"

2012-6-7　星期四　天气　晴

等芒果

早晨,妻子送儿子去幼儿园。

儿子看见俞悦大喊:"俞悦!"挣脱妻子的手冲进幼儿园。

"你知道吗?昨天我在这里捡到一个芒果耶。"儿子牵着俞悦的手走到墙边。

"我们等等吧,今天也许还有芒果。"儿子说。

一会儿,冬子、夕雨也围拢来。

"你们在干啥?"冬子问。

"等芒果呀。晓远昨天在这里捡到一个芒果呀。"俞悦急急地说。

"今天天气这么好,肯定会掉芒果。"冬子点头说。

"这个季节最适合了。我们一起等吧!"儿子也坚定点点头。

一群小朋友像等待戈多般等待着芒果。

2012-6-14　星期四　天气　晴

父亲节礼物

过两天就是父亲节了。

"爸爸,父亲节你要什么礼物呀。"接儿子回家路上,儿子问。

"你给爷爷打一个电话,祝爷爷节日快乐。"我说。

"啊,爷爷就是爸爸的爸爸,那应该是你给你的爸爸打电话,怎么是我打电话啊!"儿子狡黠地跑开了。

晚饭后,儿子在自己的房间里鬼鬼祟祟,还不许我进去。

"我要给你一个惊喜。"儿子把门关上。

过了 15 分钟,妻子把我拉到儿子的卧室,说:"坐好,儿子给你一个 surprise。"

儿子站在我的面前,旁边的电脑放着英语字母歌。

"爸爸的大手,小时候爸爸大手给我换尿布,我会走路了,爸爸的大手牵着我的小手。"

儿子光着膀子,挺着鼓鼓的肚子,双手放在背后。小嘴一张一合,让人忍俊不禁。

"祝爸爸的节日快乐。"儿子朗诵完了他的诗《爸爸的大手》。

"谢谢儿子,这是你送给我最好的节日礼物。"我把他拥入怀里。

2012-7-6　星期五　天气　雨

毕业典礼

儿子毕业典礼没有赶上,回来听妻子说,儿子的表现让人忍俊不禁。这次毕业典礼儿子没有哭,很多孩子哭了,尤其是他的叶子老师。听园长说,叶子老师当不好主持,每次毕业典礼她都会哭得一塌糊涂。这次,主持人依旧不是叶子。会场上整个氛围还是很动人的。孩子唱起毕业歌时,意识到毕业来临了,他们将进入小学,离开幼儿园,他们很多人哭了。

随后,孩子们献上给妈妈亲手织的围巾,把围巾挂在妈妈的脖子上。围巾很稚气也不平整。

回家后,儿子上床,按照习惯,他一边听点读机,一边睡觉。

点读机里放起了熟悉的歌声,"夜夜想起妈妈的话,天上星星不说话……"

妻子在厅堂收拾,隐隐约约听见哽咽声。

儿子蒙在被子里大哭。

在典礼上压抑太久的情感终于释放了。

儿子的情感很细腻。

2012-8-15　星期三　天气　晴热

争执

昨夜为了一件小事和妻子起了争执。

儿子很担心,他不时劝我向妻子道歉。

我说,儿子,你不懂大人的事情。

晚上,儿子和我在电脑上玩游戏,儿子很胆小,总不敢玩《植物大战僵尸》,尤其是僵尸吞噬人脑的惨叫,让他害怕。我劝儿子自己玩,他总是说:"我会输的,我怕惨叫声。"

儿子内心很敏感。

自从回老家看到汪子坤父母离婚后,汪子坤没有妈妈的情景,深深地印入他脑海。他对我们夫妻俩的争执也十分敏感。

"妈妈,你难道想我没有爸爸的教育吗?"晚上在床上,他一脸正经地对妻子说。

"妈妈,你现在看书,我支持你,这样你就同爸爸一样爱读书了。"

隔壁王晨姐姐的爸爸、妈妈离婚了,他对父母离婚的感受越来越真切。

"妈妈,你看王晨姐姐现在都变了。"儿子在吃饭时候,也会发出沉重的叹息声。晚上，我和妻子在床上又争执起来，都拉儿子来评判。

儿子脸上很迷茫，他闭上眼，摇摇头。"爸爸妈妈你们不要争了，我困了。"

"你先去睡觉，待会儿妈妈来陪你睡。"妻子说。

儿子今夜很乖巧地自己去睡了。

我下楼晨练，昨晚没有睡好。

一会儿，妻子带儿子下来。

儿子又很严肃地对我说："爸爸，你向妈妈道歉了没有？"

我没有回答，儿子很真诚地说："爸爸，你就向妈妈道歉，我做错了，有时没有做错也都道歉的。"

上午，妻子带儿子和王晨母女俩一起去 KKmall 看电影。儿子在电影院里咯咯笑不停。中午一起吃饭。

儿子突然又想起昨晚的事情。"妈妈，昨晚你做好梦没有？"儿子抬起头来很突兀地问。

妻子有点茫然，"你做了有关爸爸的好梦，就想起爸爸的好，就原谅他了。"儿子执着地问。

"可是，没有呀！"妻子抿着嘴回答道。

儿子很失望。低头吃饭。

"你看，王晨姐姐现在没有爸爸，你难道想我像姐姐一样？"儿子低沉地说。

王晨顿时涨红了脸，大声说："不许说我，晓远。"

"我可不想像王晨姐姐一样。"儿子嘀咕道。

下午回来，儿子又想道一个办法。"妈妈，这样吧，我替爸爸向你道歉。"儿子一脸的严肃。

"不行，我要爸爸亲自道歉。"妻子坚持说。

看来小小的他对父母的争执是很在乎的。

后 记

每次读记录儿子成长的文字，我总会想到台湾作家张文亮《牵一只蜗牛去散步》中的诗句：

我不能走得太快，蜗牛已经尽力爬，每次总是挪那么一点点。

我催它，我唬它，责备它，蜗牛用抱歉的眼光看着我，仿佛说："人家已经尽了全力！"

我拉它，我扯它，我甚至想踢它，

蜗牛受了伤，它流着汗，喘着气，往前爬……

好吧！松手吧！

反正上帝不管了，我还管什么？

任蜗牛往前爬，我在后面生闷气。

咦？我闻到了花香，原来这边有个花园。

我感到微风吹来，原来夜里的风这么温柔。

与其说我们牵着蜗牛散步，不如说是蜗牛给了我们一个新的机会，用崭新的视角来看待世界的机会。与其说是儿子成长，不如说是儿子给了我反省生命的机会。一旦我们俯下身子，融入孩子的世界，你才能发现我们在生活中"囫囵吞枣"了多少花香鸟语，清风明月。从这点上来说，上帝让我们牵着蜗牛散步，让我们伴随着孩子成长，其实是给我们成长的一次机会，这些稚嫩的文字，其实就是用孩子的心、孩子的眼睛重温我们钝化的世界，感受生命成长中的每一次感动。

校园四师记

从校园到校园，这是绝大多数老师的生活轨迹。同样的轨迹，勾勒出不同的风景。人到中年，视线更容易聚焦在中年老师上，这是我认识的很有特点的 4 位中年老师。

（一）"车"斯基

车老师，属狗，与我同龄。他是一位性格和善的人。

他对人总是温文尔雅，每次开玩笑说他是学校最优雅的男神老师，他总是摆摆手，温和地说："哪里，哪里。"

车老师 20 世纪 90 年代毕业于华中师范大学英语系，因为不善于与领导打交道，最终没有留在武汉心仪的高校，回到家乡的一所高专教书。没多久，他办了辞职，随着下海的大军，南下淘金，后又辗转来到深圳。

2005 年 9 月我调到东方外语学校，因为午休"同居"，慢慢地与车老师熟识起来。

他特别喜欢研究各式小轿车。

2008年买了一辆红色福特小轿车。

每次在饭堂吃饭时，说起他心爱的小车，他总有说不完的话题。

"我的福克斯车底盘扎实，省油，操控性好。"永远是不徐不疾的声调。

"建议你们买福克斯，听我的，绝对不会错。"如果同事咨询买车事宜，他如是说。

"你怎么买红色的车？是不是太张扬了？"我问。

"我就是喜欢红色，在沉闷的街头拉出一道耀眼的红，多好啊。"他兴奋地说。

他对福克斯就像初恋的情人，说起心爱的福克斯两眼放着光。凭借他对福克斯的熟稔和竭力推荐，学校有两位同事买了福克斯。

"唉，张老师的福克斯配置低了些，开起来肯定没有这款运动型的有力。"车老师惋惜地说。

"你这款同我生产年份不同，但是配置差不多，你跑高速肯定带劲。"林老师点头，"就是听你的建议，我买了你同样款式。"

两人聊起来，对福克斯大加赞赏。

"福克斯简直赛过宝马了。"我忍不住打断他俩自我陶醉。

"喜欢就好，喜欢就好。"车老师宽厚地笑笑。

因为对车子颇有研究，同事要买车，都会咨询他。而说起车型、款式、性能等他如数家珍，俨然就是厂家的经销商。因他谈车的时候，时常蹦出专业英语单词，时间久了，同事称之为"车"斯基。

他喜欢把自己收拾得干干净净。办公桌上也是简单、整齐。每天午休后，他会把皮鞋细细地、慢慢地擦得油光可鉴。

"你的皮鞋可以当镜子了。"我忍不住开玩笑。

"你看这双皮鞋我穿了好几年,多扎实的底,不信你摸摸。"他低着身子噌噌地用力擦着,把鞋递过来。

"可惜,开大运会,城管把擦皮鞋的人都赶走了。"他一边摇摇头,一边叹气,"现在物价上涨了,擦皮鞋都涨价了。"

我真受不了他慢悠悠地擦皮鞋的样子,就先走了。

他对驾车有着一种特殊的爱好。

"你真要买辆车,生活圈子不一样了,有车一族的生活很便利啊!"每次一聊到车,他总是劝我。

同居一室的陈老师近段时间正好要买车,午休睡前小谈,车就是聊天的主题。

"我以为,车子最重要的安全性能。"陈老师坐在床上,边铺被子边说。

"关键还是动力,发动机。"车老师不徐不疾地说。

"老陈,我严重推荐你买福特旗下的蒙迪欧,安全、舒适、性价比也好。"

"我看了,那门不结实,太单薄了。"老陈脱衣准备睡觉。

"老陈,你搞错了,你的那款雪佛兰性能不行。"

"我看中的这款车,有四个安全气囊。"老陈钻进被窝慢悠悠地说,"安全等级是五星啊。"

"那买一辆坦克,谁还撞得过你。"我忍不住说。

发动机、气囊、悬挂、轴距,我的小轿车知识在车老师的知识讲座中慢慢丰富起来。

除了车,他特别喜欢谈论他的女儿妞妞。

"我家妞妞现在可以讲英语单词了;我家妞妞会唱英文歌曲了;妞

妞可以用英语复述故事了；我家妞妞吃饭不好，昨天我收拾了她……"妞妞在他喜悦的叙述中，慢慢长大了。他是一个快乐的父亲，因为妞妞是他幸福生活的源泉。在和善的聊天中，他对生活的热情，对生命的喜悦，对家的珍爱溢于言表。

一次，年级组活动去金威啤酒广场喝酒。

他说，已经和妻子请了假，今天不醉不归。果真，他陶醉在醇醇的酒中。

"baby，dear baby，rember，"他大声用英语说。

几乎同每个人都碰了杯，大杯带着泡沫的酒涌进了他的喉咙。

那一夜，简直是疯狂的夜。他与同级组的老师在KTV唱歌时，尽情地脱掉了上衣。第二天看着同事传的照片。镜头中，他赤着上身，抱着老李（年级长），真难想象，车老师还有这一面。

他几乎不发火。

这对于初中教学来说简直是灾难。因为现在的初中生，需要的是严厉，用他的话来就是需要患上"斯德哥尔摩综合症"才能教育好。偏偏车老师是一位爱思考，有理性的老师。

"我不喜欢加班，生活就是生活，工作就是工作。"这是他的口头禅。他永远是严格遵守着学校的规定，晚自习从来不缺席，也不会像其他同事千方百计调换。教学中很少看见车老师发火，他批评学生也是和颜悦色的。也许是对学校管理学生方法的不以为然，几年下来，领导渐渐淡忘了他一口地道的纯正的口语，总是记住他对学生管理的"软弱"。对他很不感冒。

他婉拒了英语科组长，又拒绝了英语组的课题，触怒了领导。

学校建校五周年曾经给最早的一批老师发过纪念品，是一个茶杯。车老师领回来时，我曾开玩笑地说，你们最早一批人简直就是"杯具"。

没想到一语成谶。

2011春节过后,开学之初,车老师再也没有来学校,被调到了另一所中学。也许对车老师来说是一种解脱。几年后一次区里开会,遇到了车老师。我邀请车老师试驾我新买的马自达5。

"这款车好,是进口原装车,同福特是一条生产线。"车老师熟练地调椅子,发动、挂挡、松手刹,车子慢慢滑入车道。

"你知道这个M是什么意思吗?"他把档位挂入M,踩油门,发动机发出轰鸣声。

"Manual 就是手动换挡,手动控制发动机瞬间高速转动。"他灵巧转动方向盘说,"你要用M档冲冲积碳。"

车老师在驾驶盘后生动的脸,神采飞扬,一瞬间,我认为他是不是选错了行。一圈转回来,他评价说,这款车不错,可惜没有手动挡,缺少了驾驶的乐趣。

看着他驾驶着他红色的福克斯消失在车流里,心里想,车老师一点都没有变化。他一如既往地享受着驾驶的乐趣,每年寒暑假他都会驾车满中国地跑。前两天,翻看他的微信,签名赫然是"a driver on the western highway"。

我给他留言,怎么要把车开出国了?

他回复:free。

(二)"铐"老师

包老师属羊,比我大三岁,江西九江人。

2005年秋季来到东部外国语学校,与我成了同事。学校安排包老师担任初一（1）班班主任，我任一班语文教学工作。（1）班学生很调皮，任课老师很头痛，几次考试下来，（1）班的成绩远远落在其他班级后。每次科任老师投诉到包老师处，他像犯了错的家长一样，赔着笑说："小孩子调皮，你多费心。"

包老师为人谦和，我总觉得他骨子里缺乏优秀老师身上的"杀伐决断"。因午休同居一屋，（1）班的调皮学生自然成了共同话题。说到此，包老师总会耸耸肩，苦笑着说："自然慢慢磨了，哪个孩子不调皮啊。"

领导对（1）班越来越不满，一年下来，针对（1）班的成绩，就开了两次专题反思会。会上所有科任老师都像"罪人"一样，深刻反思教学中的问题。会后年轻的科任老师们心情十分沉重，情绪低落。包老师主动劝慰我们，不要太在意，尽力就好。

包老师喜欢喝酒，年级组聚餐，他总爱喝上两杯。

一次年级聚餐，包老师喝得兴起，侃侃而谈。小时候在学校是好学生，长大后在家里是好男人、好丈夫、好父亲，在单位是好员工、好下属、好老师。从校园到校园，少了仕途的险恶、商海沉浮；多的是平淡、倦怠。包老师说，在内地他和妻子曾是幸福的一对，妻子先他调入深圳，分居几年后，他的家庭婚姻亮起红灯，他"被迫"随迁来深圳挽救这段婚姻，但最终也没有如愿，2007年与妻子分手，他在深圳工作也一直没有着落，成了一名深圳"代课老师"。

"离婚后，我才学会谈恋爱。"包老师一饮而尽，慢悠悠地说。

"好学生，没有学会谈恋爱，走出校园才发现自己除了成绩外，一点不会生活。"与包老师干了一杯，我也深有感触，随声附和道。

酒能浇心中的块垒，也能调节气氛，喝着喝着气氛就热烈起来，包老师也变得生动起来，脸色通红，手舞足蹈，妙语连珠；完全没有了办公室里的不苟言笑。

最让人吃惊的是2007年的教师节联欢会上，包老师反串的媒婆角色又一次彻底颠覆了他的形象。

"你，你问我，我是谁？"他头扎白肚巾，嘴上叼着旱烟袋，身穿白褂，脚底扎着褐色灯笼裤，完全一副颠覆性的打扮。顿时把所有的老师都逗乐了。

"我姓包，我就是包娶媳妇，包生儿子的包媒婆。"他深深吸一口烟，举手投足像极了乡下的媒婆。

他的表演让人忍俊不禁。从此他有了一个新头衔——包媒婆，大家叫他老"鸨"。我时常开他玩笑，说老"鸨"近水楼台先得月，咋也要优先给自己说上媳妇，他总是嘿嘿地笑。

"急不来，急不来。"

2007年学校向全国公开招聘高中老师，老"鸨"以第四名的成绩落选面试。那段时间，老"鸨"总睡不好，在床上翻来覆去。人到中年，遭遇离异，工作不定，压力山大呀。

那段时间老"鸨"喜欢找人喝酒。在周五下班后，他总会去找学生处老刘喝酒。我以前很少喝酒，现在慢慢明白了，酒对于男人来说，也是一种宣泄的途径呀。人生不如意的事情多，酒最能解去这种生命的无奈与孤独。

2009年老"鸨"抓住了机会，考上了职员。

中午吃饭同坐一桌，聊起考试。

"那是煎熬，面试的那天我特意穿上了西装，还打了红领带。同事说我很帅、很放松，其实那是装出来。"

"这可是我最后的机会。按照深圳的规矩，过了40岁机会越来越渺茫啊。"

"看着那些竞争的年轻老师，我心里真是怕呀。"

老"鸨"絮叨着考试的经历。考试、体检、调档，老"鸨"心有余悸，生怕哪个环节出问题。只要经历过深圳入编考试的老师，对此中滋味谁都深有体会。

"我现在是彻底领会了《平凡世界》里的孙少平体检的环节，我还学了喝醋，降血压。"老"鸨"放下筷子，顿了顿说。

"第一次量血压，血压高，我真想到医院对面的小卖部偷偷买醋啊，可是有人盯着。好在第二次量血压时，合格了。"

对于你我这些凡夫俗子，怎可能有泰山崩而不改色的超脱啊。

老"鸨"的生活也开始有了变化，他身上的亮色越来越多。有时在办公室里与一些女老师开开玩笑。不久他再婚了，妻子是梅州人。我们都夸他有魅力，成功地把自己"包"出去了，希望也能"包"生儿子。

中午在睡觉时，同屋的一位年轻老师羡慕地说："老'鸨'，你看你都春风二度了，我还是春风不度玉门关。"

包老师很严肃地说："我是离婚后才尝试着谈恋爱，到现在还是后进生，有什么好学习的！"

很少见他这样疾言厉色。

"现在才知道，我要什么。"他意识到自己的语气，和颜悦色接着说，"小伙子，没啥好羡慕的，青春才是最让人留恋的。"

事与愿违，老"鸨"终究没有包生儿子，生了一个女儿。

我笑他："你以后开家长会，老师会不会误解你是爷爷呀？"

老"鸨"摸摸头，叹叹气说："你看，我也入二毛之列，白发幼女，误会也是自然的。"

但是我觉得老"鸨"有了女儿后，心态年轻了。至少每天中午，我都会听到他的酣睡的呼噜声。他忙忙碌碌，也不像以前那样沉默。

一次，我们探讨起优秀班主任基因，有人说必须有"杀伐决断"式的专制，才有威信。老"鸨"对此颇不以为然。他很有见地说："你们看看德国人拍摄的《浪潮》，那对专制演绎很深刻呀。"

"专制核心是人与人之间缺乏平等的信任。优秀班主任威信怎能靠专制？"

老"鸨"爱思考，看的书也挺杂，我们之间常常对天下事，学校生活事，身边的小事交换意见，他的真知灼见，世事洞明还是很让我膺服的。

记得一次初三学生成绩质量分析会，年轻的班主任大谈如何抓住学生，如何提高学生的潜能，校领导频频点头，会场的气氛一如既往的沉闷。老"鸨"的发言很有意思。

"我们班的家长对孩子要求不高，我们班的科任老师也都尽力了，我最大的愿望是安全，在剩下的3个月里，学生身心都安全，这也是我班主任最大的成绩。"

我觉得他说得最真实。没有豪言壮语的决心，没有锥心刺骨的遗憾，只是平平淡淡的生活常识。会后，我拉他到角落说："你的发言很中肯，你没看到领导蹙眉啊。"

"有什么说什么吧，我也不图什么？"老"鸨"淡淡地说，镜片后眼睛亮亮的。

从2005年老"鸨"来到东部外国语学校已经10年，他担任了8年班主任，是学校年龄最大、职权最小的主任之一。2015年中考前，他所带的班级出现几件意外事件，有一学生带着管制刀具到学校，打伤了同学，班上调皮的男生屡次违纪，这些让学校领导很不放心。他在考前3个月几乎一天也没有午休，中午天天守着学生。我善意提醒他，注意身体。他淡淡地说：最后 3 个月，学生毕业不出意外就好。

每天中午看着老"鸨"老师床上空空的，我心里空荡荡的，再也不能午间快乐地聊天了。我们之间从来没有什么深交，但是彼此间能感受到那种淡淡的君子之交的随意与洒脱。

其实生活中，动人的往往就是这些琐屑的真实。

（三）"辣"老师

欧阳老师，四川人，个不高，圆脸，齐耳短发，一身正装，干净利索。由于长期担任班主任，做事雷厉风行，所带班级成绩很好。2005年她从外校抽调到东方外国学校，任初一六班的班主任。2005 年我由东方中学调到东方外国语学校，任五班的班主任，两个班级毗邻而居，接触渐渐多起来。

"欧阳老师，您单名健，很容易让人误会。"一次闲聊，我忍不住说，"我刚来学校还以为你是男老师呢？"

"哦，我已经被人误会多了，班主任需要唤醒'天行健，君子自强不息'精神，我用'健'来培养孩子们做君子。"欧阳严肃地说。

我心中一凛。哦，这是多么宏大的为师之道啊。

"徐老师，"欧阳哈哈笑了，伸出手说，"我小女子哪有那志向，只是父亲希望我健健康康，平平安安而已。"

我握住她的手，手短而厚实。

"我大你几岁，以后我就是你的大姐，合作带好这届学生。"

2005 年东方外国语学校搬入新校区，为了迅速提升办学质量，学校在办学体制、招生上都有了一些新举措，从全区选拔了一批好学生，学校从区内、区外招来了一些名师。后来我才知道，六班有不少学生是慕欧阳名声而来，是学校重点班级，为了保持良性的竞争，故而有了五班。

欧阳骨子里的"辣"在教学中、班级管理上体现得淋漓尽致。她纯正的口语，对英语教学的热情让学生如此痴如醉，把"君子之德"贯穿到班级管理的每个细节上。对班上有些特殊的关系学生，一视同仁，不偏不倚。对此，我是很钦佩的。

为了提高教学质量，学校每次期中、期末考试后都会举行质量分析会，对各科、对各层级的学生、各班级成绩进行系统的综合分析和评价，并提出今后工作的目标。为了讨论得更深入，质量分析会往往放在周五。因为质量分析会时间长，每次开完质量分析会都很疲惫。

这周五，是初一年级最后一次质量分析会，冗长的会议按部就班进入尾声，我揉揉太阳穴，看看时间已经近7点，窗外天已经黑了，妻子已经发了好几条信息问我什么时候回家。教导主任王主任正在抑扬顿挫地总结各科各班的得失，意味着会议就要结束了。

王主任合上笔记本，慢慢地说："各班级要总结得失，紧紧抓住临界生，特别注意学科均衡，争取初二各个班级成绩均有大的跃升。今天分析到此。"

欧阳突然说："等一等，我有话说。"

坐在我右手边的欧阳顿一顿，会议室里的灯光照在她那张圆脸上，脸上露出了惯常的笑容。

"王主任（教务主任担任整个初一年级的地理教学）从不分析地理，据学生反映王主任很少发复习试卷，请王主任也分析分析自己任教的科目吧。"

顿时，会议室气氛紧张起来，大家目光齐刷刷地对准了王主任，王主任脸色铁青，镜片后的目光直视欧阳。整个会场静悄悄的，会议室日光灯镇流器发出嘶嘶的电流声十分刺耳。

李书记推了推镜片,慢慢地说:"这个话题以后再说,今天时间不早了。"

"今天机会难得,请王主任也做个分析,既然王主任是科任老师,不能总是分析别人不分析自己啊。"欧阳不依不饶。

以前觉得欧阳性子辣,没想到她如此"火辣"。

记得前一段时间,欧阳问过我班地理作业情况,家长有没有对地理投诉之类。因为地理是王主任教,我觉得这个话题太敏感。当时打哈哈说课后问地理课代表。没想到,她会在质量分析会上直逼领导。

王主任毕竟担任领导多年,很快就化解了欧阳老师的质疑。

"初一五班的地理成绩在全年级遥遥领先,而六班的地理成绩不突出,还是要从自身找问题。"王主任取下眼镜,打开眼镜盒抽出软巾,慢慢地擦拭镜片,平静地说,"从行政听课的反馈情况来看,六班有些课的纪律不好,学生上课散漫,班主任要抓好班风。"

陈校长接过话,"尤其是六班,作为年级的领头羊,要发挥好引领示范作用,不能只是一味以成绩掩盖班级管理上的不足。散会。"

走出会议室,天已经完全黑了,校园路灯把每个人的影子拉得很长很长。

这是我第一次经历这样有火药味的会议,同时领教了欧阳老师的"辣",心里真为欧阳老师捏一把汗。但是欧阳一点不把这放在心上,依然"热烈"地投入英语教学,"热情"地管理班级,这件事就像风一样消失得无影无踪。

时间过得很快,转眼学生升入了初三。六班依然是年级的领头羊,学生、学生家长对欧阳的管理十分认可。作为外国语学校,六班承担了很多重大的教研、比赛活动,屡屡获得佳绩,六班一批学生始终是年级的"学霸"。

她的"辣"还体现在对学生的"直"上。2008年春节过后，学校要评选市三好学生，让五班、六班各推荐一人。按照当时政策，市"三好学生"中考还享有一定的优待政策。

一日课间，欧阳怒气冲冲地走进办公室，把一摞试卷狠狠地摔在桌上。

"太气人了，简直是明目张胆的歪风邪气。"她大声地说，"让我签字，没门。"

后来我才知道，原来是德育处已经内定一位六班教工子弟，欧阳觉得这位教工子女的成绩、表现不足以服众，拒绝推荐他。然而学校绕过了欧阳，内定该名教工子弟，请欧阳老师签名。欧阳感到被愚弄，被欺骗了，生气地拒绝了。

"徐老师，你们班的候选人也是陪绑的，只是走个形式而已，一切都内定了，你我都被愚弄了。"欧阳老师猛地坐下，咕咚咕咚喝了一大口水不满地说。

其实给教工子弟一些便利，这已经成为不争的潜规则，欧阳老师拒绝签名并不能改变什么。我劝她不要太较真。

"徐老师，我当然知道，我的女儿也在学校，但是这对其他学生不公平。"欧阳情绪渐渐平息了，她说，"如果已经内定，就不要走程序，我还让学生推选了，根据学生推选确认了候选人，还让候选人填了推荐表，我怎么还学生一个公道啊？"

欧阳的拒绝虽然不能改变什么，但是如果连承担教书育人职责的老师不能"直"，假以时日，培养出来的孩子只能是精致的自利者，怎能承担未来建设大任？

我递给欧阳半边剥好的橙子，说："消消气，为别人的孩子气成这样不值得。"

我心里对她的"直"挺佩服的，扪心自问，我做不到欧阳那样"直"，同时为她触怒德育处领导而担忧。

一次班主任会例会上，德育主任突然宣布，五一节后，周一升旗仪式每个学生都要穿礼服，希望在周末各个班要求学生家长置办起夏季礼服。

会上班主任议论纷纷，欧阳表示反对。

"已经是初三了，礼服只能穿六七次，一套礼服包括皮鞋要好几百块钱，孩子们上高中还要换装，这明摆着是浪费啊，家长肯定不同意。"

初三班主任纷纷点头。

德育主任打断大家议论，不容置疑地说："这件事情不要讨价还价，学校已经决定了，做不到，扣分。散会。"

回到办公室，欧阳生气地说："怎么不讲道理啊。"

五一节后升旗仪式上，全校没有换新装的六班学生人数最多，结果被点名批评。

欧阳并没有把此事放在心上，全力进入初三冲刺。

2008年6月18日迎来了孩子们人生第一次大考。在考场上，送考的老师全穿上了显眼的"红"。书记的深色红衬衫，王主任张扬T恤，闫年级长潇洒的红汗衫，欧阳热辣红连衣裙，在候考场构成一道靓丽的红色风景线。每个走进考场的孩子都感受到这份"红色"，孩子们纷纷说："老师你们穿红色真好看。"

"欧阳，哇，好漂亮的连衣裙。"

"加油，老师守候着你们凯旋。"欧阳意气风发地与每位孩子击掌。

2008年中考，六班均分高达624分（标准分满分900），毫无悬念夺得全区第一，这也是东方外国语学校历史上最好的成绩。

但是欧阳的"辣"最终触怒领导，在新一轮的人事聘任中，她的绩效得分居然排在倒数，领导的解释是群众基础差。

"欧阳，你太'辣'了，辣到群众基础很差啊。"我笑着说。

"谁叫我是川妹子，骨子就是'辣'。"

现在欧阳已经退休了，每次想起她，脑海里总是浮现出考场上那一抹"热辣辣"的红。

（四）詹姆（斯）师

詹老师，比我大五岁，属蛇。是我东方中学的老同事。

我刚到东方中学的时候不太合群，得知詹老师是西南师大的研究生，研究的方向是现当代诗歌，见面时候竟然有了惺惺相惜之感。与他聊天，聊着聊着，他额头上的青筋渐渐绽起，挥动手臂，针砭时弊，国事校事，运筹帷幄，成竹在胸，颇有古士之遗风。

一次在教工大会上，校长讲到学校的喜事，突然高声说："詹老师39岁喜得贵子，不容易呀。"大家笑成了一团，詹老师连忙拱拱手，笑脸盈盈地说，"见笑，大家见笑。"

后来他竞聘上了东方中学的办公室主任，踌躇满志，忙于校中大事，胸中郁结之气早被办公室里的文案消磨殆尽了。再后来，我去了东方外国语学校。不久又听人说，他调去了市里新办的第二高级中学。

初闻消息很惊愕，想想他的性情也是自然，脑海里还时常浮现那张青筋绽起的激动的脸。

记得2008年中考后，我几个学生考上市里第二高级中学，家长托我打听情况。我突然想起了詹老师。于是约了詹老师一起吃饭。在饭桌上，聊起二高新生活，他很有激情、很诗意，还是一股子书生气。

2011年暑假后，在开学的教工大会上，校长介绍新老师的时候，提到了詹老师。我回头一看，果然是詹老师。他双手打恭，"多指教，多指教"，笑容溢满了整张国字脸。会后，我狠狠拍着他肩膀，说："你老兄，可以呀。"

"还要多指教，多指教。"他拉着我手，笑着说。

那张棱角分明的国字脸圆润了许多，眼神里透着淡淡的疲惫，鬓角间白发很醒目。我有点恍惚，时光在他脸上刻下了深深痕迹。

学校分配他教初一四班的语文，由于四班班主任张老师要出国培训三个月，他临时代理了班主任。一次学校组织听课，这是我第一次听詹老师的课。记得是上梁衡的《夏感》，课堂上两位学生站在讲台讲课，他坐在学生里，不时像学生站起来指点，激动起来，双手挥舞，抑扬顿挫的声音充斥了整个教室，虽然他的语言中有很重的方音，但是这丝毫不影响他的激情以及对课文的解读。课后，在群里评课，有人点评：詹老师，就像篮球场上的詹姆斯，讲台上下，游走教室，神采飞扬，激情四射。大家都觉得这个评论到位，越想越像，慢慢"詹姆斯"就不胫而走。

邻居王老师的女儿在四班，邀请老师吃饭，顺便把我也邀上。由于熟识，大家很尽兴，"詹姆斯"喝了不少酒。我发现喝了酒的他更像文人了。班事、家事、校事喷涌而出，讲着讲着，激动起来，额头上青筋绽起，双手的挥动，拉着我尽情论述他对大事、小事的看法。

语文课组活动很多，开学伊始初二年级要参加一个读书月朗诵活动。时间很紧，只有十天就要拿出一个大型的朗诵节目，我一点也没有底。只能抓初二的同人，主任特意交代不要安排詹老师，詹老师要写办学水平评估报告。可是"詹姆斯"十分积极，从选拔定人选，中午安排训练，他均主动参与。

一日中午培训，学生训练总不在状态。我们几个语文老师眉头紧锁，心里着急。他突然拿起麦克风对领诵的四个学生说："我来给你们示范。"说完，他跃上舞台，大步走到舞台中央，旁若无人地诵读起来。他的普通话并不准，带有浓重的客家音，音色也不好，有些音也读破了。可是他全情投入，激昂的腔调在舞台上回荡。他恨不得自己来代替他们。

几次后，领诵的学生向年级长抱怨，说不知道是该听詹老师的，还是肖老师的（领诵的辅导老师），他们俩的意见不时发生龃龉。我有时只能委婉地劝詹老师，朗诵就让肖老师去指导。

"詹姆斯"精力充沛，也是近五十岁的人。从不见他坐校车回家，每天下班总要去班级辅导。张老师回来后，他的代理班主任卸下，转任四班副班主任，可操的心一点不比班主任少。做广播操，带学生体育大课间，下班级辅导。年级长李老师一次说起他，无不喟叹：真是一个精力充沛的人，难怪叫"詹姆斯"。

也许是他以前做过领导，对学校的管理充满了责任感。对学校的前途充满了忧患意识，对教务主任提出了许多建设性的意见。初二开始的强化优等生的补课，就是在他的倡议下展开了，据说很快就要延伸到初一。

开科组会议他也常常提出建设性的意见。如今他暂时负责校报、文学社的文字编辑工作，这些工作千头万绪，牵涉面很广。看着他忙上忙下，前后奔走，劲头十足，我不禁感叹：不愧是"詹姆斯"。去年底，参加校园文学征文比赛，因为要出参赛费，我不太情愿参加。主办者不知用什么渠道，竟然以教育局名义下发文件，要求学生参加。詹老师一个班上竟然上缴了89篇。我愕然。

他兴奋地说："我把他们的老底都挖出来了。"

我疑惑地问："学生可都愿意出参赛费？"

"那个，我先垫上。"他掏出钱夹数出钱给我。

当时，文学社的负责人宋老师很疑虑，问我让学生掏钱参加征文是否妥当，我又不好明说，让她去向主管领导申请。那次征文比赛，文学社寄去50篇，学校寄去了220篇，仅"詹姆斯"教的班就有89篇。

3月份，从主委会寄来了大量的获奖名单。我们学校从来没有如此大面获奖，我觉得不妥。把语文老师召集起来商讨此事，大部分老师觉得低调点，毕竟是花钱得来不好宣传。宋老师甚至已经打电话对主委会这种滥评奖表达了不满。

"詹姆斯"却认为这是我们的成绩，要大肆宣传。最后詹老师写了一份报道，上报到局里。我心里真是忐忑不安。

去年中考前夕，学校请了特级教师杨东源来我们学校做考前语文辅导，因为这几年都是请杨特，讲的内容也大同小异，我就没有太当回事。

第二天，主任把我叫到办公室，语重心长地说了一番话，她最后要我们开科组会议专题研讨杨特考前辅导。原来詹老师已经写了一个听后感，洋洋洒洒写了近万字，对中考进行了深入分析，并向领导做了详细汇报。我惊讶于他的钻研精神，召集全体语文老师开会，学习他的观后感。

会上，老师们高度赞扬了他热情、好学。

"'詹姆斯'就像一条鲇鱼，搅动了我们这些麻木的沙丁鱼。"一位语文老师说。

"'詹姆斯'是老骥伏枥，志在千里呀！"另一语文老师说。

"过奖，过奖，我只是一名普通老师，普通的语文老师。"他涨红了脖子，摆动双手。

他还十分喜欢押题，每到大考，他总在群里号召押题，他并不在意应者寥寥。一次期中考试，他押到一默写题，群里语文老师惊呼神人。特别喜欢针砭教研员出的作文，尤其不能容忍我们阅卷的马虎。在群里多次催促阅卷，由于网络的原因，初一一位老师漏改了5份作文，他尤为不满，抱怨道说："阅卷的不认真，是对学生最大的不负责。"

第二天早餐时，他对我说："徐老师，我是担忧东方中学超过我们呀。"

另一语文老师说："不用担心，你们已经遥遥领先了。"

"你没有骗我，确切吗？"他兴奋地问。

我打趣道："这次我们初一语文老师没有对你的学生不负责，已经证明了你们的教学能力。"

前几日，学校心理老师张于老师来找我，希望把上次有关爱的征文结果给她。

这是詹老师负责的一个征文活动，前一段时间刚刚结束。

我打电话给他，开玩笑说："詹老师，有一美女，要找你谈谈爱的事情，请你到初一办公室。"

足足过了十分钟他才下来，我打趣他："美女找你谈爱，你怎么这么慢？"

讲清楚缘由，他抱起双拳："我以为我改卷得罪了那位美女，美女找我算账呢？"

一次，学校请喀什开校长一起吃饭。詹老师好酒，每次喝酒，他极为放松。开校长得知其绰号是"詹姆斯"，颇为惊讶，"'詹姆斯'，我知道，是007。"开校长的普通话极不流利，伸出大拇指，"很了不起，我喜欢。"

詹老师端起酒杯突然唱起了"达坂城的姑娘……嫁人就要嫁给我。"歌声洪亮，顿时包间里气氛热烈起来，主宾一起吟唱。那一次詹老师喝了不少，回家路上李级长和我搀扶着他。

"你们，不要送我，我知道路。"詹老师推开我。

"陪你散步，不送你。"李级长搀住他。

"到了，我自己上楼梯，你们走。"看着他的背影消失在楼梯尽头，我和李老师摇摇头走了。

"詹姆斯"忧国忧民，对东方外语学校中考成绩下滑十分操心。

他一有机会就向领导建言献策，主任采纳了他的建议决定在初二年级开展培优活动，每天下午第九节课，全年级开始培优，从语文科目开始。李级长对此有意见，毕竟增加了语文老师的负担，"詹姆斯"就独揽了培优的任务。随后各个科目都陆续开展了第九节课培优活动，增加了老师的负担，不少老师怨声载道。

"詹姆斯"依旧故我，他精力十足地投入工作中。

期末"詹姆斯"到学生处帮忙，他主持两次学生教育大会。

在课间操间歇，他主持的惩戒大会，十分有威慑力。

他严厉的批评声通过麦克风放大，回荡在校园里，那些违纪的学生耷拉着脑袋站在前面，当年项羽喑呜叱咤，千人尽废大概就是这样的气概吧。"詹姆斯"生不逢时，他要是在英雄辈出的秦末，一定会是风云人物。

暑假前夕，书记要我执笔写一篇有关党员的征文，我就在文中把"詹姆斯"称为语文组里的鲇鱼。多年的平淡的教学，我们不少老师已经麻木了，可是自从来了"詹姆斯"，他就像一条在沙丁鱼群里不断搅动的鲇鱼，搅动得四处不安，语文老师原本麻木的神经变得活跃。

开学后领导班子调整了，"詹姆斯"负责学校的安全工作。

9月中旬学校要搞一次消防演习，他在群里发了大段话，提要求。甚至编写了台词，每个年级长如何回答，如何处置一一列出。

课间看李级长喃喃地练习台词，我很纳闷。

抢过他手中的本子，不禁大笑。

"詹主任掏出手机向区消防中队报告，学校出现火情，请求支援。"

"好，收到，请注意观察。"

办公室里一屋大笑。

从演习到第二天领导来检查，詹老师情绪激昂，语调高亢。在刺耳的警报声中开始演习，流程和台词一模一样，效果逼真。整个过程很圆满，唯一不如意的地方是，消防栓里的水不给力，只是细细的一条线。

演习结束后，李级长在群里调侃：前列腺发炎。

詹老师还在群里解释水压不足的原因。

这就是詹老师，一个激情四射的"詹姆斯"，一个永远在一线的"詹姆斯"。

菜园记

小区有一块空地,开发商种了一些台湾相思树。当时只有手指粗细,几年过去了,小树长高了,形成了茂密的小树林。

(一) 造园

有些业主在小树林里开了荒,种上菜蔬。曾经荒芜的小树林渐渐有了生机,杂物被运走了,整齐的菜畦出现了。晨练的时候,我总能看见几个老人在树林里忙碌,其中有一个白发阿姨,听妻子说,她的丈夫瘫痪在床,阿姨在伺候丈夫之余,种菜散散心,白发阿姨菜种得很精心。

"阿姨的菜种得真好。"我啧啧称赞道。

阿姨会摘一把红薯藤给我。

"这里太阴了,没有阳光,菜种不好,只能种些好养的菜。"

这片空地慢慢被开发了。

妻子对市场上的各式毒蔬菜紧张不已,最终也决定在小树林里开了一块荒地，毗邻一对中年台湾夫妻的菜地。我还记得几个月前，他们一家人在小树林里整整捣鼓一个周末。一对儿女挖土、整畦、施肥，夫妻俩种苗、浇水。

如今台湾夫妻的菜地已经是初具规模了。

地里长得是一种绿中带红的菜，满满的一菜畦。

台湾夫妻很儒雅，总是默默忙碌着。妻子对台湾人种植的菜很感兴趣，搭讪道："您的菜种得真好，这是什么菜？很少见啊。"

台湾妻子抬起头，扶了扶厚厚的眼镜，柔柔地说："这是澳洲枸杞叶，我儿子最喜欢吃了。"

"枸杞叶？"我很吃惊。

台湾丈夫嘴唇很厚，慢慢地说："澳洲枸杞叶生命力很强，不管多贫瘠的土地都能生存。凉拌、下汤均可。"

"你们也种一些，这种东西长得可快了。"

说完，夫妻俩从菜地里摘了一把，递给妻子。

"不够，你自己来采。"

我们菜地里也种了满满的一畦。

在妻子的精心伺候下，菜畦里的绿色越来越多。我们种的青菜、小白菜、南瓜总不见起色。虫子的侵蚀，阳光的不足，土地的贫瘠妨碍了菜蔬的生长。长得最喜人只有澳洲枸杞叶，地里的枸杞叶已经茂密起来，深色的绿，泛着浅浅的黄，在斑驳的树影下招摇着，惹人怜爱。

生活中又多了乐趣。

周末的早晨，在阳光里，忙碌在小树林的菜畦，我浇水，妻子锄地。其实生活很简单：金色的阳光，绿色的菜蔬，爽爽的秋风，还有和爱人一起就能让人沉醉。我们收获了枸杞叶，确实如台湾夫妻所说。

一碗绿绿红红的菜叶在沸腾的热水里翻滚，入口爽滑，香气四溢，还带有一点涩，一种久违的菜香从嘴里溢出。当下现代化的种植，各式的调味品，已经麻木了我们的味蕾。

枸杞叶下汤，剩下的梗还可以插回菜地，浇上几日水，它又存活了。

我们一家人都喜欢上了澳洲枸杞叶。

小树林里的菜地成了规模。树荫下，总能见忙碌的身影。佳佳的外婆是最忙碌的一个，佳佳外婆不识字，河源人，如今在深圳带外孙，平时不大爱说话。自从在小树林里开了块地，她的生命焕发了活力，她从乡下搬来了劳动工具，带来了各式菜苗、菜种，还捎回了四棵香蕉树。为了菜地多一些阳光，她甚至爬上树砍掉了一些遮阴的枝叶。

人勤地不懒，她的菜长得好。

深绿的生姜，浅绿的红薯苗，油油的芥菜。菜地改变了她的生活，让她变得健谈起来，常常听见她用浓郁家乡话同小区人分享种菜的心得。

夜幕降临，我也爱在园子里走走。

微凉夜风下，树叶飒飒，菜苗潜滋暗长，充满了生机。这片园子成了我的最爱，因为你可以看见生命成长，精心呵护的生命一天天长大，就像自己的孩子一天天成长，是多么有趣啊！

（二）失园

可是这一切最终触及集体利益。

因不断有业主投诉，管理处不让种菜了。

年底下了通知，根据业主的意见，这里要改造成一个休闲区。1月25日，管理处开始清理小树林。碗口粗的树木被砍倒了，凌乱地堆在菜地上。晚上我走过熟悉的菜园，如同遭遇了战火，树被锯成几段，横七竖八地躺在地上。树林里弥漫着一种浓烈的气味。我以前不懂，只知道是木屑味道，这是树木在流血啊！夜风中，高大的树木倒下了，呻吟着，汩汩地流着血。低矮的绿色菜蔬尸横遍野，几乎在一夜间遭受灭顶之灾。生命消失了，只剩下生命的痕迹。

南下的寒风有些刺骨，那片园子在寒风中瑟缩着；夜风中我听见了树的呜咽声，我看到了四溅的鲜血。

随后的几天，我不愿、不敢走近这片曾经的乐园。

2010年春节后从上海回来，南国冬天依旧很暖和，走过这片了无生机的荒园，我不禁一阵阵悲凉。乐园乐园，爰得我所？我又能到哪里去寻呀！

（三）复园

不久我发现，以前种菜的几位阿姨转移了阵地，她们在天湖（别墅外泄洪湖）周围的边角地，叩石垦壤，芟除杂草，清理野蔓藤，山脚下竟然有几块菜地。

我领着妻子参观了这些开垦土地。有的沿着山脚用石块围起来，具体而微的菜畦颇为整齐。有的沿着天湖的拦水坝周围的一点点空地，填上塘泥平整一块小菜地。

妻子很着急。

"你怎么早不说呢？"

"我一定要开一块土地。"

妻子沿着天湖走了一圈，决定在天湖靠山的甬道开一块地。

由于没有人打理，山上的藤蔓已经爬满了甬道。山脚的杂树被薇甘菊层层覆盖，天湖右边的甬道已经完全被薇甘菊、杂草占领了。

"很难开呀，恐怕不容易。"我心里暗想。

清明假期，妻子连同岳父母开始垦荒。高处的藤蔓岳父用菜刀砍断，低处的藤蔓用铲子斩断。妻子把收拾下来的杂草一点点扔到山脚。足足忙了一天，一块巴掌大的菜地有了雏形。第二天，妻子平整土地，挖好菜畦，一块小小的菜地出现在眼前。

妻子在菜地上种了红薯藤和我喜欢吃的枸杞叶。

天湖里有些鱼，我爱钓鱼，时常来这里钓鱼。今天是周末，我在天湖亭子里钓鱼，看着起妻子忙碌的样子，很佩服她说干就干的风格。

慢慢地，妻子又不满足这块小菜地。她在另一头又开垦了一块巴掌大的土地。

一日，她与保安聊天。

"如果能把两头打通，那就好了。"妻子说。

"那也方便我们巡逻。"一位高个保安说。

妻子又惦记那块地。

五一小长假，她竟然鼓动小区的花工来帮忙。花工加上岳父母三人可是足足忙了一天。幸亏花工身强力壮，一点点清理山边的杂草，甬道慢慢恢复了原来面貌。一点点拔除紧挨着甬道泥地里藤蔓，把两块巴掌大的菜地连起来了，一条狭长的菜地出现了。

我们的菜园复活了。

一天，我坐在湖心亭里垂钓。"我看了丝瓜都结果了。"妻子不知道什么时候来到亭子里。

"很快就能吃上种的菜蔬了。"我坐在栏杆上，专注看着浮漂，头也不回。

"这里阳光好，我们的菜地一定会有收获的。我儿子就能吃上我种的无公害有机蔬菜了。"妻子满脸的沉醉。

是呀，做自己的喜欢做的事情，辛劳也是一种幸福。

钓鱼不也是如此吗？

以前在小树林种菜的白发阿姨在天湖的里头的山脚下开了一块地，地不大，但是很精致。菜地里绿茵茵的一片，尤其是生菜长得好看，妻子夸奖她的菜种得好。

"这里阳光好，菜肯长。"她脸上露出笑容。

"你要红薯藤，自己来摘，红薯藤长得快。"她抹去额头的汗珠，阳光下她的额头闪闪发光。

她在享受劳动，享受收获。一个人是要有所寄托的，面对常年病中的丈夫，她需要纾困，种菜也许是纾解焦虑的最好的方式。

除了叶姨外，紧挨着我们菜地的是一对老夫妻。

她的孙子军军与儿子是同学。坪山人，姓戴。

戴奶奶每天都要在菜地里待上两个钟头。她总是爱带着随身听，一边放音乐，一边干活。

有时她还会问，音乐声是不是吵到我钓鱼。

我开玩笑说："戴奶奶，你很有闲情雅致，鱼儿也喜欢你的音乐。"

她停下手中的活，眯着眼说："这是种给孙子吃的，我喜欢这里。每天到这里动动，坐坐，看看，心里舒服。"

妻子在一旁欣赏戴奶奶的菜地。

"你家的豇豆就要结果了。"妻子说。豆苗弥漫了整个架子，戴爷爷在一张一张摘豆叶子。

"叶可好吃了，灾荒年，我就吃了这个。"戴爷爷眯着眼，仿佛回到了童年。

"经历国民政府、新中国、大发展啥世面都见识了。"

"老人家高寿？"妻子问。

"36年出生的，属牛。"老人家笑声爽朗。

"现在像你这样爱劳动的年轻人，可不多了。"老人夸奖妻子道，"你开这块地可花了不少气力呀！"

"你的菜长得真好，"妻子由衷地夸奖，"啊，这里黄瓜可以摘了。"

一个半尺长黄瓜在瓜蔓里探出了脑袋。

"待会我要拿相机让孙子摘，照相。"爷爷脸上露出了笑容。"这个孙子像我俩，爱摘菜，儿子、儿媳从来不来菜地。"

他指着山边上已经有一尺高的木瓜说："我们这里有木瓜苗，这几颗苗给你们。"

山边水声潺潺，清风和着音乐若有若无。

菜地人声絮絮，人影在绿色中隐隐约约。

"行到水穷处，坐看云起时"就是这种意境吧。

戴奶奶和戴爷爷的菜地简直就是一首诗。山边是两块整齐的菜畦，靠山这边种了爬藤的瓜类，架子两两交叉，藤蔓已经爬在架子上。一块种了红薯藤，另一块种了苦麦菜。苦麦菜的长势很好，粗壮，肥硕。另一块地，利用天湖里高地，三面搭上架子，整出一块小巧的菜地。我印象中这里以前是涨水时残留的垃圾，老夫妻一定花了精力。

阳光在山头跳跃，鸟儿在欢快的鸣叫声里归巢。

劳动的邻居，鸣声上下的鸟儿，跃出水面的鱼儿，还有沉醉在清风中的我，一切是多么的和谐。

另一对老夫妻，妻子姓周，我们叫她周姨，她先生头已经谢顶，以前也同我一起在天湖垂钓过。老夫妻每天下午到天湖的菜地上忙碌一阵，他们的菜地充分利用了山脚的边坡地。为了改造贫瘠的山地，他俩趁着天湖的水塘干涸的时候，一筐筐地把塘泥堆在菜地上。

妻子参观她的菜地，啧啧称赞她的菜种得好。

她得意地说："我的菜地多亏了塘泥。"

地里紫色的紫贝苏，红色的苋菜，嫩绿的油菜，在风中招摇。

"我儿子很喜欢吃我种的菜，现在每天我都可以摘我自己菜地里的菜。"周姨弯腰掐了一把嫩嫩的红薯藤，"你要菜苗来摘呀！"

四五个同周姨一起跳舞的老人老远就同周姨打招呼。

周姨忙着掐红薯藤，一边掐，一边说："来来，尝尝我家的环保、绿色蔬菜，一人一把，吃完再送。"

山野里顿时笑声一片。

周先生话很少，忙碌着给爬藤的黄瓜搭架子。

他们这种劳动生活我很熟悉，像我的父母。假期我回到1500公里外的故乡绍兴。最吃惊的是家里一楼杂物间里竟然是堆得高高的南瓜，爸爸自豪地说："这都是你妈种的"。我参观过爸妈在屋前房后，小路边开垦的菜地，菜地里是常见的南瓜、青菜、豆角、毛豆、黄豆等。妹妹向我投诉，爸妈种菜有瘾头，天不亮就去菜地，天黑了都不愿回家，赶得上陶渊明"晨兴理荒废，带月荷锄归"的境界了。我戏称他俩是现实版的隐士。

妈妈总是笑笑说："没有什么寄托，找点事做做。"

他俩在景德镇生活了三十年，终究不习惯，还是回到了久别的故乡，他俩把家安在了绍兴东关街道上，可是已经很难融入了故乡，就像很小移走的树，三十年后再次移栽故乡，除了熟悉的乡音外，面对陌生的亲戚，一切都不习惯，种菜就算是一种寄托吧。

"趁着能动，不给你们添麻烦。"妈妈总是说。

看着他们在阳光下忙碌的身影，我想，我到了这样的年纪，会不会像他们一样。唯一能肯定的是这种没有功利的劳动是愉悦的。

几周后，妻子的菜地已见雏形了。

菜地里种了红薯藤、枸杞叶，沿着山坡种了南瓜，丝瓜已经开始爬藤了。妻子对菜地充满了期待。

"我以后每天都可以摘自己的菜，多好呀！"

每次看到邻居的菜地菜长势好，总是着急我们的菜长得慢。我笑话她，简直就是拔苗助长的宋人。

曾经多次遥想过古人的田园诗意的生活，其实心灵自由的生活是当下最缺乏的，借菜园慰藉心灵，在此找到了一种新生活，我期待着。

如今菜地已经是绿意盎然。红薯藤长得最快，绿绿一地，红苋菜淡红的叶慢慢地舒展开来，山边的南瓜开始爬藤，丝瓜已经开花。

"这里阳光好，菜种得有意思。"岳母掐一把豆苗，得意地说。

我喜欢菜地的绿意盎然。看着在菜地忙碌着熟悉的身影，我感慨：生命和生命是可以对话的。看着叶姨一头白发间杂在绿茵茵的菜地里，我有一种说不出的感动。生命中会遇到许多意想不到的挫折，可是只要有一颗慈悲的心、众生平等的情怀，生命定然是多姿的。叶姨每次忙完手头的活，就在菜地边有节奏地拍打身体，据说有很好的健身效果，是当下流行的锻炼的方法。下午周姨夫妻俩准时出现，先生在山边的坡地默默搭棚，菜地里爬藤作物已经有半人高了。老夫妻俩很少交流，一切都成了默契。戴奶奶已将随身听架好，欢快的歌曲和着清风在青山绿水间飘荡，正如戴爷爷所说，看看菜地、听听鸟鸣，心里蛮惬意的。

"望得见山，看得见水，记得住乡愁"，我的脑海里跳出这当下的流行语。作家于坚对此曾深刻评述："过去我们'叶落归根'，我们'衣锦还乡'，如今我们衣锦灿烂，乡却不在了，根也不在了。西方人喜欢在'在路上'，他们跟着摩西。我们'在路上'了，我们跟着谁？——乡愁。"

城市里灯红酒绿解不了我们的乡愁，我们一路狂奔，我们跟着谁？在这里周姨、叶姨、戴奶奶依稀回到了乡下，那纾解焦渴的心灵的乡下；在这里又有了久违的乡愁体验，这恐怕是她们对菜园孜孜所求的原动力吧。

（四）赏园

暑期深圳一场台风，引发了小区后山的泥石流。湍急的大水，涌上了堤坝，菜地不同程度遭受了损毁。沿堤坝放的花坛或被冲走，菜园一片狼藉。戴爷爷、戴奶奶在堤坝下开发的一小块地彻底被损毁了。高处的瓜果藤蔓在暴风雨的打击下，失去了生机，蔫蔫的。叶姨的菜地更是惨不忍睹，砾石冲上河滩，覆盖了她零碎的菜地。周姨的菜地地势较高，损失较小。我们菜地也是凋零一片。沿着山墙种植的南瓜、丝瓜稀稀零零，茄子东倒西歪，红薯苗倒是很密，但是杂草丛生。被雨水浇淋的辣椒，摇摇晃晃，妻子寄予厚望的鱼腥草遭遇了灭顶之灾。

戴爷爷、戴奶奶忙碌着修葺菜地。以前我记得这是一片丝瓜的架子，我还多次夸奖戴爷爷搭架子像绣花，如今一切不见了踪影。戴爷爷又在忙碌着，剔除石块，运来厚泥。

"戴爷爷，您这里可是彻底倾覆呀。"我同情地说。

"你不知道，那两天的风雨大呀，都不让我们进来，说泥石流太危险，"他双手忙碌着，低头说，"以前种的全冲走了。"

泥石流裹挟着大量的石头压在了堤坝上，改变了泄洪道。宽大的泄洪道变成窄窄的，水流湍急。山上直泻而下的浊流，发出轰轰的声响。

"老头子，垫高一点。"戴奶奶大声说着。

几天后，我忙着赶稿子，妻子忙着家务。我们的菜地始终没有去修整。

不久戴爷爷家的菜地又具规模了。

堤坝上菜地整理成三畦。前边密密种下了芥菜、小白菜，中间是秋豆角，后面是南瓜。低处紧挨着水边的地方已经密密实实垫高了。新运来的泥土稀稀疏疏地透出绿色，上面依旧搭好了架子。

附近的叶姨家菜地也修葺一新。

周姨家的菜地也慢慢恢复了元气。

可是我家的菜地没有人打理，依然荒凉得很。

几次在别墅晨练，戴爷爷说："南瓜藤拔了，地要重新种，可得花一番气力。"

我总是抱歉说："要等岳父岳母来才有精力打理。"

回家我同妻子说起菜地，她也是一脸无奈，工作量太大，整理菜地已经远远超出了我俩的能力范围。

十几天过去了。

周姨家菜地也慢慢复原了，叶姨家菜畦整齐而有规章，戴家菜地已经是勃勃生机了。

戴爷爷见到我和妻子总说："你们要打理菜地了，荒了多可惜。"

开学后，我和妻子都忙碌起来，更是无心打理。好心的戴爷爷、戴奶奶总是帮我们浇水，还不时提醒我们豇豆可以摘了。开学一周后，岳父岳母总算回来了。他俩忙着芟除杂草，整理田畴，除去旧枝，翻种新苗，将我们的菜地修葺一新。

傍晚时分，习惯性地去天湖散步。

我爱这里的水。

山上喧腾的溪水声远远传来，梧桐山的灵气就在这汩汩的山水。曾经登上山顶，但是我觉得梧桐山登顶的线路没啥意思。我更喜欢溯溪而上的线路，一路溯溪而上，你才能感受到山野之魅力。欢快的山水一路而下，在山洼处汇成清澈的一潭，掬一口，满口的清香。每到周末，你总能看见手扛肩挑的游客，他们把清冽的山水装进大小的水桶，泡茶喝。据说，用山泉泡茶，那茶才有滋味。对此，我深信不疑，自来水中太多的化学成分，煮出来的茶肯定好不了。

我也爱湖心亭，空余时总爱坐坐。坐在湖心亭，水声喧哗，微风习习，说不出的惬意。总会遇到一中年男子牵着一牧羊犬在亭子里歇脚。男子坐在亭子内，牧羊犬乖顺卧在地上。我突然想到一篇有关亭子的文章，大意说中国人善于建亭子，亭子借景，景中有亭，亭中有景，独具特色的亭子一般是自然与人文俱佳之处。

亭子伸进天湖约5米，岸边一连廊通向亭子，山色湖光映入亭子内，简直就是美的境地。但是我总觉这里缺一楹联，如能写上几个古朴的小篆，那就美而无憾了。

我更喜欢沿着弯弯曲曲的小石径走进山脚的菜地。

叶姨的菜地在水边很精致。碧绿的菜畦，宽大的芥菜，高处的藤蔓开着淡淡的黄花。几棵紫色茄子挂在上面，迸射点点光芒，讨人喜爱。

里面周姨家的菜地里的小白菜在风中招摇，红薯叶茂盛着，为了防止小鸟偷食菜叶，一个假人低头立着，微风里，身着白衬衫头戴红帽子的假人颇似有中国古典山水画里的大写意。

穿过回廊，天湖的另一头就是戴爷爷家的菜地。

这对老夫妻不愧是种菜的高手，你看顶头的南瓜已经挂果，我们菜地的南瓜爬满了山坡就是不结果，而这里南瓜挂了十一二个，大的已经有胳膊长了，每一个南瓜上都套着一塑料袋。戴爷爷说这是防虫。中间是小白菜，我记得是暑假回来时候重新种的，现在已经有手掌高了，你挨着我，我挤着你，戴奶奶拿着花洒慢慢地淋菜。风中传来了流行歌曲，我说，戴奶奶是最有品位的人，湖光山色萦绕着动人的乐曲。她说，这样才有寄托，心里特别充实。

看着忙碌的老俩口，"此中有真意，欲辨已忘言"就是这样的意境吧。喧嚣的城市，哪能找到这样的景色，哪能找到这样的闲情？戴奶奶十分健谈，她说："你外（岳）母很能干，菜地全收拾好了。"

我走过这片已经修理利索的菜地，有一种感动。好的菜地就像一篇好文章，脉络分明，思路清晰。以前荒芜的藤蔓被芟除了，几块菜地彻底翻过了。一绺绺种上了青菜、玉米、芹菜、萝卜、蒜苗。生姜葱绿的叶子已经束在一起，茄子除去了老枝，精神地站在菜地。谁说植物没有感情呢？你没有投入精力，没有养分，它们是萎靡的，没有精神的；相反你精心伺候，它们是精神的，也是快乐的。

土地、菜苗、人形成了一种微妙的关系。

很快暮色四合。叶姨手里提着新掐的芥菜宽大的叶子，戴家夫妇网兜里也是新采的菜蔬，一路笑着说着走了。

我也在暮色里离开了我的菜园。

菜园就像我的老友，每到周末，晨练时我爱去天湖看看。长长的菜畦葱茏一片，菜畦这头是玉米，玉米油油地有一尺多高，嫩绿的叶子在风中招摇，像妩媚的少女。荫蔽着深绿的蒜苗。蒜苗只有一掌高，这种蒜苗不像北方的大蒜，味清香，成熟后掐苗用腊肉炒，味鲜美。岳母知道儿子喜欢吃蒜苗，特地从老家带来的种子。蒜苗旁是芹菜，芹菜苗新绿点点，刚刚淋过水的苗折射温润的阳光。两垄青菜已经是好看的绿色了。这段时间儿子上火，舌头红肿，胃口不好。儿子的嘴又刁，喜欢吃山上地里的新鲜蔬菜。幸亏近段时间菜地里的青菜已经可以采摘。地里摘来的菜叶，剁成细片，氽肉片汤，儿子每天吃一大碗。菜梗就清炒，菜蔬的清香，让人胃口大开。

青菜有一手之握了。

岳母每天掰下几片叶子，清炒，氽汤。萝卜的对称的羽状的叶子已经很长了，萝卜已经有鸡蛋大小了。记得前两天，岳母炒了一盘萝卜，绵而甜。难得吃到这样的萝卜，就是产量太低了。萝卜的叶子岳母有两种做法：一是洗净萝卜叶，晒干，撒盐、压实在瓶子里，做咸菜，一般要腌四五天。待颜色变黄，即可食用。酸而鲜美，下稀饭，算得是美味。二是把叶子切成细末，挤干汁，清炒，最好用猪油炒，炒出来清香无比，口感俱佳。雪白的米饭配绿绿的菜末，看看都让人陶醉。

地里还有一小块芫荽苗。芫荽刚刚抽出嫩芽，淡淡的绿。我们一家都爱吃芫荽，人家是当作佐料，星星点点撒上些，那怎能过瘾。妻子有时用煮沸的开水浇过，直接淋蒜蓉沸油。那芫荽的香气全激发出来，嫩芽入口满口余香，回味无穷。

另一地头已经铺上了生姜叶，前几日岳母把生姜拔了。大半年的生姜已经成熟。岳母把生姜洗净留下一部分做佐料，余下腌起来了。这两天早晨，我还吃了新腌的生姜片。没有老姜辛辣，一丝清甜。

看着清晨微风招摇下的菜地，感谢大自然给我们的馈赠。古人说，布衣暖，菜根香，读书滋味长。诚哉斯言。

我们的味蕾经历太多的美味佳肴后，对本真的菜蔬有着天然的亲近感。

我常带儿子去浇菜。儿子不太爱动，但是去浇菜倒是很喜欢。放学早的时候，岳母带他去浇菜，他很乐意。岳母说他浇水很认真。

下午，我带儿子去菜地。

南国的冬天阳光很好，太阳已经西下了，挂在了山头。光线柔和，经过大气的折射一点也不刺眼，闪耀着暖意。以前对张若虚《春江花月夜》中"江流宛转绕芳甸，月照花林皆似霰"不明白，月光怎会像霰一般？这时候的阳光四处洒着光点，不就是霰之态吗？你不得不佩服古人用词的精妙。阳光下的万物镀上了一层迷离的色，恍若仙境。难怪摄影师总爱在这个时段拍摄。

儿子喜欢拿大小两个洒水壶浇菜，一手一个，装满水，水淋进干涸的泥土，发出吱吱的声音，看着儿子专注投入的神态，心里颇为感动。这是一个生命对另一个生命的呵护。天湖里水很浅，用岳母结好长绳的桶荡进湖里，湖面漾开，水桶倾侧，湖水慢慢涌进水桶。没有经验，水总装不满，晃悠悠地提水上来，还是颇费体力的。装满水壶，一点点淋在菜地，湿润了一片。

满目的绿色。芹菜是新绿，在风中招摇，像亭亭的少女；白菜宽大的叶子很张扬，梗是白色，叶子是深绿；大蒜是瓦绿，叶子纤细，像深沉的绅士；油油的萝卜叶子碧绿，锯齿状的叶子张牙舞爪，像雄壮的武士。

儿子淋得很仔细。

"爸爸，他们是不是像我洗澡一样舒服？"儿子仰着小脸问。

阳光下儿子挂着汗珠的额头发亮。

当生命与生命平等对话，你才能理解佛家终生平等的真谛。小小菜苗还刚刚钻出土地，圆圆的两片叶子，就像儿子的脸蛋。润物细无声，小苗似乎也感受到儿子的爱，轻轻晃动着以示感激。

长长的菜畦，全部淋完竟有点气喘。

儿子累了，扔下水壶，跑了，他去寻找天湖里的小鱼小蟹了。

放下水桶，我坐在天湖的曲折的栏杆上。阳光一点点消失了，四周青树翠蔓，摇络蒙缀，参差披拂，突然想起了柳宗元《小石潭记》里的句子，用在此处传神极了。语言，尤其是经思维凝固的语言，可以复活再现美景。柳宗元终究沉醉在自伤中，没能拯救他的灵魂。前段时间看韩国法顶禅师《生活在时间外》，突然明白了大自然只是灵魂救赎的手段，灵魂还是要靠自己来拯救。

山边木瓜树已是硕果累累，戴奶奶、戴爷爷趁着天湖水浅挖起的塘泥整齐砌在菜地，油油的芥菜，绿绿的芹菜，齐齐的白菜，悦目可喜。他俩用生命去照顾，自然是勃勃的生机。这边叶姨的菜地密密的奶白菜，闪耀着生命的光泽。

戴奶奶、叶姨的年龄同父母相仿。有些人不了解他们，每天在菜地操持也不嫌累，其实这恰恰是他们享受生活的方式。他们没有陶渊明的文思，虽然写不出"采菊东篱下，悠然见南山"的富有意境的句子，记得妈妈常说"看着它们长得好，心里就高兴"；但是其本质是一样的。生命是需要寄托的，尤其人生暮年，他们通过培养、善待生命来缓解死的焦虑，来消除生命的虚无、荒诞，来延续、提升生命。从这点意义上看，他们就在营造陶渊明的梦——田园的梦，这种在当下喧嚣的尘世中尤为可贵的梦。

暮色四合了，鸣声上下的鸟儿也散去了，我呼唤儿子，离开了我的菜园。

少年时代读吴伯箫的《菜园小记》总觉得无趣，心里想不就是种菜吗？可是经尘世的喧嚣，竟然与我心戚戚焉。纷飞的战火，安静恬美的菜园不就是心的皈依吗？徜徉在绿色里，"晨兴理荒秽，荷锄带月归"不再是劳作的痛苦，而是享受诗意的生活。

这不就是多年寻觅的乐园吗？

后　记

去年，天湖列入了区政府梧桐山鸳鸯谷景区改造项目，天湖也更名为鸳鸯湖，成为景区重要景点，四周菜地均遭受灭顶之灾。小区物业也乐得政府整治这块"域外之地"，挂上一把铁将军，将通向梧桐山的路一锁了之。

鸳鸯谷景区已见雏形，假期里游人不少，薄暮时分，不少游客沿着山路下到天湖，驻足观赏。天湖的甬道拓宽到近一米，周围种植了兰草等观赏植物。游客听水观瀑，不时发出兴奋的叫声。夕阳西下，曾经熟悉的湖心亭、连廊、栏杆因缺乏打理，破败不堪，在新景区中格格不入、分外刺眼。

我的大哥

"兄弟,不是永不相交的铁轨,倒像同一株雨树上的枝叶,虽有距离,但是同树同根,日开夜合,看同一场雨直直落地。与树雨共老挺好。"

——龙应台

兄弟俩如今各居一处,平日里相聚不多,记得最近的一次是在2006年的春节,哥一家南下深圳。

如今回忆起来,兄弟的情感确实很微妙。如龙应台所说:既不像殷勤探问的朋友,也不像嘘寒问暖的情人,更不像同船共渡的夫妻,有的只是共同拥有的童年,还有血脉里相同的热血。

小时候,哥爱独处,总沉迷在自己营造的世界里。他没有朋友,甚至很少有同伴。军棋、象棋,乃至在白纸上手绘的小人,都是他的战场,他像一个大将军一样指挥一场场厮杀。我很纳闷一个个棋子,一个个画的小人能让他如此痴迷而忘返,为此爸爸还多次责罚过他。

他很机灵。家里养着不少鸡鸭，每年的暑假我们会去拾稻穗。七月收割后的稻田是狼藉的，打了谷的稻梗散落在稻田里，稻茬隐没在散落的稻草中，裸露的褐色的稻田，不时飞下一群叽叽喳喳的麻雀，它们在享受着一年中难得的饕餮大餐。哥拾稻穗有天赋，在稻田的角落、晒谷场、稻草垛总能觅得残存稻穗的蛛丝马迹，在最短的时间拾满一簸箕。一个暑假下来，往往能顶得上鸡鸭小半年的口粮。

他最拿手的是钓青蛙。青蛙是鸭的爱物，为了让鸭长得更肥美，我们兄弟俩在傍晚时去钓青蛙。青蛙像水中的虾一样是呆物。挑选一根2到3米长竹竿，一头系上线，在线的末端绑上小虫，甚至是小蛙之类（不用钓钩），放在草丛深处，轻抖竹竿，青蛙就会上钩。在提竿抓蛙这个环节就需要技巧了，青蛙吞噬诱饵后被提在空中时，要眼明手快，稍一犹豫，青蛙在半空中会挣脱，一旦到了草地，再难捉住。一般小青蛙是没有这样灵巧的，提竿，手到擒来。但是对付那老谋深算的青蛙，如石鸡类就不仅要眼明手疾了，更需要在实践中不断地磨炼，才能一击而中。这方面不得不佩服哥的技艺高超了。

钓青蛙中最高境界当属钓石鸡了。石鸡往往隐身于水塘，山坳深处，生性警惕，稍有风吹草动，就会潜入水中销声匿迹。离家2里处有一砖瓦厂，砖瓦厂挖出了一个4亩左右的方塘，时间久了积了2米多深的水，附近有人在此塘里放养了一些鱼苗，渐渐成了一个鱼塘，由于地势低洼，每年夏季雨水泛滥，鱼儿逃之夭夭，时间久了没人愿意在这里冒险养鱼了，从此这里成了青蛙、石鸡的天堂。

哥善于寻觅石鸡的出处，寻找到水草茂盛的水塘一角。取一长竿，绑好诱饵，放置草茂处，有节奏抖动长竿。有时听见细微的水声，一只石鸡在慢慢靠近诱饵。石鸡十分谨慎，不会一头扑向诱饵。它会停顿下来，慢慢靠近，待确定没有危险后，一口吞噬诱饵。敏捷地提竿，快速抓住空中的石鸡。如稍一迟疑，它就会从空中挣脱；即使抓住它也要严防它的尿液，在抓住它的一瞬间，出于本能，它会射出尿液，稍一分神，加上它十分滑溜的皮肤，一旦从你的手中逃脱，再也难抓得住。哥是行家里手，一提竿，当空中划出一条美丽的弧线时，手就像鹰爪一般，精准攫住猎物。一天下来，我的收获就比他差多了。我向他讨教怎么抓得住滑溜溜的石鸡，哥淡淡地说，多练练就好。

运气好的话还能钓到鳝鱼。有时候竿稍猛得一沉，猛地提竿，一条鳝鱼扭动着拉出水面。我很害怕，生怕是一条蛇。哥却猛地用手指夹住，一条黄鳝就在他手指中挣扎，扭动。

"发啥呆，快点拿篓子。"

哥和我还喜欢摸螺蛳。每年的暑假，我们都会去昌江河里摸螺蛳。夏天昌江河是我们的乐园，当时鲇鱼山大坝还未建成，昌江河水清而浅。在水里嬉戏玩耍，我们会摸螺蛳，昌江河里青壳螺蛳很多，螺蛳不必选个头太大的，如果太大，尾部均是小螺蛳，肉质柴口感差。不消一个钟头，我们就能摸上半篮子。妈妈总是嘱咐我们不要太多，两餐足够。回来养在盆里，滴几滴菜油，一天后，待螺蛳吐净泥后，就可烹炒。妈妈是炒螺蛳的高手，为了便于吮吸螺蛳肉，将螺蛳壳尾部用老虎钳截断，洗净，放在油锅里爆炒，浇一汤匙酱油，待香味出，文火起锅，缀以葱花。一大碗螺蛳堆得像山尖，香味四溢，我和哥会进行一场吃螺蛳比赛。我用筷子灵巧地夹住螺蛳，放入口中，轻轻一吸，螺蛳肉顺溜吸入口中，牙尖轻轻一咬，富有弹性的螺蛳肉滑进口腔，伴着清香的浓汁，富有弹性的螺蛳肉在味蕾中流连。吃螺蛳要掌握好吮吸的力度，用力太大，螺蛳尾部一并吸入口中，尾部往往集聚着小螺，满口都是，那就破坏口感了。吃螺蛳的最高境界是，力度恰好，螺肉只探出一个头，咬断入口，螺肉尾部还在壳中，并不破坏螺蛳的美感。一会儿哥碗前螺蛳壳已堆起小山了，我一着急用手抓。一大碗螺蛳很快就被我和哥分而食之，看着兄弟俩嘴唇上粘着不少螺蛳盖，妈妈说现在想起来还令人忍俊不禁。后来昌江河水因为污染水质变差，我们常去2里地外的猪皮蛋水库摸螺蛳，那里的螺蛳味道比河里要好得多。

夕阳西下，落日的余晖给水面镀上一片金色，微风习习，吹走了夏的炎热，我和哥钓青蛙、摸螺蛳的镜头，一直留在脑海深处。记忆真是很奇怪，生活中一个片段、小镜头，突然就能复活你童年的生活，你才知道原来以为流逝的生活还会不断地被闪回，刹那间你有了一种恍然如梦的感觉。文字最了不起的地方就是能不断激活遗忘的镜头，唤醒那些附着在镜头里饱含的情感。

为了解决家里的困境，15岁那年，他瞒着家人偷偷去报考了技校，出人意料地以高分考取了远在湘西的怀化无线电技工学校，去了2000公里以外的湘西，那年他是所有学生中个头最矮的一个，只有1米47。

记得有一次父亲去重庆出差，顺路去看他。父亲回来说："你哥真是吃苦了，到了怀化请他到馆子里吃饭，他一口气吃了5个肉包子。人长高了，黑了。"

至今家里还有一张他读书时的照片，在斜阳下，长发，清瘦。他学的是无线电技术专业，毕业后分配在景德镇一个厂工作，距离家10公里。假日里他回来依旧睡在我的上铺。

哥的动手能力很强。20世纪90年代初，正值全国各地彩色电视机、电话方兴未艾，工作之余他开始琢磨各式电器，从电视机、电话，到市面少见的手提电话，他均能熟练修理。甚至在景德镇繁华的十八桥租了一个柜台，业余时间兼职修理各式电器。附近人知道他技术好，常常请他修电器。我成了哥的小跟班，跟着他走门串户修电器，看着他熟练地拆开电视机，打开工具包，用测电笔、万能表在电视机的各式零件上捣鼓一阵，电视图像就恢复了。主人又递烟又递茶，千恩万谢，沾了哥的光，我心里也挺得意的。因他的动手能力强，他很快就从车间调入了技术部门。

哥的求学欲望很强。工作后，他参加了自学考试，短短的两年，他就拿到了本科文凭。1995、1996年我参加了研究生入学考试，结果均铩羽而归。1997年我继续考研，那一年嫂子也在备考，哥说为了激励嫂子，决定陪考。记得那年的冬天十分寒冷，我的心也如这寒冷的天气，因为我觉得考得糟透了。发榜了，结果让所有人大吃一惊。受过正规大学教育的嫂子和我均名落孙山，而哥哥却考上了。他的英语考了惊人的62分，高出录取分数11分。他可是没有正规学习过大学英语啊。

落寞的我，几乎放弃了考试。哥给我来了一封信，鼓励我要继续努力，不要放弃，要靠自己努力改变命运。在他的鼓励下，我咬牙坚持参加了1998年研究生考试，同样也是在哥哥帮助下，我顺利被西北师范大学录取。今天我还是要感激他，没有他的感召和激励，我肯定放弃了。

研究生毕业，大哥在中国通号公司下属的上海一家分公司工作。他的工作很忙碌，常年在各个铁路局站点出差，提供铁路信号的技术支持。他常自豪地说，公司碰上了国家高铁大发展，中国的信号控制技术在短短十年赶上西方百年。嫂子对哥的工作颇有怨言，家里活根本指望不上他。在工作之余，他专研技术，读书不辍，2005年又考取了同济大学的博士生，三年后顺利毕业，因在工作上突出的贡献，他曾获得詹天佑奖，成为上海市优秀青年人才。

他对爸妈的事情很上心。按照政策爸妈退休后可以落户上海。哥甚至利用出差机会，到爸爸以前工作各单位开证明，完成了落户全部手续，因上海收紧落户指标，爸妈最终没能落户上海，也许是为了弥补遗憾吧，哥每次出差总会给爸、妈寄特色零食，对爸、妈嘘寒问暖。这点我比他做得差得远了。

我和哥虽然远隔千里，但是他始终是我心中的榜样——他的为人，他的执着，甚至是他的大度。

老王

我认识老王是在四年前。那是在一个暑假,他突然来找我。

"李老师,我这里有个事情,想麻烦你。"老王敲开我家门。

我只记得他住在我家楼上,平时也没有什么交往。老王是保税区物业管理公司的一经理。中等个子,皮肤白皙,爱笑,一笑起来双眼就眯成缝。

保税区物业公司要进行改制,领导有私心,想买断这个公司,公司员工委托老王写资料。我根据老王的意思,把公司员工的意见写出了一个报告,他很满意。几个月后,他拿了一箱饮料来我家表示谢意。他们的意见得到上级领导的重视,最终公司划归国资委管理。

再次和老王打交道是在一年后。

在一个傍晚,老王敲开了我家的门,神情很严肃地说:"李老师,你一定要给我看看这份稿子。"原来他敬重的一个老领导去世了,家属委托他写一份悼词。老王语气很沉重,他对这位老领导充满了敬重。

"老领导为人正直、清廉,在领导岗位上,从来没有给子女谋利。

他退休后一直住在50多平的房子里。"老王慢慢地说了近一个钟头。

我深受感动。斟酌语句，把对一个共产党员的高风亮节的敬仰浓缩在语言中，花了一个晚上写好悼词。老王看后很满意。

2年前，我有事找老王。

去到他家中。老王很热情地让我们落座。

客厅里堆满了石头，我很吃惊，"老王，玩石头。"

"那是玉石，"田阿姨端着水说，"那可是他的宝贝，几十年了。"一块架在木头支架上的大玉石十分醒目，我用手摩挲着玉石，温润而光滑，手感很独特。

"这块玉老王都摩挲了几十年了。"

"老王把石头都当作儿子了。"

"来来，喝茶。"老王熟练地洗杯子，倒茶。

阳台上放着一架精致的茶具。

"老王喜欢喝工夫茶，这里靠山，没有夕晒，喝茶方便。"

我笑着说："老王借青山绿意入茶，有诗意呀！"

我不太会喝工夫茶，但是看着颇有古意的茶具，我还是能感受到中国人骨子的诗意。喝茶，喝的是一种情趣。

离开老王家，我很有感慨：老王有闲情雅趣。

晨练，我常看见老王一手提一个鸟笼，在小区的院子里遛鸟。两只画眉在笼子里腾挪跳跃，时不时卖弄婉转的歌喉。

后来妻子对我说，田阿姨经常埋怨老王，他近段迷上了斗鸟，与一帮鸟友斗鸟忙得不亦乐乎。

周末下午，我在天湖钓鱼。

老王架着两鸟笼远远走来。

"李老师，钓鱼好雅兴。"老王把鸟笼架在湖边的树上，远远同我打招呼。

我在湖心亭钓鱼，他坐在亭子里，同我聊起了斗鸟的经历。

"我这只画眉，你看那体型，你待会听它叫声，那个绝。"老王一脸得意。

原来，老王养鸟已经有几年了。说起鸟经，那可是滔滔不绝，从鸟的卖相、声音到斗鸟的姿态娓娓道来，让我大开眼界。

一阵高亢的鸟鸣传来。

"你听，画眉这才叫好听。"老王眯着眼和着鸟声手有节奏地拍打在大腿上。

远处山上传来了画眉的应和声，老王突然睁开眼，"不好，引来了画眉。"

一只画眉从湖对岸的树梢上飞了过来。

"我的画眉还没养好，两只鸟要打架。"老王神色紧张看着他挂在笼子里的画眉。

画眉在树梢上婉转地叫了起来，笼子里的画眉停止了叫。老王匆忙跑过去把鸟笼蒙上。

一会儿，天气暗下来，看来要下雨，老王架起鸟笼走了。

山林里，画眉在枝头抑扬顿挫地叫着，可是它的伙伴已经走了。后来我才知道，画眉性高气傲，一座山林是容不下两只画眉的，斗鸟就是来源于此。

放暑假，我和妻子回老家，在楼梯口遇见刚刚旅游回来的老王。

"你们回老家，听说你们是景德镇人。"老王放下行李说，"我刚从景德镇回来，那里真不错。"

妻子也忙着搬行李，随口应着。

"你忙，以后电话里聊。"老王上了电梯。

大约在 7 月底，老王打来电话，说起了他上次看中的几个喂鸟的瓷罐，还发来了图片，请我们帮忙买。

一天下午，妻子辗转找到了一家专业做鸟罐的铺子。精心挑选，看中了就发图片给老王。老王很挑剔，一直挑了百十个才算满意。

等全部挑好已经是暮色四合了，岳母在一旁嘀咕道："你们城里人真奇怪，养一鸟够上我们养孩子了。"

8 月初我们从老家回来了。一天晚上，妻子、我和儿子把鸟食罐送上去。

老王早已经迫不及待。他戴上眼镜，取出放大镜，对鸟食罐上的图案一一鉴赏。"景德镇的瓷器就是好，这幅山水写意配得好。"他一边仔细看图案，一边频频点头。

"我挑的是专业做鸟食罐的店铺，时间太赶了，没有挑完。"妻子说。

"这几个挑得不错，你看山水、花鸟颇有古意，手绘的线条还是很见功底的。"老王放下放大镜，满脸笑容。"配上这鸟食罐，我的鸟拿得出手。"

"老王就是喜欢提笼斗鸟的，这么多年，他在石头上、鸟上，花的心思多得去了。养儿子也没见他这么上心。"田阿姨嗔怪道。

老王笑着说："谁教我们儿子乖了，儿子不要操心。"

"你啥时操心儿子，儿子去英国你一点也没管过。"田阿姨脸上一脸的笑意。

下楼时，我对妻子感慨道，老王的爱好真多。

隔壁疍家阿姨

隔壁曾阿姨已经退休，圆脸，个不高，皮肤黝黑，脸上总是带着笑。平时曾阿姨家里就老夫妻俩，每逢节假日，她的仁女儿带着外孙、外孙女来看外婆、外公，家里颇为热闹。

"我们疍家人汤圆、擂咸茶你们还没尝过吧，下次过节，过我们疍家人的节，我邀请你们去。"曾阿姨给儿子送来一大碗饺子，妻子一边拿盘子装好，一边说："胖宝最喜欢吃阿姨您的饺子。"

"这个饺子皮硬了，疍家人是很讲究的。"曾阿姨笑眯眯地说。

"疍家。"我心里咯噔一下。踏破铁鞋无觅处，得来全不费工夫，原来疍家人就在隔壁。我从沙发上跃起。

"阿姨是疍家人。"

"是呀，我和阿叔都是疍家人，在搬进倚山花园前一直住在渔民新村啊。"曾阿姨脸上含着笑说，"我们可是地地道道的疍家人。"

"阿姨疍家生活很有意思啊。"我兴奋地说。

"疍家生活？我说不清，就知道小时候大家谁也不愿说自己是疍家人的后代，人家瞧不起，渔民的后代有啥好说的。"

"我们要感谢邓小平，没有他，哪有我们疍家现在的生活啊。"

一会儿，曾阿姨的女儿回来了。她站起来笑着说："女儿、外孙回来了，我要去准备晚饭了。"

"谁让阿姨的手艺好呢？"妻子送出曾阿姨。

"疍家人不会做饭菜要被人耻笑的，"曾阿姨打开门，摇摇头说，"可是我的三个女儿……"

"那也是您惯坏的。"妻子说。

想不到曾阿姨就是疍家人。

我们做邻居也有 15 年，我和疍家人做了 15 年的邻居。想想这 15 年与曾阿姨相处的点点滴滴，我对疍家人当下的生活有了更深入的体会。

因儿子与她的小外孙年纪相仿，儿子又好吃，不时被曾阿姨的美味招引，两家渐渐熟络起来。

"妈妈，你也学一学奶奶家包粽子的方法。"端午节前，曾阿姨送来了 8 个粽子，儿子雀跃着说，"我最喜欢奶奶包的粽子的味道了。"

"虾仁、蛋黄、肉还有那红红的，腻腻的。"

"那是枣泥。"曾阿姨摸摸儿子的头笑着说，"喜欢吃就到奶奶家里来，我家那个小外孙口太刁。"

渐渐我发现曾阿姨过每个节都很有仪式感。

端午节门前一束艾草，中秋节手工月饼，更不用说春节洒扫庭除，她还特地推荐我们买当地人一种类似兰草的发财草，用水煮过后，成为疍家人带来好运的发财水，据说用发财水擦拭门窗能够给来年带来好运。每个节日，曾阿姨家大小团圆，曾阿姨张罗一桌好饭菜，总不忘给儿子送来一些特色菜。

曾阿姨生活很有规律，每天早茶后逛一逛田心的海鲜市场，买买新鲜菜蔬。平时夫妻俩生活很简单，晚餐后两人散步，有意思的是夫妻俩很少一起散步。

"阿叔喜欢抽烟，我闻不了他的味道，还有他们一伙人就是抽烟、喝茶还喜欢泡吧。"曾阿姨在散步时候，对妻子和我抱怨道。

曾阿姨喜欢同我们聊一些有趣的话题。

没想到曾阿姨一生颇有传奇色彩。

"虽然退休了，我是村里最忙碌的人。"走在小区曲折的小径，晚风习习，树影婆娑，曾阿姨慢慢地说道，"我的5个兄弟姐妹都在香港，以前老疍家上岸后很多人在香港生活，我要打理他们留下的房子。"

"每个月房租、水电，杂七杂八的事情很多，现在的租客又刁蛮。"

"阿姨现在是大业主啊。"妻子调侃道。

"世上的事情很难说得清啊。"她常常感叹道，"20世纪70年代初，我们村的人很多逃到了香港，我5个兄弟姐妹也去了香港。那时候我的运气真是差啊，每次逃港都被抓回来了，心疼我的5辆凤凰自行车，那还是很新的车啊。"

"5辆凤凰车？"妻子不解地问。

"凤凰自行车那时候要凭票买的，价格不菲啊。"我接着说，"阿姨那时候实力不错啊。"

"你看，小徐年纪大一些，就知道凤凰车的价值，"曾阿姨顿了顿说，"那都是香港亲戚资助的。每次被抓，自行车就被没收了……那时候过年过节，香港亲戚的生活让人眼红啊。电器、连衣裙、肥皂花花绿绿的让人眼热。最后一次被抓，我发誓再也不偷渡去香港，就算穷也穷死在盐田。"

倚山花园是香港新世界开发的楼，整个建筑是典型的泰式建筑，倚山而建。庭院设计颇为下功夫，乔木灌木错落，高低亭台点缀，小径曲折幽深，是散步的好地方。夜幕降临，华灯初上，小区人唠唠嗑，散散步，算是生活的常态了。

"阿姨，您后来……？"妻子问。

"我啊，托了改革开放的福，"曾阿姨脸上洋溢着熟悉的笑容，慢悠悠地说，"中英街，中英街刚刚开放，那个人多啊，车多啊，我就跑桥头。"

"跑桥头？"我不解。

"就是帮人拿货。"曾阿姨解释道。

"哦，就是现在的代购，海外代购之类的吧。"妻子说。

"那时候啊，跑桥头真是不辞劳苦，从早忙到晚，那时候精力真是旺盛啊。"曾阿姨捶捶腰，不像现在多走几圈就腰酸腿疼的。

解放生产力。教科书上的话是苍白的，生活中"解放"才是充满活力的。

"我真也搞糊涂了，种了二十年的地，一年种地的收入还抵不上一天跑桥头的收入。跑桥头起早贪黑，有奔头啊，浑身都是劲。"

"那您后来没有自己在中英街开一店？"我问。

"后来政策收紧了，这也不是长久之计。村里也轰轰烈烈搞起经贸，办股份公司，我成了股民，20世纪80年代末我又进了街道，干起妇女工作。"

"那时候计划生育，得罪了很多人啊。现在还被村里人骂。"

"那是国策，不得罪人就要丢饭碗。"

曾阿姨长长叹了一口气。

"阿姨现在生活很自在啊。"妻子说，"每年走走看看，多好啊。"

"现在兄弟姐妹中我的日子最好，香港的兄弟姐妹都说幸亏我运气差逃港不成功。"曾阿姨一说到当下兴奋起来,"你看我现在有家业,有退休工资,有医疗保障,我和老头子全世界都走遍了,不愁吃不愁穿的,没事散散步,锻炼锻炼身体,比香港的兄弟姐妹强多了,现在他们羡慕我。"

曾阿姨自得地笑了。

"疍家人现在生活如何?"我忍不住问。

"现在盐田街道每年都会举办疍家文化节。大家日子过好了,把以前一些活动、礼仪又搬出来。政府又支持,每年都有经费,村里还排了不少节目。近几年还排了《花艇水上漂》《疍家婚俗》《舞龙》等节目,还邀请我们几个积极分子做指导啊。"

"对,记得去年我还参加了盐田街道组织的疍家征文比赛。"我说。

"那是去年十月份,政府组织了疍家文化节,村里好多人来了。我们村里人那个多啊,有烧着柴火煮着汤圆的老人,还有盛装迎娶新娘,扒龙船迎亲……彩色衣裳,头戴花帽,脚穿花鞋,在村道上摆成龙船的形状,手里拿着小竹枝当船桨,一进一退,边划边喊着,新郎手撑挂有红飘带的黑伞与新娘并排站在'船头',鞭炮声、欢呼声和锣鼓声,一小步一小步往男家划去,场面好热闹……"

曾阿姨沉浸在美好的画面里。

"小时候,曾经坐在爸爸的肩头挤着看这样的场景,没想到现在又见到了。好多乡亲来了,大家打擂茶、煮汤圆、炸鳗鱼,说说笑笑真是难忘啊。"

我突然记起了萧乾《吆喝》中深情追忆老北京消失的各种吆喝声,"现在北京城倒还剩一种吆喝,就是'冰棍儿——三分啦'。语气间像是五分的减成三分了。其实就是三分一根儿。可见这种带戏剧性的叫卖艺术并没失传。"随着社会变化,熟悉生活场景消失了,他对吆喝声的追忆其实是对生活的追忆。

曾阿姨絮叨的言语，饱含情绪的描述，其实也是对生活的一种追忆。熟悉的场景经时光洗刷，经情绪点染，成为生命中最动人的一幕。

"疍家文化已经成为广东非物质文化遗产了，现在我们这些疍家人的后代还有重要使命就是指导、编排、展演疍家婚俗文化歌舞，希望疍家的文化能够流传下去。但是……"

曾阿姨脸色凝重。

"政府是很支持，年轻人喜欢的不多，就剩下我们这些老太婆、老头子了。"

我们仨都没有说话。

想起前两天我看到一篇报道：《传承和弘扬传统非遗文化 盐田区疍家文化走进校园》，"田心小学操场上锣鼓喧天，喜气洋洋，两千名学生与家长齐聚于此。25个班级方队轮番演绎广府、客家、潮汕、舞龙、舞狮、麒麟、武术、鱼灯舞等岭南地区的文化特色节目。主办方为了让全校师生、家长学习岭南文化，深入了解岭南文化独特魅力，还邀请了宝安区粤剧、大鹏新区舞狮队到场表演，让全体师生感受和浸润传统文化的丰富蕴意，传承和弘扬传统非遗文化责任。"

这是我们回溯美好生活的一种努力吧。

冯骥才在《我们这个时代文化的使命首先是抢救文化》一文中说："历史文化是一次性的，如果失去，不可能重新恢复。我们现在留多少，后人就拥有多少。"我想："这不只是回溯美好的生活，更是对历史文化敬意与抢救。"

夜深了，月如钩，斜斜挂在中天。

散文

读书随笔七则

"读书万卷"是读书人幸事,虽能力不逮,多年孜孜以求,尤其是向往陶渊明"好读书,不求甚解;每有会意,便欣然忘食"境界,读到畅快之书,成之以文。

(一)失落的精神家园
——读《五柳先生传》有感

《世说新语》传神地记录了魏晋时代文人的风骨。那个时代文人或傲岸,或狷介,或淡泊,或不羁。在动乱而黑暗的时代中,文人的济天下苍生的宏图大志很难实现,而现实与理想的冲突,常常使他们陷入抉择的两难,或者是与世同流合污,或坚守独立的操守。动荡的时局,诡谲变幻的政治斗争,一个坚守者的命运往往是可以预料的。祢衡裸衣击鼓骂曹,孔融可怜血溅乱世中,嵇康绝唱《广陵散》,乱世中的坚守者执着的追求,换来的是冰冷的利刃。锋利而冷酷的刀影,暗淡了纷乱时代的天空，文人的血污是历史天空的一抹残阳。城头变幻的旗帜，冲荡了君权神授，在唯有军权说话的年代里，文人所坚守的在武夫的刀剑利刃前是如此微不足道。

陶渊明少年胸怀大志，"忆我少壮时，无乐自欣豫。猛志逸四海，骞翮思远翥"，可是理想在残酷的现实面前如此苍白，他三次入仕，三次离开，对官场的彻底绝望，对人生的选择越发清醒。

"归去来兮，田园将芜胡不归！既自心为形役，奚惆怅而独悲？悟以往之不谏，知来者可追。实迷途其未远，觉今是而昨非。"

归去，归去，不再需要扮演虚假的我，今天做真实的我。

他如恋旧林的羁鸟，若思故渊的池鱼，飞向那方丘山，为了心灵的"田园"，不再为"形役"的自由。

"采菊东篱下，悠然见南山。山气日夕佳，飞鸟相与还。此中有真意，欲辨已忘言"的那份淡泊，那份空灵，是自由心灵的写照。陶渊明在大自然中找到了精神家园，在山林里，在"荒秽"豆苗田头，找到心的归宿。虽然这样的生活是要有代价的，不仅有"饥来驱我去，不知竟何之。行行至斯里，叩门拙言辞"的尴尬，还有"夏日长抱饥，寒夜无被眠"的窘迫，但是他一生无怨无悔，他沉浸在"田园"的宁静中，沉醉在"心远地自偏"的心境里。

"其中往来种作，黄花垂髫，并怡然自乐"，那是他的精神家园，这是他理想世界。经千年时光的磨洗，今天读起来依旧让人神往。

"先生不知何许人也，亦不详其姓字"是对东晋时代讲究门第的士族强烈的反动，同时也是对世俗名利所表现出的淡泊。"读书不求甚解，每有会意便欣然忘食"读书成了他生命的一部分，他超越了书本，因为这是没有功利的，那是"乐而忘忧，不知老之将至"的境界。

"性嗜酒"，中国读书人与酒有着不解之缘。"举世皆醉我独醒"的屈原带着知识分子对君主的失望，泪洒汨罗江畔；"何以解忧，唯有杜康"是踌躇满志的曹操在月下感慨人生；"古来圣贤皆寂寞，唯有饮者留其名"的李白在朦胧中实现了"天生我才必有用"的人生理想；"把酒问青天"但愿"人长久"的苏轼在"欢饮达旦的大醉"中旷达异常；在西子湖畔寻梦"强饮三大白，而别"的张岱，人淡如菊。这一切都离不开酒，那是"曾不吝情去留"的率真，那是本色的，也是旷达的。

借酒浇心中的块垒，这成了他那个时代的读书人的典型特征。阮籍酒醉与猪同饮的不羁，刘伶"放浪与形骸"式的醉酒，无不是在酒的微醺中体验到文人的自由，人的尊严，他们也是异常旷达的。如果说杜牧"大抵南朝皆旷达，可怜东晋最风流"表达对魏晋文人仰慕，那么当代著名画家过常玉对旷达的理解可谓精准。他认为："旷达指的是那份无奈而又无根的矜持和优雅，是苦难世界中高贵而又纯粹的人格气质。"

"衔觞赋诗"抒写是"己志"，是他对生命的独特体验，是他对理想的追求。在悠然的南山下，他为我们描绘了，"黄发垂髫，并怡然自乐"和"阡陌交通，鸡犬相闻"的世外桃源，今天依然是个梦，但是至少我们拥有了他设计的梦。

"天下熙熙，皆为名来；天下攘攘，皆为利往"，滚滚红尘，有多少人能跳出红尘的名利啊！"不戚戚贫贱，不汲汲富贵"是他坚守的道德底线，他知道在坚守着也意味着终生与寂寞和孤独为伴，将忍受"饿其体肤，空乏其身"。他的超凡脱俗的气节和风姿为那个时代留下"遥远的绝唱"（毕庸书《当我仰望星空》），他短暂的一生却如同闪耀在黑色的历史天空的一道闪电，虽然转瞬即逝，但是这闪耀着人性的光芒却永远地刻在人类的文化历史长河里，同时也成了最有魅力的人格力量，召唤着我们，吸引着我们。

这就是人类历史的文化高峰！正是有了这样的高峰，我们在生活中才不容易迷失自己，尤其在物欲横流的现代社会。

（二）梦耶，情也

初读张岱《湖心亭看雪》深深被一股冰雪之气所震撼。"雾凇沆砀，天与云与山与水，上下一白，湖上影子，惟长堤一痕、湖心亭一点、与余舟一芥、舟中人两三粒而已。"西湖雪景竟能如此出神入化的表现。这股冰雪之气能洗去心中的污秽，你的心顿时变得纯净起来。一切景语，皆情语。如此冰清之景，是张岱的赤子之心表达。

张岱（1597—1679年），字宗子，石公，号陶庵，山阴（今浙江绍兴）人，侨居杭州。出身仕宦世家，"少为纨绔子弟，极爱繁华。好精舍，好美婢，好娈童，好鲜衣，好美食，好骏马，好华灯，好烟火，好梨园，好鼓吹，好古董，好花鸟；兼以茶淫橘虐，书囊诗魔"。明亡前的他生于钟鸣鼎食之家，优厚的物质生活，丰厚家传书香底蕴，为他提供文学的素养。明亡后，披发入山，静心著书。张岱《自题小像》，"功名耶落空，富贵耶如梦。忠臣耶怕痛，著书耶而仅堪覆瓮。之人耶有用没用"可谓传神。

《湖心亭看雪》选自《陶庵梦忆》一书，他在《陶庵梦忆·序》中说："鸡鸣枕上，夜气方回，因想余生平，繁华靡丽，过眼皆空，五十年来总成一梦。今当黍熟黄粱，车旅蚁穴，当作如何消受？遥思往事，忆即书之，持向佛前，一一忏悔"。在经历人间的富贵与贫贱，繁华与寂寞，大喜大悲后，有了"如今听雨僧庐下，鬓已星星也。悲欢离合总无情，一任阶前点滴到天明"的感叹，多少人间祸福悲喜，化作点滴的雨丝，内心有了禅悦般的宁静。

明末时期面临家破国亡巨变的知识分子大都有两种选择：一类像钱谦益、阮大铖与清政府合作，为清政府效力，继续享受荣华富贵；另一类在巨变中，经历太多人间惨剧后，躲进山林，闭门著书，成一家之言，既然无法改变现实的大局，就独守心灵一方净土。台静农曾对此有精彩评价："大概一个人能将寂寞与繁华看做没有两样，才能耐寂寞而不热衷，处繁华而不没落，刘越石、文文山便是这等人，张宗子又何尝不是这等人？钱谦益、阮大铖享受的生活，张宗子享受过，而张宗子的情操，钱阮辈却没有。"

再读"崇祯五年十二月，余住西湖。大雪三日，湖中人鸟声俱绝。是日更定矣，余拿一小舟，拥毳衣炉火，独往湖心亭看雪。"西湖的一次痴行：在"人鸟声俱绝""更定"之时，"独往湖心亭看雪"清晰浮现在脑海。沉淀已久的片段经过记忆的剪裁，情绪的润色，西湖的雪夜笼上淡淡的愁绪。

大明万里锦绣江山易主，饱读诗书的张岱心灵的痛苦是可以想象的，他的世界随那逝去的大明而去，他避居山林生活是痛苦的、寂寞的。

"年至五十，国破家亡，避迹山居。所存者，破床碎几，折鼎病琴，与残书数帙，缺砚一方而已。布衣疏莨，常至断炊。回首二十年前，真如隔世。"（《陶庵梦忆》）

但是他在坚守自己的精神家园，繁华故里总入梦，晚年他在陋室写《陶庵梦忆》《西湖寻梦》是"梦里不知身似客，一宵贪欢"寻梦情结，他用文字、用情感去追忆那曾经的逝水年华。不由想起宋末画家郑思肖，善画兰花，姿态秀逸，栩然灵动，但大多数根须外露，不沾泥土。别人问他为何这样画兰，他悲愤满腔地回答："土为番人夺去。"失根的兰花，是郑思肖的大宋情结啊！狐死首丘，他常年南向而坐，甚至把他的家称为"十八穴世界",以示不忘大宋!

　　还记得作为朱元璋的后代的八大山人朱耷,"笑之哭之"是面对明亡后内心的真实写照。他曾这样评价自己的山水画:墨点即泪点,看山河依旧是旧山河。"无限山河泪,谁言天地宽"啊!宣泄在画纸上或浓或淡的山水是浓浓的故国愁绪。

　　自古繁华的钱塘,旖旎的风光,熙攘的人群,欢乐的笑声,痛快地把酒,吟诗作对,如一江东流的春水。而四十年前西湖雪夜独游的情景经过愁绪的酝酿,竟溢出是淡淡的清香。经岁月的发酵,如今我们读来尤感绵远幽香。他梦里的西湖为什么不是春花秋月,不是豪奢竞逐,而是如此凄冷孤寂了。当然离不开他超凡脱俗的雅情雅致,但是如果没有人生剧变,没有四十年的对故国家园的愁绪,怎能有如此凄冷的文字呢?他的情感深处拒绝接受大清治下的西湖繁华盛景,他不愿去分享清王朝四海升平的繁荣。而四十年前那一次西湖雪夜之游触动心弦,那是借四十年往事,浇心中的块垒啊!

　　再细品"雾凇沆砀,天与云与山与水,上下一白,湖上影子,惟长堤一痕、湖心亭一点,与余舟一芥、舟中人两三粒而已。"痴行人绘出的是痴景。在冰冷的寂静的寒夜,"寄蜉蝣与天地,渺沧海之一粟",白雪寒冰与我融为一体,内在情感外化成雪白的精灵。四十年那"一白、一痕、一点、一芥、两三粒"是如此的清晰。如同中国水墨画式的写意,饱含情感的墨点、线条迅速勾勒出冰冷的世界,灵动的墨笔飞快勾画孤寂的灵魂。远处的一切在内在情感的注视下,在虚化,渐渐变成"一白、一痕、一点、一芥、两三粒"。这在张岱愁绪中酝酿四十年冰冷的雪景,穿越百年时空,今天读起来依旧能感受到彻骨的冰冷。痴人笔下的痴景,皆为痴情呀!那是对故国江山痴情。

　　他的痴情还表现在景中的人,在孤独之旅中竟然还能邂逅知音。

"到亭上，有两人铺毡对坐，一童子烧酒炉正沸。见余，大喜曰：'湖中焉得更有此人！'拉余同饮。余强饮三大白而别。问其姓氏，是金陵人，客此。及下船，舟子喃喃曰：'莫说相公痴，更有痴似相公者！'"

古人云："倾盖如旧，白头如新"，孤寂凄冷的雪夜中还有同痴人。火红的炉火，沸腾的酒，一扫冷寂之色，场面顿时热烈、活泼起来。"拉余同饮。余强饮三大白而别"，以为要千杯少，刚热闹起来，却戛然而止。"问其姓氏，是金陵人，客此"，即是天涯之客，相逢又何必相识了？淡如水更显君子风范呀！冷与热，寂寞与繁华，景与人顿时和谐起来。冷调中一抹暖色，冰冷中一丝温暖，孤寂中一点温情，这温暖与温情正是他所追寻的梦。结尾作者借舟子的"莫说相公痴，更有痴似相公者！"——痴点出文章主旨：痴人痴迷的痴景与痴情。

短短160余字，叙事、写景、议论一气呵成，叙事简洁流畅，写景轻盈飘逸，议论意蕴绵长。这也是隐居山林，多年积淀出真性情的文章。周作人曾这样评价他："他的洒脱的文章大抵出于性情的流露，读去不会令人生厌。《梦忆》可以说是他文集的选本，除了那些故意用的怪文句，我觉得有几篇真写得不坏，倘若自己能够写得出一两篇，那就十分满足了。"

读《湖心亭看雪》，全文的冰雪之气，其实是痴人的真性情，此景此情穿越数百年依旧如此亲切。

（三）从范进中举想到的……

读完《范进中举》我感到说不出的悲哀。

范进与张乡绅可以说是地方的精英阶层，他们是当时知识分子的代表，一个社会如果作为精英阶层的知识分子已经把读书当作晋升之道，当作敲门砖，这个民族的前途堪忧。曾经焕发巨大精神活力的科举制度，通过科举制度一大批处在社会底层的忧国忧民的知识分子走向了政治舞台，给整个民族注入了新鲜的血液，带来了朝气。"安得广厦千万间，大庇天下寒士俱欢颜"的杜甫，"先天下之忧而忧，后天下之乐而乐"的范仲淹，"苟利国家生死以，岂因祸福避趋之"的林则徐，他们都是心怀天下，身忧百姓的读书人。如果这样的读书人占据社会主流，那这个国家与民族是有希望的，是充满活力的。

曾经深刻改变民族的科举制度，随着时间的流淌，日益成为统治阶级的钳制思想，加强统治的工具。读书的真谛——自由的思想，独立之精神的缺失，科举充斥着经统治阶级阉割的所谓圣人先贤的标准答案。同一的范式，统一的标准，科举必将走入死胡同。"所谓一心只读圣贤书，两耳不闻窗外事"与社会隔绝，与百姓忧苦隔绝的读书人，怎能"利禄三百石，念此思自愧"呢？怎能"穷年忧黎元，叹息肠内热"呢？

范进是侥幸成功者，他得到了尊重与认可，相反周进与孔乙己是失败者，他们的命运是可悲而可叹的。但是他们在本质上没有任何区别，灵魂并没有在书的滋养下丰盈，相反在功利性的目标下日益萎缩。从范进与张乡绅周旋自如的对答上，我们依稀看到科举制度流水线生产的又一个张乡绅的影子。他们既是科举制度的受害者，同时又是得益者。在科举制度下权力与金钱侵蚀了书，让读书人沾满了金钱的腐臭与热衷权力的蛮横。

范进中举就如一面镜子折射出整个社会。胡屠户的前倨后恭，张乡绅的送钱送房，乡邻的热情帮助，世态的炎凉尽在这一日之中。只有经历过人生如此起伏的人，才会对现实有深刻的洞察。三百年前的吴敬梓就是这样一位深刻的体察者。他巧妙地设计了那一巴掌，狠狠地抽那些深陷科举中不能自拔者一巴掌。吴敬梓是一位先知先觉者，他对科举制度的深刻而清醒的认识，他对社会现实的深刻的反思，体现了一位独立知识分子的忧患意识，也揭示了经历鼎盛时期明清时期的中国为什么不可避免地走向了下坡的原因。

此时西方正是在文艺复兴的思潮启蒙下，重新焕发出勃勃生机的欧洲人正在以前所未有的动力开创着伟大的时代。十六世纪，打破神权桎梏的欧洲知识分子与精神日益窒息的中国知识分子也许就预示了社会的两种走向。一种曾经让帝国辉煌了千年的制度，在统治者的改造下，成为统治工具，成为知识分子的灵魂的枷锁，进而腐蚀了整个社会，帝国不可避免地走进了穷途。

感谢这些清醒的知识分子吧，他为帝国衰落开了一剂良方，对于今天的社会来说也是很有启发的。

（四）酒一样的乡愁

你不得不佩服语言，传递了最微妙的情感。复杂的、变幻的、难以捉摸的情绪在语言的雕琢下，变得清晰；深邃的、抽象的、稍纵即逝的概念在语言的流动中，逐渐明晰。琦君《春酒》的语言就具有这种魅力。年近古稀的琦君追忆一段尘封的往事，儿时妈妈酿的八宝酒经时间的酝酿散发出浓郁的芳香。

你有时不得不诧异于时光，往事依稀模糊了，可是就有一些往事碎片如此清晰与执着地在脑海深处扎了根，一经情感触发，竟如此鲜活，如此生动。琦君在记忆深处的这杯酒呀，经时光的封存，情感的发酵，让人心醉啊！

那是一杯什么样酒呀？是儿时妈妈的酒，酒里有妈妈的味道，甘醇而绵长。想一生奔波，离妈妈渐行渐远。尘满面，鬓角的霜花，几回回梦里故乡，妈妈呀！妈妈的味道是亲切的、温柔的。看"大家都喝了甜美的八宝酒，都问母亲里面泡的什么宝贝。母亲得意地说了一遍一遍，高兴得两颊红红的，跟喝过酒似的。其实母亲是滴酒不沾的。"酒不醉人人自醉，陶醉在浓郁乡情中的妈妈是美的，是醉人的。绯红的两颊凝固在脑海深处，经久不褪色。

那是故乡的味道。狐死首丘，人何以堪？浊酒一杯家万里，"可是叫我到哪儿去找真正的家醅呢？"这杯酒，这杯春酒是家乡的山，家乡的水，家乡的人，家乡的情酿成的。家乡的酒是香的，"八宝酒，顾名思义，是八样东西泡的酒，那是黑枣、荔枝、桂圆、杏仁、陈皮、枸杞、薏仁米，再加两粒橄榄。要泡一个月，打开来，酒香加药香，恨不得喝它三大碗。"孔子闻《韶》，三月不知肉味。而异乡的游子已经把"家醅"融入灵魂，"你用的是美国货葡萄酒，不是你小时候家乡酿的酒呀"，其实异乡的游子怎能再酿出家醅呀？时过境迁，物是人非，不变的故乡情。"可是叫我到哪儿去找真正的家醅呢？"叹息也显得异常沉重呀！正如余光中的《乡愁四韵》中沉重的叹息：醉酒的滋味是乡愁的滋味。

那是人生的味道。记得词人蒋捷"少年听雨歌楼上，红烛昏罗帐。中年听雨客舟中，江阔云低，断雁叫西风。如今听雨僧庐下，鬓已星星也。悲欢离合总无情，一任阶前点滴到天明。"（《虞美人·听雨》）那是"绚烂之后的平淡"，那是在品尽人生悲欢离合后的淡泊，那是对人生的深刻理解。琦君散文也是从容的，温婉的。在追忆的思绪里，她依稀回到童年，欢笑的、温情的童年。细品"其实我没有等她说完，早已偷偷把手指伸在杯子里好几回，已经不知舔了多少指甲缝的八宝酒了","有一次一不小心,跨门槛时跌了一跤,杯子捏在手里,酒却全洒在衣襟上了。抱着小花猫时,它直舔,舔完了就呼呼地睡觉。原来我的小花猫也是个酒仙呢!"这些忍俊不禁语句多有韵味啊!人的记忆多么奇怪呀,尤其是暮年,眼前的事情模糊得很,可是儿时的记忆却异常清晰。只有在识尽人生滋味的暮年时,才会有这样饱含生活韵味的画面。

这是故乡的酒,童年的酒,是游子的酒,我们品出人生百味。朋友呀,异乡的朋友不要忘记品一品春酒。

(五)追忆逝去的"吆喝"

喧嚣的都市里,萧乾的《吆喝》如同一曲悠扬的小调,给人无限的遐思。这也是萧乾老人对北京的理解,那一声声熟悉的吆喝不仅是过去生活的追忆,更是对逝去的民俗的回味,我们在字里行间里读出了丝丝怅惘。

古老的北京城留给我们的不仅是雍容华贵的宫殿,方正实用的四合院,还有许多流传在小巷胡同的民俗。民俗本质就是一种生活,曾经熟悉的生活。萧乾追忆那胡同小巷的吆喝声,那曾经熟悉的吆喝声,也正是对那段熟悉的生活的怀想。

作者借北京街头的吆喝声表达对逝去的生活的怀想。

从 20 世纪 50 年代起北京大规模发展,同时也是大规模破坏。曾经见证了几代王朝兴衰的城墙因为阻碍了交通被无情地拆除了。梁思成的大声疾呼在那大发展的时代隆隆机器声中显得如此的苍白、单薄、微不足道。他拖着病躯把这凝聚近千年文化的城墙定格在一张张胶卷上。西边的残阳映衬下的古城墙,显得如此凄美。林徽因也曾警告过决策者,今天你们拆除的东西，明天要重建。话犹在耳，今天我们徜徉在北京城时突然发现许多所谓的名胜不正是粗陋的钢筋水泥重建的仿制品吗？

如今北京是现代化大都市，高楼鳞次栉比，钢筋水泥凝固了曾经熟悉的生活，走街串巷的小贩已经迷失在高楼大厦里，我们的生活彻底地改变了。在享受这种物质进步带来的干净、快捷、高效的都市生活时，我们陡然发现，原有的那些温馨的、滋润的、亲切的、熟悉的"吆喝"消失了，彻底地消失了。

你听萧乾笔下一声声深情的、抑扬顿挫的吆喝，多么迷人，多么温馨。甚至连乞丐的乞讨也变得如此的鲜活，如此的温情。听着那声声吆喝，你就走进了老北京的生活：安详而有味。

今天再也听不到那曾经熟悉的吆喝声，替代的是高分贝的机器叫卖声。那沁人心脾的、韵味十足的小调没有了，留下是让人烦躁不安的噪声。

这一声声的吆喝，记录了老人曾经熟悉的生活随着吆喝在风中远逝了，留下的是老人对一种消失的生活状态的追忆，或者说滋养他精神血脉的文化的忧伤。

学者何怀宏此称之为"忧伤"情结。他这样描述："这还不仅是对'文化所化之人'或者文化'所托命之人'的人物忧伤，而且是一种文化的忧伤；这又还不是对一种即将衰落的文化的忧伤，而是对整个文化的忧伤。"

当然我们学生的人生阅历不足以去体会这种情怀，但是我们有责任告诉他们这是一种不同生活，一种值得我们尊重的生活，一种曾滋养中华文明的生活；告诉他们，我们的城市需要有这些承载着丰富的文化生活。

近期《南方周末》连续刊登了陈丹青在欧洲旅游的日记，给人印象最深刻的恰恰是——欧洲城市对历史的尊重，对传统生活的保留。

行驶在喧嚣的街市，穿行在林立的摩天大厦，冰冷、粗鄙的钢筋水泥彻底改变了我们的生活；而那精致的、温情的、闲适的生活多么让人留恋。当下我们的城市正在失去地域特征，失去历史古韵，失去文化印记，萧乾的声声吆喝就是要唤起我们的思考——能否给我们的城市留下一点历史的记忆？能否给我们对逝去的生活留一点怀想？

（六）生命的歌会

每读沈从文《云南的歌会》，总有一种感动。

沈从文始终没有走出他"乡下人"的情结。沈先生很早就离开了湘西，离开了凤凰，但是故乡的山水，故乡的"乡下人"始终没有离开他的视野。

沈先生是怀着梦想离开凤凰的，繁华的都市、喧嚣的尘世、变幻的政局，故乡的人物越发清晰。湘西秀美的山水，纯朴的民风始终萦绕在脑海深处。新中国成立前，他创作的大量的湘西系列实质就是对现实的反动，他像一位烂漫的诗人吟唱着理想的境界。

《云南的歌会》是沈先生古稀之年的作品。他本去云南研究服饰的，可是却被云南美丽的歌声吸引了。云南的歌声触动了他"乡下人"的情怀。商品经济的大潮席卷全球，人类的创造力前所未有地被激发的同时，物质欲望也前所未有地膨胀起来。在喧嚣的尘世中何处是精神的乐园呢？沈先生在云南的普通"乡下人"找到了这片乐土。

那自然原生态的对歌是让人沉醉的。

"那次听见一个年轻妇女一连唱败了三个对手，逼得对方哑口无言，于是轻轻地打个吆喝，表示胜利结束，从荆条丛中站起身子，理理发，拍拍绣花围裙上的灰土，向大家笑笑，意思是说，'你们看，我唱赢了'，显得轻松快乐，拉着同性女伴，走过江米酒担子边解口渴去了。"

没有电视媒体上的大众熟悉的造作PK，一切如此自然，如此简单，因为这原本就是他们生活的一部分。这歌声如同一杯清纯的家乡米酒般清凉，滋润焦渴的心灵。

心在沈先生营造的云南山野中澄澈起来。绿林、蓝花、鸟鸣、山歌，心随着"没有训练，会有些发哑带沙"云南少女的歌喉飞进蓝天，融入大自然。没有假唱，没有舞台效果，没有装腔作势，一切来源生活，一切来源自然。人与自然和谐着，奏出的是美妙的音符。

而最难忘的是那十年难逢的金满斗会的传歌大赛。我惊讶于那盛大的节日场面，盛装的云南人，那是他们的节日。今天节日的主角都是普通人，是从事卑微职业的"乡下人"，毫不起眼，但是在传歌盛会上他们变得精彩起来，生动起来。"其中最当行出色的是一个吹鼓手，年纪已经过七十，牙齿已经掉光，却能整本整套地唱下去。"老者传唱的不仅仅是歌呀，是生命，是他对生活的热情、渴望，是他对风雨人生的理解。这时我才恍然大悟"金满斗会"是比黄金还珍贵的歌呀，是云南"乡下人"对生活的理解，是生命的激情呼唤呀！这围桌而坐的年轻人正在接受人生的一场洗礼。人生的智慧、真善美的颂扬、生命的感悟尽在一首首歌中，这是生命的传承，也是文化的传承。

沈先生始终以"乡下人"的视角从乡村的民风民情中发掘人性里优美、自然、鲜活的生命形态，以唤醒那些在尘世风烟中渐次迷失的灵魂。邵燕祥说："从文的作品可以不舍昼夜地流下去，润泽当代的直到后代的无数焦渴的灵魂。在今天这个物质喧嚣忙忙碌碌的现实世界里，我们周围跋涉着太多疲于奔命而日益沧桑的灵魂（包括我自己）。"

感谢沈先生！是他，让我们停下脚步，去体味这些乡野间自在优美的生命；是他，让我们回望来路，去拣拾那些本就存活于我们生命中的自然鲜活的基因。我想，我们是不是应该——让清风明月走进心灵。我期待着大家每天都有灿烂的笑容，让我们的生命鲜活滋润地笔直立于天地之间。

感谢沈先生！是他，让我们被物质欲望硬化的心润泽，让我们感受生命的快乐，我想，我们是不是应该——自然本色走进淳朴生命，我期待着我们每天是真实的，让我们心灵更加丰盈，生命更加从容。

生命竟是如此生动！

（七）善待学生的高度

语文教学中常存在文本教学与作文教学两张皮的现象，如果我们立足孩子的视角来进行教学，让语文文本教学成为孩子心智发展、丰富情感、形成能力的主渠道，我们的作文教学将呈现新的局面。这里说说我的作文教学观形成的过程，请教于大方之家。

一堂很"赶"的作文课

2001年暑假我研究生毕业来到了田东中学，田东中学是盐田区一所普通完中，学生大多以务工子弟为主。这一年，新课改在深圳如火如荼地展开，学校借课改东风，开展各种教研活动。当时学校开展了"青蓝工程"，也就是教师老带新，作为提升青年老师的教学技能的一项举措。语文科组长林老师做了我的师傅。林老师是从湖南大山深处来的全国优秀语文老师，话不多，乡音重。我对林老师的指导，常常是敬而远之。

三个月后，学校组织公开课，林老师让我上。

这次公开课，我决定尝试一种新的作文教学。针对初中经典篇目《春》《济南的冬天》《社戏》等名家名篇经典的景物描写，我选择的题目是：如何让笔下的景美起来。接下来我看课例、找课件，把课文里有关写景的段落一一做了梳理，把好的课件一一做了整理，刻苦地学习了PPT的各种声效、技巧。整理下来，我的教学设计洋洋洒洒写了三千多字，课件密密麻麻排了三十多页，各种声效林林总总。当时我信心满满，这样声光电俱全的课件，是我奉上的一顿色香味俱全的作文大餐，幻想着孩子们定会喜欢，同行们定会刮目相看。

公开课如期而至，可效果并不理想。一节课下来总的感觉就是：赶。

从名家笔下的美景赏析，到景物描写的技巧、描写的角度、描写的语言，可以说是面面俱到。讲台下是努力"认真"听讲的孩子，教室后黑压压的听课老师专注地"奋笔疾书"，我一路狂奔，最后只剩下不到五分钟时间让学生练笔，学生也是在茫茫然中匆匆敷衍写着，这一趟让所有人都感到"累"的写作课，总算在我多次"由于时间关系，不展开讲"的歉意中收场了。

几天后，语文科组评课，林老师特地请了区语文教研员陆先文老师。林老师虽然说得很委婉，一句话让我印象深刻：伤其九指，不如断其一指。

陆老师在听完林老师与同行的评述后，提出了一个很新颖的观点，这对我今后的作文教学产生了巨大的影响。

"见识，我们的语文教学其实是'见识'，写作实践本质就是在此基础上不断'见识'。见识就像旅游导览图，我们要告诉孩子这里有哪些景点，孩子们的心智、阅历不足以去赏析大家笔下'风景'，只要

'见识'就可以，我们要给孩子时间去慢慢体会，这个过程教师既不可越俎代庖，也不可拔苗助长。"这种说法很新颖，但是我并不明了语文教学与写作之间的关系。

一次意外的小练笔

两年后，我又一次承担了区里的研讨课。

我区用的是苏教版，其中有一篇沈从文的《端午日》。在教学设计中，我曾不经意设计一小练笔：根据沈从文笔下端午节水中捉鸭子的游戏，请你用自己语言或者用图画来描绘这个画面。

没想到这个小练笔喧宾夺主，竟然成了课堂教学的最大亮点。

孩子们对在激流中捉鸭子的游戏颇感兴趣。我让孩子们分组来写或者来画，看看谁写得最好、画得最妙。顿时一堂略显沉闷的课，变得生动起来。孩子们叽叽喳喳写着、画着。五分钟后，他们意犹未尽，让他们展示。孩子们的表述让我大吃一惊。湍急的河流，敏捷的身手，古铜色的皮肤，高超的潜水；或合围，或强攻，或诱捕，或伏击，或用网。我从来没有看见初一孩子能调动如此多的语言生动描绘场景。每一组孩子踊跃发言，稚气而"成人"的语言让闻者动容。当我把学生用线条画成的图画投影在白板上时，搞笑的画面，引得听课同行哈哈大笑。为了充分满足孩子表达欲望，我干脆舍弃了后面的环节，让孩子随心所欲畅谈、畅"写"、畅"画"。

课后点评，林老师说，课堂小练笔是亮点。陆老师点评说，用"见识"成功地把教学与写作联系起来。

我开始逐渐认识到教学与写作是密不可分的，文本教学是为作文教学服务的。

一节深刻的涂鸦课

2004年，我参加了深圳市教育局组织的首批海外培训，我们一行

31人来到了美国洛杉矶协和大学进行了为期三个月的培训。Tom博士是我们的指导老师，他的理论课大都是以小组合作形式展开，有一堂课给我留下了深刻的印象。那是一堂是复习课，他把我们分成了四组，让每一组分别讨论、分析、概括前几章节所讲的内容，最后用涂鸦的方式表现出来。经过15分钟紧张讨论，每一组涂鸦出了核心概念，我们这组概括的是概念提炼。首先七嘴八舌探讨什么是概念提炼的精髓，怎样用精练语言表达出来。几番争论、几番琢磨后，达成共识：这是锻炼创造性思维、让人思想深刻的一种科学方法。如何用简洁的线条描绘呢？同组的吴伙兵老师提出：从概念提炼的开头两个字母C、D入手，画出了一副耳机，周围飘动着音符，写了一句话：概念培养不是听讲，而是创造性思维理解。当四组张贴出各自涂鸦的作品时，我们不得不感叹集体力量是无穷的。

在美国培训的日子，我们不仅学习美国当下的教学理论，更多的是走进中小学课堂观课。美国独特的熔炉教育较好地解决不同族裔、不同文化背景、有着不同"见识"孩子的学习。他们的写作教学讲究"情境"的设置，重视"分享"，尊重个性"情感体验"。Tom博士十分推崇皮亚杰、科恩伯格、维果斯基等建构主义，他多次强调：知识、写作能力不是通过教师传授得到，而是学习者在一定的情境即社会文化背景下，借助其他人（包括教师和学习伙伴）的帮助，利用必要的学习资料，通过意义建构的方式而获得。学习是在一定的情境即社会文化背景下，借助其他人的帮助即通过人际间的协作活动而实现的意义建构过程。他在教学中努力实践这一理念。我突然意识到陆老师提出"见识"，其本质就是建构，承认孩子的认知水平、心智发展；尊重孩子的情感体验，不断"见识"名家名篇，不仅是我们教学过程，也是孩子在"见识"中建构作文的过程。

对教学与作文之间的这种隐秘的关系，我豁然开朗。原来教学就是作文，我们立足在"见识"的教学，通过合作、分享、体验名家情感、阅历、技巧，不断丰富孩子的情感与心智，最终形成作文能力。

一本有高度的书

回国后，我努力把这种作文教学观用到写作教学实践中。2008年初，区里组织青年老师赛课，学校陈老师上蒲松龄的《狼》，其中设计了一小练笔颇为巧妙。蒲松龄是从屠夫角度来写的，请从狼的角度写一段话，狼是如何设计猎杀屠夫的？

原本沉闷的课堂，顿时活跃起来。分组讨论中热情的言语，洋洋洒洒的描述，奇思妙想，简直就是一匹匹狡诈、贪婪、凶残的"狼"。

在课后点评中，我说：写作的"富矿"就在文本，通过不同背景孩子讨论、分享、体验，"见识"众多，这样才能逐步建构我们的写作技能。

会后，陆老师说，我一语道破了写作与教学的关系，随后拿出了他新出两本书《善待你的高度》（初中版、高中版）。

打开扉页，是一则学生画《陪妈妈逛街》：学生在他的画中，既没有高楼大厦，也没有车水马龙，更没有琳琅满目的商品，有的只是数不清的大人们的腿……

他语重心长地说：善待孩子的高度，就是我们教学的起点，教大家学会用自己最自然，也最真实的眼光，用正确的学习方法，见识大人们的写作和阅读是什么样子，从中获得属于我们这个年纪的智力水平和见识能力可以接受，也需要接受的教益。这样，你再提笔作文，作文的心情就大不同以往了。我慢慢拜读了陆老师动笔写的370多篇"下水"作文。

他利用教研员的便利，与老师座谈，与中学生、小学生交流，这370多篇作文就是他对孩子的一次次深刻的"见识"。务工子女在城里生活的艰辛与无奈，草根学生维护"自尊"勇气，也有官员子女身上可贵的"平等"意识。看着一篇篇真性情的文章，我慢慢明白了写作之要，写作教学之径。写作的真谛是抒写真诚，我们要俯下身子，善待孩子的高度，以孩子的"见识"为起点，来指导孩子的写作。不能再沉湎在成年人的"大千世界"对学生"恨铁不成钢"。

认真阅读了这集子，我的作文教学观更加明晰了。

一篇体现作文教学观小文

2009年底，我撰写一篇《写人的作文教学指导设计》。

文中指出：教学主要是通过见识一篇篇名家之作。如人教版八年级上人物单元：《列夫·托尔斯泰》《俗世奇人》探讨名家是如何在生活中挖掘人物的？首先，通过学习名家的，尤其是人师笔下的"大人物"获得见识。通过"见识"经典范文，发现原来名家写人是注重从生活中挖掘真实的"人"。只有经历生活，我们笔下的人物才会一点点真实而生动起来，而不再是胡编乱造出来的"人"，也不再是千人一面的"人"。其次，通过"见识"名人技巧，借鉴写作。如通过见识茨威格的《列夫·托尔斯泰》、冯骥才的《俗世奇人》我们可以得到以下技巧：先抑后扬的手法，多层次、多角度的描写，以小见大，写出波澜等。最后学习大家的作品，也是我们的"见识"不断深入的过程，一篇篇经典范文是学生成长的催化剂，作文过程就是真实再现学生的成长过程。教师的作文教学应立足在一篇篇精美的课文上，通过见识课文，建构知识、丰盈心灵，那么，学生的写作自然是水到渠成。

立足"见识"教学，不仅让我们从烦琐的知识讲解中解放出来，同时给作文教学指明了方向。我们的作文教学不再是浅层次的拔苗助长的"高立意";不再是故弄玄虚的"写作技巧";不再是投机取巧的"好词好句";不再是编造生活的"虚情假意"。我们的作文教学就是通过"见识"大家范文,在"见识"中建构知识、形成技能、丰富情感、丰厚生活、丰盈灵魂,这是成长之道,也是作文之道。

一旦把文本与作文教学割裂开来,走向狭隘的作文技巧,怎能写出活脱脱的生活?买椟还珠式的作文教学指导,诞生的必然是师生相看两生厌的作文。长久以往,作文教学成为老师的鸡肋,学生心中的痛。

一次小诗创作的尝试

在教学中,我尤其重视课堂教学的小练笔,我以为高大全的作文指导就像色香味俱全大餐,必要,但是不可多。顿顿大餐难免让人生厌,"食客"肠胃定然是难以承受。倒是平日结合课文的小练笔却像精致的家常菜,不仅营养,养人脾胃,更是常态。在"见识"经典过程中,我们设置情境,营造氛围,体验情感,孩子处于一种"愤悱"心理状态,这时我们适当点拨,孩子的写作训练往往达到了事半功倍的效果。我们在文本教学中点燃的星星之火,假以时日孩子在写作之火必然成为燎原之势。

记得一次讲何其芳的《秋天》,在教学设计中有意识地融入一个写小诗的小练笔。在品味诗歌的环节,重点赏析诗歌中动词、形容词,"见识"诗人如何通过了炼字、语序的变换营造美的意境。学生"见识"何其芳玩转《秋天》秘密后,我由浅而深设置仿写《秋天》小练笔《秋风》(窗外正是秋风紧)。

第一环节,每组先用最简单的陈述式的句式。"秋风是……秋风是……秋风是……秋风是……"请同学们写四句秋风。随机展示学生作品：

　　　　秋风是簌簌的落叶
　　　　秋风是横飞的大王椰子枝条
　　　　秋风是挟卷的雨点
　　　　秋风是行人的脚步

　　第二环节，每组同学在此四句上加上适当的动词、形容词变换语序使得这四句话有画面感。经过讨论学生们认为这四句画面感强：

　　　　飞舞了的簌簌落叶
　　　　横飞了大王椰子的枝条
　　　　挟卷着密密的雨点
　　　　急促在行人的脚步中

　　第三环节，每组在此四句基础上选择恰当的词，表现情感。这里挑选一组学生的作品：

　　　　飞舞了的簌簌枯黄的落叶
　　　　横披了大王椰子的凌乱的枝条
　　　　挟卷着密密的恼人的雨点
　　　　急促在行人匆匆的脚步中

　　一首稚气充满情感、颇有秋意的小诗就新鲜出炉了。学生在创作中恍然大悟，原来通过"见识"过程也就是技能习得的过程，这样的紧

174

密贴近生活，充分尊重学生情感体验的作文过程，让学生充分享受到创作的愉悦。他们喜欢这样小练笔，喜欢才会主动积极地投入。这样我们的课堂教学、写作教学才是高效的。

课堂教学是我们作文教学的主阵地，重视文本教学，立足"见识"的语文课堂，立足孩子的高度，我们的教学才能促进孩子的心智发展，丰富孩子情感，丰厚孩子的生活，丰盈孩子心灵，我们的语文课堂才是活泼的、生动的；我们的作文教学也就达到事半功倍之效。孩子作文能力提升也是水到渠成了。

请善待孩子的高度。

旅游札记

古人言，读万卷书，行万里路。读万卷书虽未实现，但万里路远不止了吧。假期里走了一些地方，江南水乡，黄土高原，异域风光，每有心得行诸文字，汇成小文。

（一）山海盐田

沙头角因"日出沙头，月悬海角"而得名，改革开放以来沙头角变化很大，尤其是1998年盐田建区以来，沙头角发展步入快车道。我在沙头角居住了16年，慢慢地感受它独特的山海魅力。

海滨栈道

初识沙头角是2000年。

年底我参加盐田区教育局组织的面试，从暂住的南山坐103路公交车一路东行，繁华都市渐行渐远，当车穿行在梧桐山隧道时，我不禁心生疑惑，莫非沙头角在大山深处吗？过了隧道，沙头角展现在眼前，没有鳞次栉比的高楼，也没有林立的店铺；有的是隆隆的货柜车，几栋高楼孤零零立在角落里，从繁华的深南大道来到这儿，心理上是颇有落差的。

沙头角同内地小镇没有什么区别，如果不是川流不息的货柜车，你还会误以为到了一个宁静的小镇。面试完，时间还早就想到海边走一走，看一看大海，权做一次简单地观海之旅吧。未到海边，荷枪实弹的武警战士，高高的铁丝网提醒，这是边防禁地，非请莫入。海边稀稀疏疏几栋楼房，道路上冷冷清清。冷落寂寥的海，嘈杂而轰响的货柜车是我对沙头角最深刻的印象。

2004年把家安在了沙头角，目睹了盐田区的变化。不必说栋栋拔地而起高楼，也不说旧貌换新颜的街市，单说海边，长长的景观栈道，为居民提供了休闲的好去处。荷枪实弹的战士也换成巡防队员，他们善意提醒在海边栈道上追逐的孩子。孩子是这里的主角，嬉戏的笑声，追逐而去的脚步声在海风中传递着快乐。三三两两好友亲朋或坐或立，或倚栏眺望。对岸的香港近在咫尺，在青山掩映处一片墓地在阳光下分外显眼。据老人说：那些是早年去香港，客死异乡的同胞，狐死首丘，他们有的就把墓立在离祖国最近的地方，隔海遥望。在罗湖口岸附近山上，这样的坟墓更多。今天香港已经回到祖国怀抱，骨肉同胞再也不会有客死他乡之憾了。

青山、蓝天、碧海，孩子、巡防队员、老人，海风、海鸟、阳光和谐成一幅美丽的画。走在这修葺一新的栈道，从心底涌出是一份自豪感。沙头角依山傍海，美丽的梧桐山是她秀美的外衣，旖旎的大鹏湾畔是她柔美的肌肤，忙碌的盐田港是她强健跳动的心脏。

小镇上居民生活也很安闲。看那海边垂钓的人，支起一根钓竿，静静守候。时不时传来一阵惊呼，原来一只呆呆的螃蟹死死夹着鱼钩不放。垂钓者不在收获，只是静静享受这份冬日海边的阳光、海风与宁静。

小镇的亲朋好友也是幸运的。每次亲朋好友来，我都会领到海滨栈道。从中英街的古塔，穿过繁忙的盐田港；从霓虹灯闪烁的海鲜一条街，到风光旖旎的大梅沙；从浪漫的大梅沙到惊涛怕岸的小梅沙礁石。越走越远，越走发现越多。

"沙头角夜色是迷人而浪漫的。"朋友说。

"沙头角的海滨栈道让人有不断发现大海美的冲动。"亲人说。

"栈道一头连着海，一头傍着山，山的秀美和海的浩瀚是盐田的风骨。"我说。

海滨栈道不仅发现之旅，更是文明之途。

蓝色盐田，绿动于心。伴随着海滨栈道，延伸着绿色生态文明线。如果您初到盐田，请您到栈道走一走。

梧桐烟云

梧桐烟云是深圳八景之一。

家住梧桐山脚下，住久了对梧桐烟云有了依恋。

连日秋雨，雾蒙蒙的天空，梧桐山烟雾缭绕，心里烦闷，决定去登山。

梧桐山径，经过几次改造台阶已经延伸到山顶。路好走了，登山的人也多了。沿着山径拾级而上，山径清幽，浓荫四蔽，凉意入心。我不喜欢走水泥砌成的台阶，虽然台阶整齐方便游人登山，但少了登山的野趣。久居城市，城市整齐、干净，但是单调。我喜欢走泥路，记得十年前，这里还没有石径，只有驴友踏出的小路，充满了野趣。石径边广植的小树如今已经有一人多高了。脚下枯叶发出簌簌的声音，总让我想起阎连科《北京，最后的纪念》里的话：枯叶是最凝重的秋绪。我以为不只是秋绪，是浓重的生命悲歌，也是对生命的无限眷念。

今天下了小雨，梧桐山雾蒙蒙的。一路上，登山的人很少，山径清幽，沿着熟悉的阶梯快步而上，城市的喧嚣渐渐远去。

记得美国诗人佛罗斯特在《未选择的路》里反复徘徊，一条路荒草萋萋，很少有旅人的足迹。人生也是这样，台阶就像大部分人选择，只要沿着设计好的路走即可，总觉得缺少了发现之美。山野之路在于你不知道前面会发现什么，有迷路的危险，但有趣。

不一会儿气喘起来，脚头有点虚。抬头看看山路陡峭，我拐上大路。走过吊桥，台阶盘旋。看见山脚的田东中学，操场上是活跃的学生，十年前我曾经在这个熟悉的操场走过多少次呀。

台阶沿着山路盘旋而上，山脚周围是浓密的荔枝林，也许登山的人多了，干扰了荔枝，荔枝总不见盛。设计者每隔一段就有观景台，观景台上设有栏杆和石椅，供登山者远眺、休憩。

山势在山林里升高了，我欣喜发现，不少树木都标注了树名，这方便我们认识。台湾相思树，高大笔直，枝叶一律向上束起。这是一种南方常见的速生树，记得院子里曾经有一片相思树林，仅仅 7 年的时间长到 2 米多高。树干光滑，散发着青色的光，很像青年小伙剃光的头皮。鸭脚柴，因为叶子长得像鸭脚，故得名。秀气的樟树，古朴的藜蒴栲。我始终认不清木荷，觉得它的叶子没有什么特点。

走了一段路有点喘。

林子渐渐密起来。小鸟啁啾，听这声音很像院子里常见的灰脊翎。翻过第一座山头，身上的汗就下来了。密林是属于鸟儿的，鸟儿在茂密的枝头呼朋引伴，你无须躲，只要静静地听。滤去尘世的喧嚣山林是可爱的，脚下的树根盘曲，湿润的泥土还漏出了幽幽的青苔。总会想起叶绍翁的《游园不值》的诗句"应怜屐齿印苍苔，小扣柴扉久不开"，刘禹锡《陋室铭》里"苔痕上阶绿，草色入帘青"这样诗句，可见苔是古代雅士的爱物。青苔往往在人迹罕至之地，山石、潮湿的泥地露出幽幽的绿，这样的绿趣估计也只有心静之人才能欣赏，据说日本最受欢迎景点是苔园，不知道是如何处理游客与环境的矛盾。

俯下身子，手指轻轻捻些青苔，手指只是微微湿润而已。

山回路转，忽现一间小店，小店前有一块平地。走乏了就小憩一会儿，三三两两散坐在石凳、石椅上，喝喝水，聊聊天，也是蛮惬意的。

几个登山者在平地上踢毽子，小店里那条黄色的狗不知去哪儿了。前面是一段平坦的山路，两旁的树已经有近2米高了，密密的树叶遮住了道路。山上雾气弥漫在树枝间。山路湿漉漉地，枯叶飘了一地。山路延伸在密林里，蜘蛛网在树叶里织起了网，网上挂着晶莹的露珠。阎连科在《北京，最后的纪念》对711号花园里植物的描写很感性。作者眼里植物皆有生命，他以平等的眼光去关照我们并不在乎的植物，植物也闪耀着温情的光，尤其是他对人类的滥砍滥伐，所谓的发展权提出了质问——有人关注、感受过它们的痛苦吗？他笔下各种植物是有感情的，它们会愤怒、会痛苦、会欢笑，只是我们不知而已。眼前一段长长的上坡，低矮的灌木不断把枝条伸进山路，护林人为了美观，剪断了不按规矩生长的枝条，枫树长得不高，枝头上树叶泛出淡淡的红，像滴血的伤口。

稍事休息，又是一段陡峭的山路，这段路角度近乎50度。登山者最忌讳瞻前顾后，你只要默默一步一步向上登。这如人生，紧要关头需要咬咬牙，狠狠心。虽然大汗淋漓，腰腿酸软，脚下的台阶似乎没有尽头，但是只有坚持，终究能登顶。如你瞻前顾后，顿时泄了气，登顶就难了。

设计者特地设计了扶栏，力乏了可以倚靠，借栏杆之力而上，可是栏杆是难看的水泥铺成，让人不舒服。一口气登上最陡的两百级台阶，跃上海拔500米的高度，全程也就完成了近三分之一。此处有一观景台，两张石凳。远眺，蓝色的大海，密密的盐田港的岸吊设备笼罩在烟雾里。多年前，政府邀请李嘉诚开发盐田港，估计他也没想到，这里会成为世界级顶尖大港口，十几年前又有谁能预料得到呢？就像大海的浪潮，大潮涌来，一片汪洋，谁能站在潮头，借势而起，需要的不仅仅是勇气，更是智慧，这点李嘉诚绝对是佼佼者。

山岚阵阵，顿时拂去心中的燥热与疲乏。

如果说山风飒飒，层林尽染是山的意念。人的意念同山一样是有声音的，有色彩的。山高人为峰，海阔天作岸，山、海、人交织在一起，有了长啸的冲动。"弹琴复长啸"啸出来的是郁气，融进的是大自然的博大之气，这算是登山的哲学吧。

天色渐渐暗淡，沿着梧桐山径，盘曲而下，这里有一片墓地。

一对父子刚从山那边翻过来。

"爸爸，这里树好绿呀！"孩子大概只有四五岁，"下面数字是不是每个人种的树的名字呀。"

孩子的父亲没有回答。

这片墓地是深圳推广树葬时留下的。每一棵树下都有一个逝去的生命，整齐的柏树下有一数字，对应的是死者。中国人真浪漫啊，在春雨绵绵的日子寄托逝去先人的哀思；中国人也是最现实的，孔子说，不知生焉知死，很少谈死，更忌讳谈死。林清玄在文中详细记叙父亲临终的日子，毫不忌讳指出我们需要有面对死亡教育，史铁生说得更直白坦然，死亡是一件自然而然的事情，无论怎么耽搁都不会延误的，不用急。

看着整齐的柏树，墨绿的枝叶向上耸立，宝塔般。

托体同山阿，也算是幸运了。

沿着山路而下，滚滚车流发出的沉闷的声音在山谷回响。我匆匆离开了林子。二通道巨大噪音在山谷发出沉闷的混音，川流的车子仿佛在神仙世界里腾云驾雾。回到家，虽然腰脚酸软，但是心清气爽，全身通泰。感念梧桐烟云之妙，得诗一首。

梧桐山径偶得

曲径幽处泉流细，花木深寂听鸟鸣。

簌簌落叶斜阳里，飒飒金风山路冷。

眼前垄头云依依，梦里湖边柳青青。

借问君归是何处，吾乡即是心处宁。

东和公园里的"法器"

如今东和公园算得上深圳人气最旺的公园之一。但是十几年前，东和公园与国内绝大多数的公园类似，小桥流水、亭台轩榭、幽深小径、萋萋草木构成了公园的要素，由于主题不鲜明，再加上晚上灯光昏暗，游人稀疏，颇为冷清。

2012年盐田区政府对东和公园进行了改造，在不改变公园原有自然景观的前提下，注入大量的法治文化元素，通过富有美感的雕塑、造型、装饰等艺术视觉手法，把法治文化思想理念与东和公园环境绿化、设施等相融合，赋予公园新的文化生命力。公园在规划设计上遵循"法治、平安、和谐"的理念，涵盖了"法律文明的足迹""名家名言"

"古今说法""法在身边""普法园地"等展示区域，游客在休憩、游玩时能感受浓厚的法治文化氛围。

经常要接送儿子游泳，儿子在游泳的时候，我喜欢去东和公园逛一逛。

冬日里公园里游人如织。中央沙地，高大的滑滑梯成了幼童的乐园。蹒跚学步的稚童，俯身在沙地里构建伟大的建筑，身手矫健的大孩子欢快地从爬上爬下，抱在怀里的孩子看着"大哥哥与大姐姐嬉戏"也手舞足蹈。公园各个角落也被不同"群体"占据着，时尚舞蹈者、广场乐队、街头歌手歌声此起彼伏，好不热闹。虽有北风，在暖阳微醺下，公园里充满着生气。

刻在石径上古今中外有关"法"的警句蜿蜒在草木深处。在高大的榕树和低矮的灌木掩映下，古贤圣人睿智目光透过了冰冷的石廊。在公园的一隅，一个大大的"灋"镌刻在一块一方石上，颇醒目。

唐代陆德明在《周礼·天官·大宰》"以八灋治官府。"解释道："灋，古法字。""法"是"灋"今体字，简言之就是今天的简化字。

转过来，在小广场的正面是一座大理石的墙，镌刻着《民法通则》，碑文前立着几个汉白玉石雕。其中一个是四足的"鼎"，石柱后是一段对鼎的解释。侧面在光滑的汉白玉石柱上是鼎上兽形纹。

鼎在中国历史上也算得是名物。

鼎最早是炊具，后逐步成为盛熟牲的器具，一般为青铜或陶制成。圆形一般是三足，方形四足。随着历史演变，鼎从一般的生活器具逐步演化成富有重大使命的象征。"禹铸九鼎，历商至周传为国之重器。后遂指国家政权和帝位。"（《汉语大词典》），现在"鼎盛""一言九鼎""问鼎"依然活跃在我们的日常生活里。

"鼎"是国家重器，"法"亦是国家之重器，两者之间就有了联系。

在旁边石柱上端坐一独角兽，独角兽是传说中的异兽。独角兽的学名"獬豸"，"一角，能辨曲直，见人相斗，则以角触邪恶无理者。古人视为祥物（《汉语大词典》）"，此物上镜率也很高。古代御史大夫执法官头顶有獬豸冠、身着獬豸纹的官服，类似现代法官、检察官的职业服装。

东汉许慎在《说文解字》中这样解释"灋"的字形："灋，刑也。平之，廌所以触不直者，去之。"用今天话来说就是，古代灋是会意字，由三点水、廌和去组成。三部分组合起来意思就是廌（獬豸，独角兽）用角去除不平之事，直到像水一样平，体现了中国人对法的理解和法的本质——公平。法是国家追求公平的制度保障，獬豸神兽守卫的是一种社会秩序，有了它，国家机器才能正常运作；体积庞大、厚实的重鼎是国家政权的威严、力量的象征，有了它，国家稳如泰山，这就有了法国之重器说法。盐田区政府法院门前也有一尊巨大的青铜雕塑，三足鼎上蹲坐的獬豸，那锐利的独角泛着冷光，注视着街头熙熙攘攘的人群。是否有人意识到，公正、公平的法守卫着我们日常的秩序。

冬日下，阳光在汉白玉的柱下熠熠生辉。公园里到处是欢快的游客，我不知道是否有人注意到眺远方的獬豸。

如果说鼎与獬豸是东方文明的法器。

那么古希腊神话中正义的女神西弥斯手中"公正之天平"和"剑"，体现了西方人对法的理解。"天平"自然是公正，"剑"是实施公正的保障。她的双眼总是闭合的，意味着她在做出决定时的依据，全凭心中的公平，不会受到现实的干扰。

东方与西方"法器"在东和公园里就这样奇妙地交织在阳光下。西方人用柔美的女神来表达"法"，其中还蕴含着——法除了刚性的约束外，更主要是基于人情，法的基础无外乎是柔美的人情。东方用美的汉字线条勾画与组合，来表达我们祖先天人合一哲思。

此外公园里"法器"还有法槌。此并非是舶来品，惊堂木很早就出现了。现在我国法槌顶部镶嵌有象征公平正义的天平图案的铜片，槌体正上方雕刻着传说中代表公正的独角兽，下部的设计为圆弧造型。法槌的底座用一整块方木制成。方形底座与圆形槌体暗喻方圆结合，即法律的原则性与灵活性相结合。法槌的手柄部分雕刻有麦穗和齿轮，寓示法院的审判权是人民赋予的。槌、座相击，音质透亮，有"一锤定音"之意，体现法律的威严。

"洪湖水，浪呀么浪打浪啊！"小广场上一头发斑白的妇人在伴着铿铿锵锵琵琶声深情高歌，边唱边俯下身子向坐着的先生示意。弹琵琶的也是一名老者，头发花白，手指时而轻捻慢拢，时而五指并发。

草地上几个穿旗袍的妇人，摆着造型，迎着冬日微醺的阳光，手中张扬的红色头巾像火一样燃烧着，"侬摆得不要太好看哦。"引得哈哈笑。

徜徉在温暖、快乐、喧闹的东和公园小径上，阳光透过高大榕树，将斑驳的光影洒在石径上，刻画着古今中外"法"的警句与光和影和谐着；轻快的歌声与威严的鼎，曼妙的身姿与张牙舞爪的獬豸，追逐嬉戏的孩子与正义女神手中的剑就这样交织在南海之滨这个普通的冬日里。

儿子游泳训练结束了，我加快了脚步。

（二）平遥古城

平遥是国内至今保持最完整的古城之一。2008年7月14日傍晚，我们来到了古城。

我惊讶于平遥的古城墙。

据史料记载，平遥城墙可追溯到西周时代，经历代修缮，如今保持完好。古城墙在斜阳里，拖着长长的影子。厚重的城门洞开着，城门口一条深深的车辙，泛着幽幽的光。伫立门下，你仿佛听到清晨马车、牛车吱吱呀呀驶过。拾级而上，抚摸这些用砖石包着的墙体，想到这些砖石已经在风雨中凝聚了700多年，历史的沧桑顿时涌上心头。

登上城墙，眺望古城，城墙绵延6里，四四方方把平遥围得结结实实。古人称三里之城为小城，那平遥可以算得上是规模宏大了。这里曾经是晋商的集聚地，明清之时，商铺林立，票号众多，富甲一方，自然需要结实的城防来保护。西安、南京、北京的古城墙消失在经济的大潮中，幸运的是平遥位置偏僻，没有成为这个中心、那个重点，得以幸存下来。

平遥兴于明，盛于清，衰于民国，见证了晋商兴盛衰亡。古城墙、门楼、票号、县衙留下历史的痕迹，在这里我们能触摸到历史真实的肌肤，这也是平遥古城的价值所在。

流连在古城小巷深处，斑驳的墙体、破旧的大门、褐色的飞檐，提醒这里曾经发生在寻常人家的故事。残破不堪的窗户后，也许就居住着一位艾怨的妇人，守着窗儿，为柴米油盐蹙眉，为远方的亲人担忧。我对平遥的乔家大院并不十分感兴趣，那样的富户在任何时代都是凤毛麟角的，而且煊赫高宅深院总让人感到渺小。历史从来是成功人士的记录本，而那些最值得关注的普通人，往往湮灭在历史的长河中。如果史家能从这些最底层人中，挖掘出生活的史料，那就是最真实、最动人的历史，可是历史却很少给普通人留下位置。

目前古城还有3万多居民，他们祖祖辈辈就安静地在这里生活着。络绎不绝的游客，他们已经司空见惯——古城的繁华、富裕、寂寞、沉沧、喧嚣、热闹，在经历了人间的大喜大悲，平遥人显得异常的平静、从容。时而有欢快的孩子追逐而去，笑声消失在小巷的尽头，时空错乱之感在脑海深处油然升起。平遥古城与周庄不同，周庄里除了游人和旅游经济催生的门店与商铺外，你很少看见常态生活的居民。周庄虽然保持水乡的外貌，但是失去了江南的神韵。没有水乡诗意生活的人，不就失去了灵魂吗？我以为保护古城墙、古巷、古建筑固然重要，但维持平遥特有的生活、文化等非物质文化遗产同样亟待引起重视，这才是平遥的魂，有了这些活生生的"留存"，我们感受、触摸历史的肌肤才是可感的、生动的。

县衙

平遥有国内保持最完整的县衙，真实反映了明清时代的县级政权的全貌。大堂的左边是阴森的牢房，空间黑暗而逼仄。牢房的后面是捕督厅，类似今天的公安局。大厅里展示了一些明清时代的刑具：铁磔、箭镞、镣铐、夹棍、烙铁、铁鞋，刑具虽锈蚀斑斑，但是我依然感受到刑具上的煎熬、呻吟。血泪之躯怎能承受如此刀砍斧斫呢？在这里我第一次目睹了"木驴"这种刑具。木驴背上赫然列着的铁钉，随着木驴的转动这些铁钉根根扎进女人的下体，是谁发明如此惨烈的刑具呢？我想一定是对女人怀有深仇大恨，否则怎能设计出如此歹毒的刑具呢？大厅里还展示了铁鞋，鞋不大，专为三寸金莲女人设计。可以想象，一双小脚伸进烧得红彤彤的铁鞋里是何等的苦痛。我不敢想象这里一切曾经真实发生"案件"。专制时代法中是没有"人"的，这些刑具是专制的产物，是专制者赖以生存的屏障，县衙仪门的对联"门外四时春和甘雨，案内三尺法烈日严霜"生动、深刻描述专制时代酷刑烈法。

蒋勋在《孤独六讲》中对刑具有一段深刻的点评："我想，暴力孤独牵涉的环节特别多，一般人无法立即做最高的自省并且自觉，因为每个人对内在的潜藏的暴力本质不是很清楚，也不太敢去触碰，但人的暴力本质在很多故事展现出来，常常让人瞠目结舌……有所谓的'骑木驴'更让人惊恐，受刑的女子裸体游行，生殖器里插一根木柱，这是性与暴力的极致，这种惩罚到底满足了谁？所有合法的暴力都假借着惩罚出现，就像美国说要惩罚伊拉克，其实实行的就是暴力，所以你想要惩罚别人时，你一定要想到，你是不是在满足自己的暴力欲望。"

走出大厅，厅外阳光真好。

（三）诗性婺源

大概是在新世纪，婺源逐步纳入国人旅游的行程，被誉为了"中国最美的乡村"。2009 年 7 月我们去了婺源，虽然这并不是婺源最美的时节。

婺源得名于天上星宿婺星，相传是婺女升天之源，故名为婺源。既然是源头自然少不了水。驾车行驶在婺源的各个景点，果然是小溪淙淙，可能是交通不便的缘故，大量的徽派古建筑保存得较完整，徜徉在幽深的古巷，你总能邂逅一段历史。

汪口的阳光

抵达汪口已是下午 4 点左右，骄阳似火，仿佛在每个人的头顶上有一把火。走进村子一段新改造的路，没有树荫，走到村口，每个人都大汗淋淋了。

汪口村前有两条小河交汇，碧水汪汪，取名为"汪口"。这是千年的商埠，是历史上徽州陆路经婺源至饶州府的必经之路，又是县城通东北乡的水路。沿着汪口的小巷你总能发现一条通向码头的路，丝毫不起眼的码头却记载了逝去的繁华。斑驳的墙、灰暗的门、翘起的屋檐、黑色的瓦片、幽深的小巷，是徽派建筑最基本的元素，走在破碎得厉害的青石板上，仿佛能听见沉甸甸的货物把鸡公车压得吱吱呀呀的声音、林立商埠里喧嚣声、码头船上卸下货物的嘈杂声。

江南水乡周庄，总觉得那里太嘈杂，商业气息太浓厚。陈丹青曾撰文称江南水乡已经不存在了，因为那里没有了江南水乡的生态。60年前的改天换地，中国社会阶级的改造，尤其是经历"文革"后，江南水乡已成为文人墨客笔下的梦。而婺源得益于交通不便，保存了不少古风古韵。随着滚滚而来的旅游大潮，婺源这种古韵又能留下多少呢？

推开一间古色古香的大宅的门，门里却是水泥瓷砖地面，现代化的电器一样不少。我想谁也没有权力剥夺村民享受现代化的便利，保护与发展确实是一个两难的选择。很多地方如周庄、平遥在计划整体搬迁村民，我并不认为这是好的保护方法。毕竟这里生活承载着历史的记忆，属于历史的一部分啊。如今婺源也在不断改造，新式的"伪"楼在不断竖起，我担忧是几年后，再探访可能会失望而归的。

小巷的尽头是一幢气势恢宏的建筑——俞氏宗祠。俞氏宗祠建于1744年，由俞杲的后裔俞应纶聚乡人重建而成的，仍以明万历九年"仍本堂"为名。俞氏宗祠简直是木雕的艺术宝库。檐下的斗拱密布，横坊刻双龙戏珠，横坊下明坊深雕双凤朝阳。梁坊、斗拱、脊吻处各种形体和图案多达100多组。

仪门门楣雕刻"生聚教训"，横梁上还刻有"乡贤""父子柱史""文元""亚魁""拔贡"等字，流连在恢宏的俞氏祠堂精美的木雕世界里，扑面而来的是古人对生活的美好期望：浮雕的楼台舞榭、江南小院和透雕的花草虫鱼、福禄寿文字精美而细致。这是一种生活的情态，反映的是中国历史上重要的阶层"乡绅"的生活追求与理想。由于社会的变更，社会阶层更替，这种"乡绅"阶层已彻底消逝了，今天开发成功的旅游景点恰恰是饱含着"乡绅"文化的故居、名楼，这也许是历史的吊诡之处吧。

走出俞氏宗祠，阳光依旧猛烈，刺眼的阳光让人有些恍惚，俞氏祠堂在西斜的阳光下拉出一条长长的影子。

小桥流水人家——李坑

来到李坑是日暮时分，村头有一棵古树，树围就是四五个成年人也难以合抱，枝叶繁茂，郁郁葱葱，估计树龄有几百年。暮色里，家家户户门前挂着红灯笼，小溪穿过整个村庄，横卧的小桥有些模糊。走在青石板路面上，白墙、黛瓦、斗檐、马头墙交织着你的视线。很难想象，在这偏远的山村，整齐划一的徽派建筑矗立几百年。你不得不佩服古人规划水平，将天人合一的哲学观巧妙地融入建筑与生活中。

每三四步就有一座小桥，小桥往往就是两三块青石板。这里小桥虽少了一份精美，却多了一份写意。坐在桥上，听小溪潺潺，蛙声呱呱，有一种人在画中的感觉。小溪清澈，水草在招摇着，活泼的小鱼时不时吐一个圈，倏尔远逝。小桥是小溪的守望者，小溪却是小桥的过客，质朴小桥、欢快流水与温馨的家形成了和谐的统一。马致远创设的意境就这样温暖了一代代游子的心，何况终日漂泊在外的商人，他们更需故乡的小桥流水来滋润风尘中干涸的心灵，抚慰商海沉浮勾心斗角的疲惫。

徜徉在李坑的小桥流水之间，我突然明白了婺源成为当下最热门的旅游胜地的原因。都市"日常工作的单纯和消费，早已湮没了曾经与远山、炊烟和畜群产生和谐共振的心灵"（柳冬妩《巨大的城市太小太小》），喧嚣的都市已经找不到抚慰心灵的田园牧歌。在这里，偏居一隅的婺源，让尘世的浮躁的心滤去了杂质而变得宁静。婺源是诗人寻梦的地方，是梦里的江南，李少君曾这样评价江南。

"江南是中国人最理想的居住地。江南之所以是中国人最理想的居住地，是因为江南符合中国人最向往的生活方式、观念与价值：道法自然。江南将'道法自然'变成了现实。这种'道法自然'是诗意的源泉。因此，也有人将江南称为一种'诗性文化'，是中国文化中最具美学魅力的部分。"

婺源也契合了诗人的江南的梦。

婺源给我们留下的是那些曾经走南闯北的徽商对生活的全部理解。这些经济上富足的商人汲取的是士人的生活追求，他们把理想一点点凝聚在生活中，物化在乡村的建设上。这就是江南，"风景旧曾谙"江南诗性文化本源吧。

天色一点点暗淡下来，各家挂在门口的红灯笼一点亮起来，街上的一些古迹已经无心浏览了。一个亭子引起了我的注意，"有亭翼然"临于溪上。亭子上牌坊上刻有"申明亭"三字，奇怪的是这个"明"字，不是日字旁，却是目字旁。再仔细看"亭号申明就此众议公断，台供演戏借他鉴古观今"楹联，原来这是村里断是非之地，"明"用"目"是希望村民能通过看戏，通过众议，耳聪目明，明辨是非。古史书中也有对着申明亭功能详细记述，"凡民作奸犯科者，书其罪，揭于亭中，以寓惩恶之意"，古时每逢初一和十五，宗族会在此鸣锣聚众，批评和惩罚违反村规民约者。这就是村民处理公共事务、协调利益的地方，也是维系村子运作的枢纽。北宋年间的吕大钧曾在熙宁九年开始推行的"成吾里仁之美"建设的乡约计划。他提出乡约功能就是"德业相劝，过失相礼，礼俗相交，患难相恤"，通过乡里的自治，达成儒家的"仁礼"的道德理想。

古人的治理的经验也给我们提供了很好的借鉴，村子里大量的事务依靠村民自治机构才能处理得更好，当下正在实施新农村建设，对乡村自治提出了要求，应是借鉴古人的智慧吧。

　　暮色四合，李坑的灯次第亮了起来，高挂的红灯笼迷离在夜色里，我们离开这温"心"之地。

幽深的小巷——思溪

　　思溪村始建于南宋庆元五年（1199年）。据说始迁祖姓俞（鱼），取俞思溪水之意，这是一个多么有诗意的村子。村内有30多幢明末清初建筑，村子的布局与其他村子大同小异，一条小溪贯穿村子，村里的建筑典型的徽派风格。粉墙黛瓦、石库门坊，门前砖雕精湛，梁上坊额木雕精细，门罩飞檐翘角。

　　思溪的小巷是幽深的，一旦你走进小巷，心顿时清凉起来。小巷不仅挡住了猛烈的阳光，而且还隔开了喧嚣的尘世。喜欢这样的宁静，我曾经探访过不少胜地，无一例外的嘈杂，败坏了兴致。现在整个小巷是属于你的，高高的马头墙，独特的墙头小窗，精致的砖雕，精细的木雕，你只需静静沉浸在其间。

　　推开一间古色古香的门，厅堂里最显目的是一张八仙桌，桌子前头靠墙的案几上有钟、镜子、瓷瓶，寓意为终生平静（安）。案几上头的墙上贴着"翰墨遗风"，中堂有一天井，天井下是一贮满水的大缸。中厅两边是厢房，门楣窗棂、梁坊隔窗雕刻精美，人物戏文、水榭楼台、飞禽走兽栩栩如生。一位妇人在厅里织毛衣，交谈后才知道竟是建于清嘉庆年间的承裕堂，原来在不经意间闯进"官宦大家"。穿过中厅，后面有厨房、杂物间。粉墙外有几个不大的方孔，甚是奇异，进而转进中厅问妇人。

"那是窗,"妇人笑着说,"防偷盗、防走火,顺便防狼"。

"现在年轻人不愿住这样老房子,没有洗手间,没有浴室,没有空调。"妇人轻轻地叹息着。其实这也是在保护与发展的难题,是搬迁式保护,还是原生态式保护,我更希望看到是后者,毕竟只有生活的"古迹"才是真实的,有些地方甚至完全改变了古迹的功能,以达到招徕游客的目的,更有甚者,妄图用"伪"建筑来复活历史,终究会遭到游人唾弃的。

思溪的小巷充满了生活的气息,你很少见这里门上锁,门往往是虚掩着。你推开门,能感受到扑面而来的烟火气息:厨房的稻谷香、院子后的蔬菜香,还有尚未熄灭的炉火,这一切都提醒你,虽然经历了几百年,可是依旧有生命力。在雕满美丽的图案栋梁下,窗棂边,你常常看见老人带着咿呀学步的孩子,历史与现实、古老与新生、愿景与传承交织在一起。

我多么希望婺源的旅游开发脚步慢一些,让积淀历史的建筑能消逝得慢一些,让淳朴的民风留存得长一些。从长远的角度来说,原生态的开发,才能吸引更多的游客,毕竟风尘仆仆的游客是来寻梦,寻找都市里消逝的梦,希望在古人的智慧里能找到,而婺源的小巷里恰恰能找到它。因为这里体现了古人的人生哲学,体现他们诗意的栖居。

这也是我在思溪小巷里找到的。

人杰地灵——江湾

江湾始建于隋末唐初,始称"云湾",北宋神宗元丰三年(1079年)萧江8世祖迁此地,后改为江湾。行走在江湾,感受到浓郁的文化气息,从萧江祠堂的记载来看,江湾人通过科举步入仕途的、出任七品以上的文武官员有24人,潜心著书、光耀词林的19人,著作达92部。

走过荷花池（龙池），西安门上著名学者江永写一副楹联"水贴荷钱，买的湖光千万顷；山垂木笔，描成春色二三分"是何等的气势。

萧江祠堂是江湾最有恢宏的建筑，详细记载了先祖来此的经历。走出祠堂，有高大的牌坊，牌坊在徽派建筑中是很常见的，安徽的歙县、黟县很多。但是江湾的牌坊有三层（寓步步高）高达12.3米，宽9.9米（寓九九归元），这牌坊是事业有成之人表达对故乡永思之意。牌坊的石雕工艺精湛，寓意深刻。象征吉祥如意的"麒麟嬉戏"惟妙惟肖，象征福禄双全的"鹿鹤同春"栩栩如生，象征五子登科的"舞狮戏珠"活泼可爱。同时还有常见的文臣武将，八仙过海等图案，寄托了先祖对后代的期望：达则为社稷、济苍生，穷则，如八仙各显神通乐观生活。

穿过牌坊，拐进幽深的小巷，几棵梨树挂满了果，为了保证雪梨的香甜，每个果实都用纸包裹起来。树下一文字介绍："远离故乡之人，吃起雪梨，顿起思乡之情。"突然想起了《诗经》中"蔽芾甘棠（梨），勿剪勿伐，召伯所茇。蔽芾甘棠，勿剪勿败，召伯所憩。蔽芾甘棠，勿剪勿拜，召伯所说"，深沉的语句表达对远征的召伯的纪念，江湾人也用梨来表达故乡对游子的呼唤。徽州素有"八分半山一分田，半分水路半分园"之称，由于地少人稠，为了解决生存矛盾，徽州人少小离乡谋生，把皖南的丰富的竹、树、茶运到远方，闯出了一片天地，成为历史上最著名的徽商，他们把生意获得的利润源源不断地投入到家园的建设中，所以今天我们在这偏远的山区里看到如此多恢宏气象、精美典雅的建筑。同时，他们不留余力地倡导教育，也解释了为什么在这片狭小偏远的地方能滋养了如此多的文化精英，从宋代的朱熹、清代的江永到现代的陈独秀。成功的徽商不仅带来了美轮美奂的庄园，而且丰厚了那融在血脉中的文化。与晋商相比，徽商更多了一份读书人的儒雅，这同他们的人生追求是分不开的。

我尝了一个雪梨,果然香甜可口。

巷子的深处有一南关亭。"八"字形的门墙,圆顶洞门,亭柱上两幅楹联"万壑松涛倚北钥,一湾湖水锁南关","正坐当思己过,闲谈勿论人非"。这两幅楹联定是出自名家之手,没有大气度,没有大胸襟是写不出这样的文字。

可是南关亭后一栋三层的现代洋楼破坏了整个环境。

我依次参观了建于清同治四年的宗宪第,这是清同治年间户部主事江桂高宅邸。正厅的敦崇堂的楹联给我留下深刻的印象:"惜时惜衣非为惜财缘惜福,求名求利终须求己莫求人"表现了主人的人生哲学,勤俭、自强。来到建于清初的江一麟敦伦堂,仔细阅读他的简介。江一麟33岁中进士,为官清廉,他把一生的积蓄捐给了萧江祠堂——永思堂,并亲自撰写祠规,表达了他"化民成俗,为善致祥"的美好愿望,61岁时死在治水的任上,万历皇帝亲谕祭文,在江湾举行了隆重的葬礼。今天走在并不起眼的江一麟宅前,一种敬意油然而生,他践行了读书人济苍生,为社稷的伟大宏愿。

来到江永纪念馆,江永出身贫寒,从小好学聪慧,但厌恶科举,一生探寻学问,对经史百家、天文、历算、声韵、礼仪等有重要的创见,著作共有41种270余卷。我探访了他的书房——弄丸斋,一桌一椅,文房四宝,两侧是书架,空间逼仄,就是在这狭窄的空间里,他的思想却遨游宇宙,留给了后人巨大的精神财富,他与江一麟人生之路殊途同归,他的思想光芒让阴暗潮湿的弄丸斋熠熠生辉,他践行了读书人独善其身,追求真理,完善人格,滋养灵魂的理想。

讲到故居,冯骥才对此有精当的评价:

"一个为历史做过重要贡献的人去了,他的生命气质、他的往事、他独有的个人生活乃至他的精神,除去留在他做过的事情或相关的文字里，还无声存在于他的故居中。故居的主角是人。他留在故居大量的生活细节等待我们去发现……创造一个城市的是一代人，而每一代人都有他的精英与代表，他们是这个城市或地域的灵魂。故居正是这种城市灵魂的象征与确凿存在。他是一个城市或地域十分重要的精神遗产。从文明的角度而言，它是神圣不可侵犯的。"

他对那些所谓的"打造""开发"提出了尖锐的批评，"套路化的旅游带来的一定是粗鄙化的旅游，同时使古城和古村落文化遭到彻底破坏——原有文化生命被瓦解。世界古城旅游经验是，保护得越好，越有旅游价值。当今古城和古村落的旅游已经构成一种对文化的破坏。"

江湾或者说整个徽商留下大量的故居，它们主人独特的气质留在建筑中，大量的生活细节永远留在那里，等待我们去挖掘与发现。从这点意义上说，婺源的大量故居是构成徽商、学者、士人独特的精神气质，并留传下来，成为婺源的灵魂，这就是婺源的魅力所在。

暮色四合，炊烟袅袅。

又是一个十分平常的日暮时分。

江一麟曾在这样的暮色里吟哦诗书，江永也在这样暮色里潜心研读，脚下的小径见证了先贤成长的历程，走在这条路上，我顿时感受到一个读书人的使命。

我能算一个真正的读书人吗？

补记

婺源之行很短暂，我们选择一个旅游淡季来到婺源，看到宁静的婺源。婺源作为徽派建筑的代表，经历几百年，是数代人、几十代人智慧与心血的结晶，体现了祖先对自然的理解、人生的追求、人与自然的和谐等观念，行走承载在徽州人审美情趣的建筑中我们感受到一种自信，中国人完全能用自己的哲学去建筑、经营庄园，从祖先中汲取智慧，是我们当下要做的。

婺源的大量的徽派建筑承载了诗性"江南"记忆，现代化以前所未有的速度涤荡了一切的记忆，当然我们没有权力拒绝婺人享受现代化，其实日本的京都、欧洲的一些小镇给我们提供了很好的范本，告诉我们如何能既保留承载一个城市独特记忆的建筑，又能充分体现现代化成果，这样我们行走在不同城市中，就不会有千人一面的感觉，实实在在感受到城市的性格，城市的特色，而鳞次栉比的高楼大厦，车水马龙的街头是并不能完成承担起塑造城市特色的重任的。

（四）寻常宏村

2011年7月20日，我们驾车去黟县宏村。宏村古称弘村，形似牛，静静卧在雷岗山下。下午四时，我们从南湖入口走进宏村。

小巷水圳

走在青石板路上，错综的幽深小巷，爬满青苔的古墙，黑白分明的墙头楼宇，交织在一起，仿佛是毕加索的抽象画，线条凌乱而色彩鲜明，顿时有了一种时空错觉。小巷口的画师，用线条勾勒，用色彩涂抹小巷，青石板小巷延伸到深处，慢慢模糊，我诧异画者这样的构思。与小巷相依相伴的是宏村最有特色的水圳，村民把贯穿村中的水圳称之为牛肠。

水圳的营建者山西运粟主簿汪思齐、富商汪升平，根据宏村特有的形状——西高东低，凿坝引西边的西溪贯穿全村。这就不得不说到汪思齐的妻子胡重，汪思齐在回乡途中拿出了宏村的规划方案，但是由于公务繁忙，具体的工程实施是他的妻子胡重。在汪氏祠堂——乐叙堂里把她称之为巾帼丈夫。这是我在参观过了祠堂中，第一次见到女性的画像。

不得不佩服设计者的巧妙，水圳几乎弯进每户人家，每一户村民都能很方便地取水、浆洗。以前，村中有严格的规定，每天8点以前取的是饮用水，8点以后才能浆洗，确保用水的质量。一条条水圳就是贯穿、联系全村的血脉，清澈的西溪水经过营造者的巧妙构思，成为宏村最美的一笔，也是最神奇的一笔。

宏村的水圳九曲十弯，带着西溪山水特有的清凉，流进了家家户户。为了便于浆洗，水圳上还搭着青石板。徽州女人就这样洗尽了岁月，把对远方亲人的思念洗进了这溪水里。妻子和友人还在水圳里浆洗了衣物，体验了一把宏村妇人的生活，用她俩的话来说，奇妙而新鲜。

我曾经探访过丽江的四方镇，也追寻过婺源的汪口，傍水而居是他们扬名天下的共同特点，但是还没有哪个村落能像宏村这样把水用到极致的，这也是宏村成为世界物质文化遗产的原因所在吧。

妻子求学时曾多次到宏村写生。我问妻子，为什么宏村能吸引如此多的画者？妻子说："这里景美吧！"大自然鬼斧神工之处很多，中国有特色的村落也不少，是什么吸引着画师呢？

细细观察散落在巷口勾勒与涂抹的画师，小巷的幽深的青石板，水圳欢快的流水，高大白色的马头墙，交错飞耸的黑瓦，总能构成一个画面。每个巷口总是一幅完美的画。在画师的笔下宏村是亲切的，这里没有人造的伪自然破坏画面，有的是岁月的沧桑与现实的鲜活、和谐的统一。

我想吸引画师的是村里独特的气质：简单的线条、从容的生活、历史的气息，构成了宏村特有的精致的生活。

游人眼里的宏村是真实的，这里没有喧嚣的商业气息，深巷后面都是鲜活的生命，推开古老的房门，迎面而来的是我们熟悉而生动的生活；承载历史的建筑，依然是一个充满生机的家。

当地人眼里的宏村是亲切的，原生态的。尽管这几年宏村成为最热的旅游景点，但是这里村民恪守着自己的生活规律。日出而作，日落而息。川流不息的游客，络绎不绝的画师并没有打破它特有的宁静。这是他们的村子，这是他们最亲切的家园，他们用特有的方式保护这一方净土。没有让村子沦落为喧嚣的酒吧，堕落为游客猎奇寻艳的恶俗之地。

夜里宏村是宁静的，整个宏村在夜色里睡去。黑黢黢的巷口，没有灯光，走在青石板的小巷里，凉风习习，不知名的虫儿伴着欢唱的水圳，用声音来尽情展示短暂的生命。你可曾想过这样的夏夜在宏村上演了几百年，每一个夜都是相似的，可是又不同，厚重的历史与生动的现实在眼前交织着。这里有亲人的气息，有族人的劳作的汗水，有逝去先人的灵魂，有难忘的成长的岁月。我突然明白了故乡含义——人生的起点也是生命的终点。狐死首丘，落叶归根，守望故乡其实就是在守望生命呀！可是现代人已经没有了故乡，鳞次栉比的摩天大楼，车水马龙的街道，流光溢彩的灯光我们自豪过，可是这能是我们的故乡吗？钢筋水泥已经冷漠了我们的情感，电视网络虚拟了我们的真实。我是谁？我为什么在这里？大都市的灯红酒绿能一时麻醉我的感觉，但是醒来将跌入更深的焦虑与迷惘。

夜色里，我静静享受这久违的夜色。

月沼

月沼是宏村最有特色的地方。

徽州村落一般都是傍水而居，但是宏村对水的利用可以说是独具匠心。在宏村的中央有一块半月形的池塘，称为月沼。

宏村是徽派村落的典型代表，徽派建筑最讲究人与自然的和谐统一。中国的堪舆学，俗称风水其核心就是讲究人与自然的和谐。月沼的建设恰恰体现了这种思想，建筑讲究通风，采光。《葬书·内篇》"气趁风则散，界水则止"，聚气使之不散，行之有止，体现了古人的风水观。宏村牛肠——水圳不仅是生活便利的考虑，更是联系每一户人家的气息，水圳汇聚在村落中央，形成了一个半月形的池塘。池塘正对着的是宏村的精神中心——汪氏总祠堂乐叙堂。

祠堂是农村自治最重要的地方。在这里，祭祀祖先，慎终追远；在这里，和睦宗族，共商大事；在这里，扬善惩恶，维护秩序。祠堂成为村民的精神家园，他们共同维护这一方净土，保持村里的长治久安。一个不尊重祖先，不爱护自己的家园的民族是没有希望的，你从保留完好的村落，从那淳朴的民风，给我们当下的农村自治提供了借鉴。旧的秩序在一次次的运动中已经荡然无存，新的精神家园还荒芜着，这也许是我们当下农村最大的问题。

村民说月沼要在半月的晚上来看。天上一轮半月，水中一轮半月，静影沉璧，与层楼叠院交相辉映。这时月沼成了村中水广场，共享这份人与自然和谐的美丽空间。

我与在此售书的一老者攀谈起来。他在此生活了68年，他把宏村的山山水水，层层楼楼，写进了他的书。聊得兴起，他讲述了1958年月沼前的一幕。

那时候月沼前火光冲天，家家户户大炼钢铁，小高炉的火光映红了整个雷岗山，村民们热情高涨，希望用双手改变贫穷落后的局面。"唉，换来了的是一堆破铜烂铁，山上的百年大树砍完了，祠堂精美的木雕当作柴火烧！"

在老人的唏嘘声中，我走近了乐叙堂。乐叙堂含义为"秩叙敦伦，永屡和乐"，准确概述了乐叙堂的功能与定位。古人以纲常伦理维护社会的基本秩序，有了秩序，生活才会和乐。当下我们身份的焦虑，也恰恰是社会失序的一种表现。我们迫切需要有一种符合当下社会的道德伦理秩序，否则，在强大的物质社会中我们将沦为碎片。

走出祠堂，我沿着月沼转了一圈。池塘里悠闲游过九尾大块头的青鱼，后面还跟着两尾红鲤鱼，一点也不怕人。斑驳的墙体，翘起的飞檐，庄严的马头墙倒映在月沼里，如剪影一般。岁月悠悠，波光潋滟，徽派建筑如同中国古代文明长河里的一朵浪花。感谢宏村建设者留下的瑰宝，让我们感受一种中国人的生活从容与智慧，更要感谢现在宏村的管理者在熙熙攘攘逐利的当下，保持异常清醒，没有像周庄、丽江的四方镇、凤凰古镇迷失在喧嚣的商业大潮里。

宏村今天依旧按照它特有的气息，按部就班地生活，这里没有都市酒吧的灯红酒绿，也没有喧嚣游客的旁若无人，这里每一栋古楼安详而宁静地生活着。我清楚记得我们参观桃园居的时候，一边是络绎不绝的游客，86岁的女主人一脸慈祥安之若素忙着手中的活。你徜徉在宏村的幽深的巷子里，你能近距离感受村民的生活。我突然明白了，为什么画师喜欢在这里写生，他们选择的是一种生活的方式，灯红酒绿的丽江是没有画师的；迁出居民保护开发的伪景点是吸引不了画师的；那为了逐利开发旅游假景点是没有画师的，构不成和谐的画面，找不到构思的灵感。

宏村有一种气质。她是真的，原生态的生活；她是美的，人与自然和谐统一；她是善良的，没有被铜臭所污染。正如冯骥才所说："行政和资本'打造'不出小镇的美来的。"

南湖

沿着水圳来到宏村的南湖。

宏村南田高河低缺水灌溉,随着人口的增加,水圳、月沼的储水满足不了村人的灌溉,汪氏家族将村南开凿为南湖。当时采取了股份制,"有田以田作价,无田者出银兴工",并对南湖进行了严格的管理。还用南湖的塘泥改造了河滩沼泽地,用麻石、青石无数,历经多年艰辛,南湖成了宏村最有远见的建设。

南湖成为宏村点睛之笔。

踏着绿波,倒影依依的柳荫,我来到南湖书院。

徽商更具有儒家气质。徽商在逐利的同时,十分重视教育。成功的徽商除了建豪宅,同样十分重视兴办学校。十七世纪中叶,宏村在南湖湖畔有6所私塾,称之为"倚湖六院"让族人子弟享受免费教育。

南湖书院是保存最完整的书院。书院里的栋、梁均是用珍贵香樟、白果树,防止了虫蚁也保证了南湖书院几百年岿然屹立。这座书院一直到20世纪70年代还能使用。十年树木,百年树人,汪氏族人对教育的远见超越了历史。

面对宏村的规模宏大的规划、建设,我们后人是惭愧的。

现代大都市被称之为城市的良心的——排水是多么脆弱。而这座村落经历了几百年,依然坚固,给排水设施运转如初。是什么支撑汪氏能建造这样令人赞叹的建筑?需后人好好学习研究呀!

木雕

在宏村的老宅里木雕和彩绘,堂匾、中堂和楹联,家具摆设三大要素构成徽派民居室内装饰的独特风格。

在宏村的两天,我被徽派古宅精美的木雕深深折服了。徜徉在一件件精美绝伦的艺术品中，我突然觉得任何语言在这种美前都是苍白的。在云冈石佛前，我曾遥想过虔诚的匠人，他们是如何把自己的信仰一点点雕刻？在巨大的佛像前，我有一种说不出的震撼，那是一种执着的信念。

承志堂是清代商人汪定贵所建，被人们誉为"民间故宫"。不必说那恢宏的格局，也不必说精美的家具摆设，单是梁枋间大型木雕一看便让人难忘。前厅额枋是一幅木雕——《唐肃宗宴官图》，这组木雕以唐肃宗宴请群臣，渲染君臣同乐氛围为主题。画面四桌描绘琴棋书画场面，30余人神态各异，或侧耳倾听，或凝神关注，或怡然自得，惟妙惟肖，让人感受一种愉悦欢乐、轻松的雅趣。最有情趣的是，左右两边各一桌，一大臣侧耳，一匠人正在给他掏耳朵，大臣满脸微笑，正在享受；右边一桌一童子手执蒲葵扇，正在扇炉上一壶。我突然明白了，永恒的艺术魅力来源于那真实的生活，细微的真实。不朽的艺术往往再现一种生活，我们熟悉的生活。这才能引起观赏者心里的涟漪，获得美的享受。大殿的飞檐，院墙镂空的花墙，殿前的大树，树上的灯笼，线条纤细，历历在目。

这就是徽州匠人脑海中的君臣同乐。这里少了伴君如伴虎的肃杀，少了诡谲的勾心斗角，有的是其乐融融，有的是轻松和谐，多么令人向往。这就是草根对君臣的期望，对同朝为臣美好的境遇的期待。

前仪门木雕《百子闹元宵》又是另一种表达。

划旱船，舞龙灯，举鱼灯，点鞭炮，击鼓吹箫，挥旗让人目不暇接，这是一幅生动的元宵图。一百子，神态各异，绝无雷同，线条疏密有间，极富立体感，雕工细腻。欢乐从画面流淌出来。欢乐、祥和洋溢着，看着看着你仿佛已经置身快乐的海洋。不用专家讲解，你就能感受到元宵的民俗。匠人把生活的瞬间、对生活的期待凝固在木头上，他们的生命在艺术中得到永生，虽然我们不知道他们的姓名。

这是民间艺人对生活的美好期待。

后厅额枋上雕刻的是《郭子仪上寿》图，郭子仪上寿是民间崇拜郭子仪德行、劝诫世人宽容处世的艺术题材。厅堂山"福禄寿"三星暗合祈祝长辈长寿之意。

另一幅木刻是《百忍图》，描绘的是唐代寿张人张公义九世同居，家族和睦。唐高宗问其治家之道，张公写了100多个"忍"呈复，高宗甚赏其言。

于坚的一篇随笔《百岁杨绛，"甘当一个零"》文中记载了一段对100岁杨绛的采访，其中问道如何看待"自由"与"忍"，一个一生追求"自由"，如何忍对家事、国事的？

杨绛说："这个问题，很耐人寻思。细细想来，我这也忍，那也忍，无非为了保持内心的自由，内心的平静。含忍是为了自由，要求自由得要学会含忍。"

这就是一个百岁老人参透人生的体悟。

其实中国人历来讲究家国天下的，国无外乎是家的延伸。今天我们韬光养晦，不也是为了国家更加强大、更加自由吗？谁说历史是强者书写的，这就是我们先祖丰满而张扬的生活；谁说我们的文化是僵死的，这就是中国人一代代传承的最有活力的一部分。流连在此，一个个生动的画面复活了，这是一个对生活充满期待，一个营造诗意生活的民族。我们先人是十分善于用审美的眼光去生活的，在事业获得成功的时候，他们的精神也是丰富的、饱满的。

承志堂的主人汪定贵在商业成功之时，精心营造自己宅子的时候，把艺术融进了生活，把生活艺术化了。可以想象主人在与工匠确定图案，推敲画面的匠心所在。既渲染了欢乐祥和的生活气氛，又突显了高雅的文化气质。这种气质不是金钱所能买来的，是需要多年的书香浸染才有的，和当下穷得只剩下钱的商人不啻霄壤之别。

我们要感谢汪定贵，感谢他的承志堂，完整地定格了我们先人的精神气质和风貌，也把这种精致的生活传递给我们。我突然想起了梁实秋笔下的《吾爱吾国民》，字里行间对父辈的生活表达出一种尊敬、一种敬仰；而钱穆在硝烟弥漫的战火中撰写的《国史大纲中》深刻思考了中国文化特质，回答了中华民族文化生生不息的原因。

（五）圣地延安

2011 年 12 月 9 日夜，在凛冽的寒风中我们抵达延安，我怀着崇敬的心情去追寻一段岁月，去见证一个政党，一个影响、改变中国历史的政党的精神发源的力量。革命圣地延安，不仅仅是中共在延安发展、壮大的十三年，更主要的是在延安一个政党逐步成熟起来，确立了毛泽东思想，创立一个充满生命力的政府，开创了一个崭新的共和国。履新的国家领导人在任内总会以不同形式来延安。中共在上海、井冈山、延安分别设置了三个国家级的干部培训学院，代表了中共三个不同阶段的历史，是很有深意的。

苍凉的塞北小城，因为那一段历史，注定了今天的走向。

我们入住的宾馆就在宝塔山附近，宝塔山灯光闪烁，山下车水马龙。

第二天，我们参观了延安革命纪念馆。

纪念馆是新落成的，巨大而空旷的广场上矗立着高大的毛泽东雕像，毛泽东两手叉腰，神情严肃，目视远方。

纪念馆的设施很好，通过实物、照片、仿制等展示了党中央在延安的十三年历程。1935年陕北的吴起镇迎来了长途跋涉疲惫的红军，中央红军与陕北红军汇合了，找到了一片生息之地。当时的情势对红军是极端不利的，陕北贫瘠，地势狭小，红军始终处于国民党军队的包围之中。我以前很不明白，占尽优势的国民党政府为什么消灭不了红军。现在阅读了一些民国史料，我才逐步明白，蒋介石虽然是政府的领袖，可是他始终不能解决军阀割据的痼疾，军阀间相互掣肘，红军利用军阀间的矛盾，才能从江西千山万水跋涉至陕北。

当日本侵华意图越来越明显的时候，一致抗日的呼声越来越高。蒋介石西安之行，原本是督战，要求张学良的东北军、杨虎城的西北军围剿红军。张、杨两人多次劝说，并没有说服蒋介石停止内战、一致抗日，张、杨在华清池兵谏蒋介石，最终发生了著名的西安事变。1936年的冬天西安是寒冷的，可是对于陕北是温暖的，红军终于得到了难得的休整时间。1937年的7月7日卢沟桥事变后，陕北中央红军改编为第十八路集团军，总部驻扎延安，开始了艰苦卓绝的抗日战争。

"实事求是"四个遒劲有力的大字跃入眼帘，这是毛泽东思想在延安形成的内核。毛泽东在延安发展、完善了中国革命的理论。看着灯下奋笔疾书的毛泽东，看着在会议上挥斥方遒的毛泽东，你能感受到一种力量，改变中国的力量。窑洞里的思想火花，竟能成为燎原大火，改变了中国、国际的局势。

延安纪念馆向我们展示了简朴的革命生活，从军队、思想建设，到边区政府的建设无不给我们展示了一种积极向上的力量。纪念馆外气温很低，寒风凛冽；馆内温暖，如沐春风。我想这就如几十年前的延安，陕北的条件是恶劣的，但是这里成了革命青年的圣地，延安的冬季虽然寒冷，但是这个简朴、充满了阳光和朝气的政党，是温暖人心的。布展者精心设计营造了一个火热的圣地，每个参观者都感受到火热的激情。

走出纪念馆，高原的阳光没有热力，风呼呼地吹来，我们禁不住打颤。

上车，穿过滚滚延河，驶过宝塔山。

宝塔山高1135.5米，山上宝塔，始建于唐，现为明代建筑。平面八角形，九层，高约44米，楼阁式砖塔，这座古塔成为革命圣地的标志和象征。山上的宝塔矗立着，它似乎禅悟了人世间的兴盛衰亡。只有把延安放在历史的长河里，我们才能真正认识延安。

杨家岭的故事

1938年11月至1947年3月，毛泽东等中央领导和中共中央机关在此居住。这期间，中共中央继续指挥抗日战争敌后战场并领导了解放战争，领导了大生产运动和整风运动，召开了党的"七大"和延安文艺座谈会。

面对日寇的封锁与扫荡，狭窄、贫瘠的土地容纳不了源源不断涌向延安的人流。毛泽东提出"自己动手，丰衣足食"的号召，延安开展了大生产运动，广为传唱的《南泥湾》发轫于此。为了应对复杂的斗争形势，中共开展了整风运动，这也是一次统一思想的运动，"惩前毖后，治病救人"宗旨取得了良好的成效。经济有了保障，思想逐步统一，为党的"七大"胜利召开奠定了经济和思想基础。

我们参观了1942年建成的中央大礼堂，中央大礼堂外形吸收了苏联的建筑风格，内部为陕北窑洞的拱形结构。整个大会堂依旧保持了"七大"开幕时的旧貌，主席台上，并排放着五张椅子，中央悬挂着毛泽东和朱德的巨幅画像，鲜艳的党旗挂在两边；会场后面的墙上挂着"同心同德"四个大字；两侧墙上张贴着"坚持真理""修正错误"等标语，靠墙边插着24面红旗，象征着中国共产党24年奋斗历程，插红旗的"V"字形木座是革命胜利的标志。在主席台的正上方，悬挂着一条引人注目的横幅:"在毛泽东的旗帜下胜利前进!"室内光线暗淡,一张张简陋的条凳摆在室内,一点也不起眼。但就是在这里,代表着121万党员的755名代表,齐聚一堂,商讨着决定党和国家命运的大事,并决定了中国历史发展的走向。

我缓缓地绕着礼堂走了一圈,主席台上毛泽东、刘少奇、周恩来正襟危坐,简陋的条凳上,一张张热切的脸、激动的脸,小小的礼堂洋溢的是希望、光明、责任、前途。这就是历史的动人之处吧,小礼堂承载的是一代伟人的治国、强国之梦,有了这些遗迹历史才会有生命。

走出这间毫不起眼的礼堂,杨家岭的阳光有点刺眼。

接着,我们参观了毛泽东、周恩来、刘少奇的故居。毛泽东居住的房子是三孔的土窑洞,一间卧室,一间书房,一间办公室,书房后有一防空洞,防止日军的轰炸。三孔窑洞里陈设简陋,空间逼仄。斯是陋室,但是主人的思想洞穿了历史的黑雾,为中国革命指明了方向。

门前是一平整的院落。院落里有一棵苹果树,树下有一方桌。这个小院记录了几个值得回味的小故事。

71年前的夏天,毛泽东在小院里宴请了南洋华侨领袖陈嘉庚一行。桌上有洋芋和白米饭,唯一佳肴是邻居老大娘提供的一只下蛋的母鸡。简陋的桌子上,铺着几张白纸,不时被风吹起。

毛泽东动情地说:"大娘听说我邀请贵客,才杀了这只鸡,这是大娘儿子生病也舍不得杀的呀!"

陈嘉庚动容。

毛泽东用浓重的湘音说:"边区穷,我只能花两角边币请你呦!"陈嘉庚颇为感慨地说:"蒋介石为了招待我,花了8万元,今延安一行所见所闻,始觉悟国民党政府必败,延安共产党必胜。"

66年前的夏天,同样在这个院子。

毛泽东与民主人士黄炎培畅谈。延安共产党的健康、勤俭、团结、进取给他留下了深刻的印象。两人相谈甚欢，毛泽东风趣地说："丑媳妇终究是要见人的，你对延安这个丑媳妇有什么评价哟！"

黄炎培严肃地说："我生60多年，耳闻的不说，所亲眼看到的，真所谓'其兴也勃焉，其亡也忽焉'……一部历史，'政怠宦成'的也有，'人亡政息'的也有，'求荣取辱'的也有。总之，没有能跳出这个周期律。中共诸君从过去到现在，我略略了解的，就是希望找出一条新路，来跳出这个周期律的支配。"

毛泽东兴奋地挥了挥手："黄先生，问题提得好。"

"我们已经找到了新路，我们能跳出这周期律。这条新路，就是民主。只有让人民来监督政府，政府才不敢松懈；只有人人起来负责，才不会人亡政息。"主席掷地有声地说。

65年前的夏天，还是在这个院子。

苹果树浓荫四蔽，衣着简朴的毛泽东接受了美国记者安娜·路易斯·斯特朗的采访。针对国共和谈破裂，蒋介石叫嚣6个月消灭中共的复杂局势，美国人的舆论一边倒地认为中共将被消灭。斯特朗无不忧虑地问：中共准备好了吗？

毛泽东却爽朗地笑了："一切反动派都是纸老虎。"这句话让担任翻译的马海德医生很为难，宣传部长陆定一按照列宁提出的类似的比喻"稻草人"来解释纸老虎。毛泽东连连摆手说："稻草人还是能够吓人的，纸老虎被雨水一冲就没有了。"

"人民就是雨水，如果蒋介石拥护人民的利益他就是铁老虎，否则就是纸老虎。"毛泽东狠狠吸了一口烟，坚定地说。

斯特朗明白了这简单、通俗的比喻后也忍不住笑了。

65年前的对话仿佛还在空中萦绕。

得道多助，失道寡助，这是被历史一再证明了的。一切历史都是当代史，斯言诚哉。

冬日的阳光抵挡不了塞北凛冽的寒风。苹果树枝丫在寒风中瑟瑟摇动。

这些瞬间注定会成为历史最动人的一幕。

今天我们还在路上。我们走过的七十年来，民主坚持得好，国家就有生机，社会发展平稳。相反，国家处于很危险的境地，"十年动乱"，就是民主严重缺失的年代，那简直是一场灾难。

院子又来了一群老人，他们在院子里、窑洞里留影，院子里顿时热闹起来。

枣园的纺车

我慢慢转过院子，去探寻下一个目标——枣园。

枣园是中共中央书记处所在地。位于延安城西北8公里处。枣园原是陕北军阀的一个庄园，中共中央进驻延安后，为中央社会部驻地，遂改名为"延园"，1944年至1947年3月，中共中央书记处由杨家岭迁驻此地。

这里环境清幽，枣园里有不少银杏树，冬日里高大的银杏只剩下光秃秃的枝干，直耸云霄。也许是冬天的缘故，没有什么游客。阳光倾泻在静静的枣园，一群麻雀在啄食落在地上的银杏果，叽叽喳喳的，一点也不怕人。由于游客稀少，甚至连讲解的导游也没有出现。

毛泽东、周恩来、刘少奇、朱德、任弼时、张闻天、彭德怀旧居在此。毛泽东旧居在枣园东北半山坡，与张闻天、朱德旧居左右为邻，是一排五孔石窑洞，每孔窑窗棂上方均有一个五角星，这意味着是后修建的，此处居所比杨家岭的条件要改善了许多。北山坡上是五大书记的居室，前面是空阔的场地。这块场地曾经举行过纺织比赛。吴伯箫在《记一辆纺车》对竞赛的场面进行了生动描写。

"在坪坝上竞赛的场面最壮阔，'沙场秋点兵'或者能有那种气派。不，阵容相似，热闹不够。那是盛大的节日赛会的场面。只要想想，天地是厂房，深谷是车间，幕天席地，群山环拱，世界上哪个地方哪个纺织厂有那样的规模呢？你看，整齐的纺车行列，精神饱满的竞赛者队伍，一声号令，百车齐鸣，别的不说，只那嗡嗡的响声就有飞机场上机群起飞的气势。那哪里是竞赛，那是万马奔腾，在共同完成一项战斗任务。因此竞赛结束的时候，无论纺得多的还是纺得比较少的，得奖的还是没有得奖的，大家都感到胜利的快乐。"

今天在枣园里回味这样的文字，别有一番滋味。

六十几年前的枣园曾经记录了多少军民团结的和谐、快乐的场景。简单的工具、简单的方式，折射了一种伟大的时代精神。在这里党中央开始谋划东北，让开大路，占领两厢，最终为逐鹿中原打下了坚实的基础。

庭院最显著的是五大书记的雕像。刘、朱、周、任团结在毛主席的周围，带领全党全军走在胜利的路上。我们几个人也在此合了一张影。

离开了枣园也就结束了我的延安之旅。

今天回望这段旅程，突然明白了延安之旅其实就是追寻初心之旅，对党中央开展的"不忘初心，牢记使命"的主题教育活动有了更深刻的理解：不忘初心才能牢记我们肩负的历史使命，我们的民族才能走得更稳健、更远。

（六）古都西安

记得在兰州读书的时候，每年要路过西安。一闪而过的古城墙就给我留下深刻印象，总痴想登上古城墙，触摸这段历史。以后见识过南京的古城墙，也不断从文字、图片中了解过北京的城墙，古城墙就这样成了我生命中的一段夙愿。

古城墙

2011年12月9日，我们住的酒店离火车站很近，安顿下来，迫不及待想去亲近它。晚上我一个人来到了西安古城墙。由于火车站靠近尚德门，就沿着尚德门走。西安的古城墙是在唐城墙的基础上重新修建的，明清时期多次修缮。西安的古城墙能如此完整地保存下来简直是一个奇迹。北京的城墙在大规模的建设中消失了，如今只是孤零零留下了几座城门。西安城墙是在唐皇城的基础上建成的。完全围绕"防御"战略体系，城墙的厚度大于高度，稳固如山，墙顶可以跑车和操练。现存城墙建于明洪武七年到十一年（1374—1378年），至今已有600多年历史，是中世纪后期中国历史上最著名的城垣建筑之一，是中国现存最完整的一座古代城垣建筑之一。

夜色阑珊，我沿着尚德门往东走。西安火车站人流如织，到处是手提肩挑的旅客。沿着墙根走，会有点历史的错乱感。繁华、现代与沧桑、古老汇聚在夜空。墙角松树在寒风中瑟瑟发抖，裹紧了身子，我继续走。

墙体是包着青砖，内是夯实的泥土，底部有15至18米，上部墙高12米，底宽18米，顶宽15米，东墙长2590米，西墙长2631.2米，南墙长 3441.6 米，北墙长 3241 米，总周长 11.9 公里。有城门四座：东长乐门，西安定门，南永宁门，北安远门。

要走完整个城墙，需要半天的时间，我沿着墙根走一段，听听城墙的故事。人流渐稀，城墙高大影子黑魆魆的。在影子里有一个我。古城墙在历史的寒风中似乎见惯了金戈铁马，听惯了马嘶，人类的厮杀。在喧哗的热闹的白天，我们听不见它的叹息。只有在夜深人静的时候，静静地站在墙根下，你就能听见它沉重的叹息。

曾经挡住了千军万马，城上万箭齐发，城下擂鼓声震天。"黑云压城城欲摧，甲光向日金鳞开。"但是城墙是挡不住敌人的。当年"渔阳鼙鼓动地来，惊破《霓裳羽衣曲》"，唐玄宗只能仓皇出逃。唐以后，西安的城墙挡不住北方匈奴的铁蹄。长安天下第一城渐渐消失了。

赢，都变成土；输都变成了土。

如今西安的古城墙恰恰得益于西部城市，在大拆大建中，保持了一份理智，才有了今天的古城墙。一座角楼屹立在城墙上。夜色中，寒气逼人，角楼已经没有了休憩的兵士了。"四面边声连角起"战斗的号角早已经烟消云散了，它却把时光凝固在这里。

夜深了。

城外护城河的池水仿佛被冻上了，一丝波澜也没有。

我缓缓往回走，虽然没有登上楼台，没有去城楼上去近距离体验，箭楼、城门、女墙等，但是我读懂了它。

它是历史的见证，它是不消失的时光。

第二天清晨，我来开窗帘。

绯红的太阳在冉冉升起。古城墙，一片金黄。

又是一个晴日。

碑林

12月11日，阳光明媚，我们一行来到碑林。

根据有关资料记载。

西安碑林创建于公元1087年，是收藏我国古代碑石时间最早、数目最大的一座艺术宝库，陈列从汉到清的各代碑石、墓志一千多块。这里碑石如林，故名碑林。碑林博物馆位于西安市文昌门内三学街15号，原为陕西省博物馆，建于1944年。它是在具有900多年历史的"西安碑林"基础上，利用西安孔庙古建筑群扩建而成的一座以收藏、研究和陈列历代碑石、墓志及石刻造像为主的艺术博物馆。

馆区由孔庙、碑林、石刻艺术室三部分组成，现有馆藏文物11000余件，11个展室，陈列面积4900平方米。博物馆本身即为孔庙旧址，其建置可以追溯到北宋末年。华表、戟门、碑亭、两庑等明清建筑保存至今，并遵循着孔庙固有的建筑格局，组成了一个绿树掩映、古朴典雅的庭院式建筑群。

走进碑林博物馆前一空阔的院子，这就是西安的文庙旧址。西安的文庙同其他各地没差别，最南面的墙被称作"塞门"，也叫"影壁"，墙外侧刻有清末著名书画家刘晖书写的"孔庙"二字的照壁，照壁素面朝天。其后有一牌坊，便是建于明万历二十年（1592年）太和元气坊，是当时的皇族朱惟柆捐资400多两黄金修建的，取"合会大利，利贞万物"之意。但因为"太和元气坊"的南面是城墙，不便人们出入，所以清代时便给西安孔庙加了围墙，东西两面开了供人们出入的"礼门"和"义路"。

坊前有半圆形的池子，它叫"泮池"。泮池产生，历史上有两种说法。一是周代天子宫前设池为圆形，而诸侯只能用其一半，以示区别，故称为"泮池"。二是天子之学为"辟雍",诸侯之学称"泮宫";辟雍有水环绕,泮宫之水只能半之,故称为"泮池"。古时候凡是新入学的生员都要在当地官员的带领下,登桥跨泮池,进入大成殿礼拜先师孔子,然后到儒学署拜见教官,这个入学仪式称为"入泮"。

一路朝北行便是棂星门。棂星是二十八星宿之一,是神话中主管取士的神。在古代,天子祭天先祭棂星,给门起名棂星,比喻祭孔子如祭天。在过去,进出这三道门有着严格的规定,每到祭孔大典时,中门只能进出主祭人员或最高官员,一般官员走西门,东门是工作人员出入的。

走过棂星门,就进入了文庙。

路的两旁各立有两个八棱形的石柱,它叫"华表",是明清时的。华表分柱头、柱身、柱基三个部分。柱头上设有承露盘,上边蹲着的动物叫獬豸,性忠直,起着仪卫和端详的作用。许慎在《说文解字》一书的解释:"灋,刑也,平之如水,从水;廌,所以触不直者去之,从去"。这种"廌"就是獬豸,是传说中远古时代的一种独角神兽,它生性正直,有着明辨是非、判断曲直的神性,古人把这种生性正直、专触不直者的神明裁判者——廌纳入法的范畴,显然赋予了法的正直而无偏颇的价值内涵。

古籍上有记载"尧设诽谤木,今之华表木也",华表早在远古时期就已出现,传说古代帝王为能听到百姓的意见,曾在宫外悬挂"谏鼓",大道上设立"谤木",允许臣民书写自己的意见,这些"谤木"就是华表,早期的华表是木制的,后来演变发展成为石质的。广开言路,以去不公、不正为寓意的华表深刻的含义渐渐被人所遗忘了。

随后有6个碑亭,是康熙所书。

甬道周围还有不少拴马石。石拴马桩是我国古代用于拴系、震慑牲畜的一种石刻，其柱顶饰有动物和人物造型，具有浓郁的渭北民间特色。由于马已经退出了我们的视野，所以极少见。

右边是一个巨大的钟。此种铸于唐景云二年，高 247 厘米，口径 165 厘米，原在唐景龙观。钟上铸有唐睿宗李旦亲自撰文并书写的铭文。据说每年新旧年交替时候，中央电视台春晚就是用的此钟声。

轴线正中上有"碑林"匾额的碑亭以北为碑林陈列室，西侧为石刻艺术室。

这座四角形两层飞檐的亭子，里面竖立着著名的《石台孝经》。这是由四块石板组合成的长方形石碑，高 5.1 米，安置在三层石台上。《孝经》是宣扬儒家思想的经典著作，历代封建王朝十分重视。唐天宝四年（745 年），唐玄宗李隆基亲自加注，并用隶书行文。历史如此吊诡，当年李隆基杀伯母韦太后，诛姑姑太平公主，是一点也不讲母慈子孝的。据说李隆基立为了宣示其皇位的正当性，大肆宣扬孝。更令人匪夷所思的是，夺儿媳杨玉环，也是做儿子的孝道？

冬日，碑林的参观者并不多。导游说，这里参观最多的是日本人、韩国人。我们已经对深刻体现中国文化的汉字越来越陌生了，尤其是电脑普及后，我们对汉字的书写越来越陌生，这点我最有感触。在初涉文字学时，我就深深迷恋上汉字。方块汉字多么奇特，包容不仅仅是一种思想，更是一种对生活的态度。记得当年的导师侯兰笙先生再三叮嘱我们一定要去西安的碑林去看看，那里你能体会到汉字的神奇。

今天算是了一段夙愿。走进碑林的陈第一陈列室，一方方石碑，镌刻着清秀、工整的十三经书。为了解决印刷与学子对知识的渴求矛盾，国子监专门镌刻了这十三经作为权威范本，供学子传抄。

中国一千多年的科举制度，从国家层面来说，是一项成本很低的教育投资。只要能有一口饭吃的人家都会竭力供养读书，因为这是一种低成本、高收益的投资。耕读传家成为最典型的中国式家庭模式。科举是人才的上升途径，而科举中对书写的要求很高，书写逐步发展成为一种美的艺术。

徜徉在古代名家的书写中，秦《峄山石刻》圆转、匀称、均匀的小篆，汉《曹全碑》舒展、秀美、灵动的隶书，书圣王羲之《三藏圣教序碑》的遒劲、秀美的行楷。

字体演变不仅是书写工具的变化，更是一种审美变化。秦篆的圆转，汉隶的敦厚，魏晋时的灵逸，唐的雍容华贵。折射了不同时期人们的情趣的追求，秦汉时期的简洁，魏晋时期的飘逸，唐朝的大度。

再看初唐四大家薛稷用笔纤瘦，褚遂良方圆具备，婉美华丽，欧阳询楷书劲险刻厉、法度森严，于平正中见险绝，虞世南清丽中透着刚健，是他们把楷书推向了摇曳多姿的境界，于是有了"颜筋柳骨"。多少后人是在一笔笔描摹中开始了书写，开始了解、熟悉、喜欢上文字，并伴随终生。

字如其人，一幅幅美的字卷，就是一个个高耸的灵魂，凝聚了他的爱憎、审美、追求。从此我们在品味文字中，在揣摩书写中，我们读懂了他。当年唐太宗因喜欢王羲之的《兰亭集序》不能自拔，最终把他带入了坟墓，生死相随。这恰恰是书法的魅力。

感谢这些碑帖，他凝固的不只是一个方块字，而是一个伟岸的灵魂，一颗高贵的心。虽经沧桑，但是他默默等待你去复活他们，与他们交谈、交流。你有什么样的情趣，修养，能把他复活多好。

流连在一块块石碑前，我的眼前渐渐模糊了。

文字像精灵的舞者，动作或拙朴、有力；或轻盈、华丽；或圆润、优雅；或者狂野、淋漓。我隐隐听到了在"崇山峻岭，茂林修竹"中曲水流觞中王羲之咏叹人生，看到了在酣畅淋漓中畅快书写"颠张狂素"，感受到了柳公权下笔千钧的力量，颜真卿雍容华贵的大度。

流淌情感，寄托情怀，表现审美的文字从一代代人手里传下来，可是在今天，我们突然对这些先祖寄托生命的文字陌生起来，甚至毅然决然地抛开了他。文字、书法面临前所未有的尴尬境地。

我们是怎么了？

碑林里阳光灿烂，游人稀少。

高大的树林上一群小鸟叽叽喳喳跳跃在枝头。我怅然若失离开了碑林，总觉得有什么永远留在碑林。

温泉与女人

12月12日，我们一行来到距离西安30公里的骊山北麓的华清池。骊山脚下的温泉在六千年以前就被先人发现。骊山脚下的汩汩流淌的温泉，因出水量大，水质好，逐步成为皇家的专用之地。

"骊山海拔1200余米，山上有一烽火台。"导游指着山顶。周幽王烽火戏诸侯，博得褒姒一笑，最终身死骊山，终结了一个朝代。

秦、汉、隋各代先后重加修建，到了唐代又数次增建。名曰汤泉宫，后改名温泉宫。到了唐玄宗时又大兴土木，治汤井为池，环山列宫殿，此时才称华清宫。因宫在温泉上面，所以也称华清池。

华清池总是与女人纠缠不休。

经历血雨腥风的皇权斗争后，李隆基励精图治开创了"稻米流脂粟米白，公私仓廪俱丰实"的开元盛世，他迷恋上了杨玉环后，从此君王不早朝。唐人以肥为美，夏天杨贵妃怕热，娇喘吁吁惹人怜爱；冬季怕冷，贵妃出浴惊艳之美让人着迷。骊山脚下的温泉，自然成为杨贵妃最喜爱的去处。每年十月到此，第二年春天才返回。唐天宝六年（747年）扩建后，唐玄宗每年携带杨贵妃到此过冬沐浴，在此赏景。

据记载，唐玄宗从开元二年（714年）到天宝十四年（755年）的41年时间里，先后来此达36次之多。

飞霜殿原是唐玄宗和杨贵妃的寝殿。白居易《长恨歌》中就写道"春寒赐浴华清池，温泉水滑洗凝脂。侍儿扶起娇无力，始是新承恩泽时"。今天我们追寻这段故事而来，这里帝国由兴为衰关键的人物一一登场。

此时的李隆基早已没有了少年的勃发，自从有了杨玉环，他再也无心打理朝政，"一骑红尘妃子笑，无人知是荔枝来"，此时李隆基心中的军政大事就是杨玉环，这个能激起他千百爱怜的女子，就是他生活的全部。杨玉环一人得道，鸡犬升天。杨国忠掌管内政，朝纲废弛，庙堂之上尽是宵小之辈。安禄山千方百计讨好杨玉环，甚至认小自己十几岁的杨玉环为干妈，极尽"娇儿"之态讨好杨玉环，最终得到了自己想得到的一切。

专制社会最大的特点就是天下全系于"一人"的道德修养。千百年来，勤劳的中国人如果侥幸遇见明君，得以享太平，相反则是乱世。可是专制体制下的"一人"，更多是昏君。

我们来到了"莲花汤"，导游介绍说："这是玄宗沐浴的地方，占地400平方米，是一个可浴可泳的两用汤池，整个形状充分显示了至高无上、唯我独尊的皇权威严。池底一对约30厘米的进水口曾装有双莲花喷头同时向外喷水，并蒂石莲花象征着玄宗、贵妃的爱情。汤池呈长方形，两层台式，青石砌成，规模宏伟。"

经过一千多年的岁月的流洗，眼前不起眼的汤池已经丝毫看不出来王家的气派。莲花池里，幽幽的一潭，仿佛在述说曾经的荣耀。"这里的青石，其实是蓝田的墨玉。"导游接着说。

在辉煌的大唐帝国里，氤氲的地热缭绕着帝国最有权力的人。温暖的水，洗尽了铅华的贵妃，出浴惊艳的美，迷乱了唐玄宗，从此君王不早朝。温暖的水，蓝田的暖玉摩挲了李隆基的锐气，迟钝了政治嗅觉。李隆基的冬天不再寒冷，可是他信任的李林浦、杨国忠却冷了天下士子的心。

"这是建于天宝六年的海棠汤，又称芙蓉汤，俗称贵妃池，汤形似海棠，两层台式，青石砌成，小巧玲珑，极为精致。"导游说。

"回眸一笑百媚生，六宫粉黛无颜色"一个女人那是怎样的恩宠？我边看边想，唐玄宗为他心爱的女人营造了专门的浴池，杨贵妃与唐玄宗共浴。贵妃的出浴对天下的男人有着绝对的杀伤力，因为千百年来，这种惊艳之美，我们只能借助的文人的想像。诗人白居易从文学角度演绎了这段君王的爱情，这场爱可谓惊天地、泣鬼神，山崩地裂。美本无罪，可是罪在了那个专制的时代；爱本无错，错在帝王家。上苍要毁灭一个人，必定先要让他发狂。唐玄宗被杨贵妃的美陶醉了，沉醉了。他用歌舞、用酒、用温泉的水，甚至用天下的公器来表达那份爱，他错了，他是天下苍生的最高责任者。他主动放弃了，为了爱。杨玉环的美无罪，她曾经和寿王瑁度过快乐的五年的时光。可是生在专制社会中，她是不能主宰自己，这份美不属于她。偶然的邂逅让她命运发生了转折，她成为世上最美的女人，但是没有人问过她，她愿意吗？她能选择吗？权力一旦绑架了美，美被扭曲了，这美丽也变得狰狞可怕；那在绝对权力下的爱情，那不是平等的爱情，那不是两情相悦的爱，那是以身相许的，是委曲求全的爱，结局是可以预料的。美艳惊人的出浴，娇态慵懒的醉酒，惊似天人的《霓裳羽衣曲》，只是依附权贵的扭曲的美与爱。一旦"渔阳鼙鼓动地来"她突然发现，她无力掌握自己的命运，"六军不发无奈何，宛转蛾眉马前死。"她又一次承担了红颜祸水的责任，其实她从来没有掌握过自己的命运，专制社会中是没有美与爱的。

精巧玲珑的海棠，刻在华清宫上，也刻在每个游客心上。也许是世人不愿看到美的凋零，幻化出很多传说，说杨玉环去了日本，引得不少日本人来此追寻杨玉环。看来美是没有国界的。

走出了海棠汤，又欣赏了当年李世民用的"星辰汤"还有大臣用的"尚食汤"。走出这几个汤池，我们感受了温泉水，冒着热气的温泉冲刷手心，一股温暖洗去了征尘的疲倦。

你真的感谢上苍的眷顾，汩汩的泉让骊山的冬天不再寒冷。

前面有一座贵妃出浴的雕像，雕像半裸，轻纱半笼，曲线纤美。很多游客在雕像下照相。我对此雕像很不以为然，我认为贵妃入浴、出浴之美就如同维纳斯的断臂，如果补上这断臂，一切美不复再，美的境界就在于想象。

环顾四周，骊山青青，树木葱茏，曼丽美妙的身姿连同故事留在我的脑海中。

"我们来的不是时候，如果是4月至10月间，这里可以看到大型水上歌舞。"导游指着身边的池子说。

我想任何实物的描绘，现实的演绎无法再现美。现在大量的印象丽江，印象刘三姐。这种印象太多、太滥了，成为一种招徕游客的手段，但是在喧嚣的时代，我们已经没有了浅吟深思，剩下的只是媚俗的空壳，这也是当下的时代疾病。

沿着山路，我们盘旋而上。

一座颇具江南园林特色的雅致小院——环园。据了解，环园原为清朝驿馆，在同治年间毁于战火。光绪年间（1878年），临潼知县沈家桢采用"以工代赈"的办法，重新修建了温泉驿馆，并改名"环园"。

1900年慈禧太后和光绪皇帝仓皇出奔，西巡至西安，往返都就寝于此。当时华清池已是破败不堪，临潼知县沈家桢重修了驿馆，这就是我们现在看到的"环园"。这给在奔逃中慈禧留下了一份慰藉。

仿佛在华清池的女人都被诅咒了。

慈禧在回到北京后，苦苦支撑几年撒手人寰，清政府在她死后三年也寿终正寝。

也许是巧合，今天是12月12日。

75年前蒋介石亲临西安，将环园辟为临时行辕，部署剿共计划，引发了震惊中外的"西安事变"，改变中国历史乃至世界的走向。

走进环园，是一潭荷花池，池南是荷花阁，池东是白莲榭，沿着荷花池西岸走到荷花阁背后，就是著名的五间厅。

1935年疲惫不堪的红军找到一片暂时栖息之地——陕北。当时日本人对华北虎视眈眈。1935年12月9日，北平发动了"一二·九"运动，呼吁停止内战，一致抗日。"一二·九"纪念日，华北高校的请愿团也来到西安当面请愿。东北军司令张学良与蒋介石发生了激烈的冲突。著名口述历史专家唐德刚在20世纪90年代采访张学良，有一段很有意思的描述。

"他（蒋介石）激怒了我，我先把他抓起来再说。"说起几十年前的往事，张学良淡淡地。

后人在分析张学良为什么发动兵谏，我认为这恰恰是张学良的性格所致。在公开的蒋介石日记中，蒋介石有多处对自己火爆性脾气的反省，甚至在几个月前蒋介石在湖南与军阀刘湘激烈争吵，让蒋介石很后怕，告诉自己要忍。可是西安面对张学良拒不执行他的剿共的命令时，蒋介石又爆发了。这次他遇见的张学良，这是一个富二代、贵二代，眼中从来没有上司。记得五年前"九·一八"事变，东北军不发一枪，仓皇撤退，已经为世人诟病，东北军寄人篱下，张学良为此被迫留洋，后人一直争论不抵抗命令是谁发出的。张学良再次与蒋介石为抗日还是剿共发生了激烈的冲突。

这一次蒋介石没有这么幸运。

这位目无上司，无法无天的少帅张学良终于爆发了。在 1936 年 12 月 12 日的深夜发生了兵谏。子弹射穿了玻璃的痕迹依旧，这一切仿佛就在昨天。当东北军的士兵冲进蒋介石的五间厅寝室，士兵一摸被子还是温的，假牙还在。寒冬腊月，蒋介石不可能跑远，最后在后山假石头里抓住了他。我想，当时蒋介石除了害怕，更多的是愤怒。

沿着山路，山上还有一个亭。此亭高 4 米，宽 2.5 米的石亭，建于 1946 年 3 月，由胡宗南发起，黄埔军校七分校全体士官募捐而成，名曰"正气亭"。新中国成立后，该亭更名为"捉蒋亭"，1986 年 12 月在纪念"西安事变"50 周年前夕，为了缓和两岸关系，再次易名为"兵谏亭"。历史真是很有趣，胡适曾说，历史是任人打扮的小姑娘。不同视角的同样的事件竟然有如此的大差别。

往往就是这些小细节改变了历史走向，让人唏嘘。

褒姒死在这里，周王朝结束了；杨玉环风流华清池，最终死在马嵬坡；慈禧仓皇西奔，大清摇摇欲坠。徜徉在华清池，骊山依旧，温泉潺潺。"当时奢侈今何在？至今以遗恨迷烟树"，我们只能从历史的烟雾中，去探寻，去感受，才能发现历史事件的真正之价值。

秦始皇陵

12 月 13 日下午，我们来到西安最负盛名的兵马俑。

为了保护好秦始皇陵，国务院及陕西省政府花了大量的精力，迁走了附近的村庄，建设了规模宏大的秦始皇兵马俑博物馆。秦始皇兵马俑博物馆九个鎏金篆书大字挂在正门之上，我们沿着楼梯拾级而上，冬日的西安的阳光没有什么热力，北风刺骨。

馆里给我们推荐一个讲解员，姓董。他是典型的北方的汉子，身材高大，皮肤黝黑，脸部线条分明，穿着一件黑色的呢子大衣。

"大家注意眼前的是镇馆之宝，前面的一号铜车马，后面是二号铜车马。"导游接着说，"一号马车是仿制的，二号马车是真迹。"

两乘青铜马车，闪着光，立在玻璃罩里。

这就是被誉为"青铜之冠""艺术明珠"的两件最出名的宝藏。1980年发现，考古学家经过五年艰难的修复，才有我们眼前的这两件艺术珍品。

自商代中国青铜器滥觞，周代青铜进入鼎盛时期。秦始皇陵发现的两乘青铜马车，可以说是青铜器上最精美的艺术品，也充分体现了我国古代人民高超的技术。

"大家看，这二号铜车马里涉及了锻造、锻压、铆接、鎏金、镶嵌等各种制造工艺高达四十余种，很多工艺到现在也无法复制。请注意二号车的车顶，从顶到四边，由厚到薄，尤其到四周，薄如蚕翼。我们无法想象两千多年前，工匠们是怎么做到的。"

"大家仔细观察这辆车的车窗，这是用细细的青铜丝编织而成，你甚至能看到透过的光线。"导游拉过钟先生，高大的钟先生眯着眼睛，对着光。

"光线很密，透过了车窗。"钟先生兴奋地说。

"这种车是古代辒凉车，拉上窗，外面就看不见，里面观察外面却清清楚楚，另外还有遮阴避暑之效。"

两千三百多年前，嬴政坐着辒凉车出巡，最后死在平台的沙丘。古人讲究事死如事生，他身前最爱坐的车，静静地在地下度过了两千三百年。我仿佛看见疾驶在直道上马车，巨大的马车队卷起尘烟。

"以前我们没有看过大纛，你们仔细看右边第一匹马顶上树立着的就是大纛。"

这根用青铜丝编织而成的大纛，一尺左右，树立在马头上。这是主将的标志，我有点失望，与想象中大旗差别很大。原来如此，历史上很多文字记载，只有经过实物证实才具有说服力。文字在流传过程中很容易以讹传讹，以致让后人不知所云。这也应了古人的读万卷书行万里路的老话，如果没有对知识的感性认识，我们对事物的认知还是会有很多局限的。

我一边听导游讲解，一边感叹，我们的先人是多么聪明。他们用智慧、血汗给我们留下璀璨的文明，可作为后人，我们又了解多少呀！

为什么我们先进的技术断层了，我们的智慧为什么只能用在帝王之家？周而复始的战火给我们带来如此空前的灾难，制度上的原因是什么？一个个问号在头脑中涌现。

"如果要了解一号马车，你们可以去省博物馆。"导游说。

"这是兵马俑博物馆的主角，兵马俑。这里我只讲一点，你们到后面可以仔细看。"导游指着玻璃窗里的彩俑说，"二号坑挖掘时，出土的陶俑是带色彩的，可是科考人员正准备拍照，眼睁睁看着迅速氧化、褪色。直到1999年后，同德国的合作开发了一种防腐材料，我们才有了挖掘彩俑的技术。"

我想起了近期大家的争论，是否要挖掘秦始皇陵的争论。中央在听取专家的建议后，决定不开挖皇陵。我认为这是最正确的决定。这是我们中华子民的遗产，我们不能挥霍殆尽。

"彩俑的色彩是纯天然的制作。这种色彩的配制是取自自然，各种色彩如何配置，至今我们也无从得知。这种色彩能在地下保持两千多年，栩栩如生，不褪色，这种技术，我们至今无解。"

中国历来重视读书，对于匠人的工艺是不屑的。许多流传在民间的工艺很难入流，所以伟大的发明就消失在历史的暗夜了。尤其是隋唐以后的科举制度，可是说改变了中国的走向，科举制度在选拔人才上虽然是一次伟大的进步，但是造成了"学而优则仕"风气。我们不缺乏伟大的诗人、思想家，我们也不缺科学家，缺乏的是对科学家的尊重。尤其是明清以后，面对世界现代文明走向，我们把西方的先进技术称为"奇技淫巧"，而恰恰是这些"奇技淫巧"带来现代文明。

"大家仔细看这把宝剑，当出土的时候，还是寒光四射。"

"经过研究，这宝剑锋镀上一层薄薄的铬。这层铬怎样镀上去的，谁也不知道？"导游耸耸肩。

随后我们还参观了秦国的各式武器。

看着这些闪着冷光的武器。

谁在武器制造工艺上领先，谁就能走在前面。当下的美国称霸世界无不是因为它强大的国力，还有那让人害怕的先进武器。从上个世纪末的第一次海湾战争的爱国者导弹，轰炸南联盟的隐形飞机，21世纪对伊拉克的电子信息战，到不久前无人飞机的绞杀卡扎菲，武器是称霸的利器。秦国在制造武器工艺一定有过人之处。没有具体研究过，但是秦国立国的一百零九年里有一个最大的特点，就是重用人才。英雄不问出处，天下英雄皆为我所用。这种人才制度才是秦国强大的一个重要的因素。

"秦国制作还有一个特点，就是严格的管理制度。每一件武器制作者都刻有名字。"导游洪亮的声音响起。

我突然想起看过的一段介绍秦始皇陵资料。

每一个工艺经过严格的检验，比如夯土，每夯实一段土，检验者就在一定距离拉弓射箭，如果箭头射进土里，夯土者被杀；如果射不进土里，验收合格。这样血腥的制度，才会有了武器质量的保证。

"大家今天看到的精品就不一一介绍了，如果有兴趣的话，去省博物馆参观。我把今天参观的内容概括为三句话，"导游喝了一口水，接着说，"精湛的镀铬技术，严格的质量管理体系，环保自然的染色技术。"

我很赞赏这位导游的观点。他能在繁多的精品中抓住重点，提纲挈领地在"走马观花"式的旅游中理解兵马俑。

导游很直爽，"要带孩子们来看看，了解祖国的文明，光读书是很难理解的。"

看着导游一脸的忧虑之色，我不禁激赏，这是一位热爱兵马俑，热爱中华文明的有识之士。曾几何时，我们的文化沦落为经济唱戏的配角的尴尬境地，我们的旅游成了猎奇，名胜之地无不充斥的是喧嚣。这不是旅游，真正的旅游是感受，触摸，进而理解先人，读懂先人，理解我们的文明。我们的旅游开发更应该少一点花里胡哨的媚俗的猎奇、猎艳，多一点冷静严肃的思考。

随后我们来到兵马俑展区。虽然已经在电视、媒体上看过无数遍了。我还是被现场震惊了。

巨大的方阵，肃穆的士兵，整齐的静静列队。

"这个方阵四周是射俑，两翼是兵俑，中间九列是车俑与兵俑。这个方阵不是进攻，更像是一种防御方队，"导游指着下面的兵俑说，"一定要注意有的兵俑是布袍，有的是甲衣。还要仔细观察头饰，军官的头上有冠，胸前的图案也不同。"《史记》中说秦士兵"科头免胄"，就是说秦国士兵作战很少全副武装。这同秦国的"奖励军功"商鞅变法有关。秦国士兵只要杀一人，得一爵。如此类推，杀敌越多，奖赏越多。这就是秦士兵奋不顾身杀敌的原因，以致兜鍪成为妨碍其杀敌。"秦人治军，扼而后用之，攻赏相长也。"这也是秦人在多次作战屡胜动因。

虽然一号坑的方阵没有展示尽，但是只要站在坑边你能感受到扑面而来的寒气。兵俑身高一律 1.75 左右，冷峻、刚毅的脸，力量、无坚不摧的意志以致足以让敌人胆慑。我细细扫过每一张脸，这里没有恐惧，无论是稚气的、沉稳的，一律是带着笑容。他们在享受作战，渴望作战。

再看那一批批的马，肥大的后臀，细长健壮的腿，瘦长的头，那是嗜血的马，静静立在主人身边，等待着召唤。每个兵俑手中的兵器消失了，据说当年项羽入咸阳，放火烧了皇陵兵马俑，还抢走了兵马俑手中的武器。如今我们可以还可以看见俑身上的黑色的灰烬。

看着看着，我感到恐惧，发自内心的恐惧。这是足以摧毁一切力量，秦军将军队打造为摧毁一切的铁流，谁能争锋？据史料记载：同六国作战 65 次，获全胜 58 次，斩首 129 万，拔城 147 座。秦帝国涌现一批闪耀史册的战将，白起、王翦、蒙恬等。

时光荏苒，两千年过去了，他们静静躺在地下，等待着，等待着。他们在等待战争的号角，等待一个人把他们唤醒。

随后我们参观了二号坑，二号坑就是典型的多兵种合成军阵。一号坑是长方形，二号坑类似游标卡尺形状，不仅在兵种上又多了一个骑兵阵营，出现了车、步、骑兵三个兵种，不同于一号坑俑在兵种上的排列，从而形成三个兵种相对独立的阵营，外加一个车、步、骑三军混合营垒。

我看这里更像是一次进攻。突出前方的跪射俑，进攻时的万箭齐射，有效杀伤敌人后；保卫在跪射俑四周的兵俑，随后出击；紧跟而上的车兵，将彻底冲垮敌人防御。三号坑形如凹字，这里出现了指挥车，我们把它称为一个指挥所。由于三号坑的挖掘没有完成，我们只看见一角。导游很健谈，也很风趣，还穿插讲解了一些发现时候的奇闻轶事。很快天阴了下来。走出博物馆，北风刺骨，我走在空旷的室外。

寒风阵阵。很冷。

老人常说，陵墓杀气太重，不宜久留。远远望去一个土堆耸立在空旷的田野中。脚下这块地，经历多少杀戮啊。营建工匠倒毙无计其数，营建成了防止泄露射杀无数，陪葬者无数，胡亥恐怖血腥杀害亲人无数。

"浩浩乎！平沙无垠，敻不见人。河水萦带，群山纠纷。黯兮惨悴，风悲日曛。蓬断草枯，凛若霜晨。鸟飞不下，兽铤亡群。亭长告余曰：'此古战场也！常覆三军。往往鬼哭，天阴则闻！'"

古人诗句不禁脱口而出。

悲夫，秦始皇陵！

（七）西湖寻梦

每个游览过西湖的人，心中都会有一个梦。多次经过杭州，始终没有去西湖，总怕现实击碎美丽的梦。2012年的春节，趁着假期，决定去西湖，特地找了一个离西湖很近的酒店住下，可以从容地、真真切切地感受西湖。假期里西湖游人如织。当地人调侃：游西湖的人都是外地人，本地人从不凑热闹。这就如深圳的大梅沙，每逢假期大梅沙人山人海，因为这是深圳为数不多的免费开放的海滨。西湖也是免费开放的，在旅游门票涨声一片的大背景下，喜欢西湖的游人要感谢杭州决策者，让我们有了多次造访、亲近西湖的机会。

千百年来文人侠客的故事荡漾在西湖的柔波里，依依杨柳、桨声灯影和谐成美丽的梦。如今我寻梦而来。

苏轼的梦

在苏轼生命里西湖是最美的梦。

熙宁二年，36岁的苏轼自求外放杭州，这是他与西湖结缘的最美的三年。"水光潋滟晴方好，山色空蒙雨亦奇。欲把西湖比西子，淡妆浓抹总相宜"，西湖就是一位绝世美人。湖光山色成为苏轼的创作源泉，西子湖畔留下了他浅吟低唱；康震在《评说苏东坡》说，杭州是苏轼诗歌创作的起点。不错的，沉醉在江南的水乡苏轼，梦是美的。元祐四年，53岁的苏轼再次外放杭州。这是在经历乌台诗案，权力巅峰后又一次的选择，是西子湖畔的烟雨蒙蒙，杨柳依依抚慰他受伤的心。如果13年前的杭州是苏轼诗歌创作的起点，那么这次可以算作拯救；既是他对西湖的拯救，也是对文学的一次拯救。西湖淤积严重，水草丛生，水质下降。为了拯救西湖，苏轼精心筹划，组织人力疏浚淤泥，整治西湖，创造性地把湖泥堆砌成一条近3公里长的堤坝，不仅方便了湖岸的沟通，从此苏堤春晓成了西湖最美的、最有神韵的一笔。为了养护这片水域，他建设了三个石塔，以划定养殖户的水域。这便有了小瀛洲岛，三潭印月成了西湖最美的眼睛。

"我凿西湖还旧观，一眼已尽西南碧。又将回夺浮山险，千艘夜下无南北。"

诗中充满了得意之情。虽然整日忙于琐碎的公务，但是苏轼是自由的、快乐的，因为这里没有翻手为云覆手为雨的政客，这里没有勾心斗角云波诡谲的政治斗争，只有无边的风月、淳朴的百姓，寄情山水、与民同乐，苏轼的生命因此焕发了光彩，他的文学创作再一次获得了生命力。

苏轼这次在杭州只有22个月，这也是他对西湖影响最大的22个月，西湖是幸运的，苏轼给西湖穿上梦的衣裳；苏轼是幸运的，西湖给他的创作插上了梦的翅膀。千年来，多少文人墨客在三潭岛吟哦，追寻着苏轼的梦；柳浪闻莺的季节，徜徉在春天的长堤上，探寻着东坡的足迹。

虽然时令是冬季，岛上的人流如织。小瀛洲上的亭台楼阁，桥亭相连，曲曲折折一处一景让人欣喜。一座四角形燕尾亭赫然在眼前：亭亭亭，三个草书亭匾很有特色。世人对此解说很多，我想造亭人是让游客放慢脚步，静下心来，聆听，聆听苏轼给我们营造的美梦。

御碑亭还树立康熙书写的"三潭印月"，此已不是真迹，原碑毁于"十年动乱"。碑亭不远处，垂柳掩映着一座别致的"我心相印亭"，亭前临水平台，凭栏远眺，三个石塔亭亭玉立。春节的西湖冬风犹厉，水波不断涌向岸边，石塔静静矗立着。每个月亮升起的晚上，我们就会想起苏轼，因为他营造的那轮圆月，映在一代代国人的心里。

没有哪个诗人有东坡的魅力。今天我们在"明月几时有，把酒问青天"吟哦中，感受乡愁的怅惘；在"拣尽寒枝不肯栖，寂寞沙洲冷"的抒写里，体会到遗世独立的孤独；在"一蓑烟雨任平生，也无风雨也无晴"感慨里，欣赏历经风波的散淡与从容。

西湖是苏轼创作的源泉也是他人生的一次拯救。在西湖，淳朴的百姓，美丽湖水，实现了文人经世治国的梦想。

张岱的梦

张岱在西湖追寻的恐怕是一个永远无法实现的梦。

来西湖的时候，我对湖心亭充满了期待。因为那里留下他的故国家园梦。张岱在《陶庵梦忆》里像絮絮叨叨的老人，杭州的风土人情，娓娓道来，繁华的武林，秀美的西湖，多么让人留恋啊！可是我在繁华武林旧事中读出的却是淡淡的悲凉。四十岁前的张岱是西子湖畔的豪客，他千金买醉，竞豪奢。甲申巨变，山河依旧，家国已亡，那是锥心的痛。他笔下美丽的湖水，岸畔的垂柳，还有那湖心亭竟笼上淡淡的愁绪。我们没法上湖心亭岛，冬天的西湖没有什么游客对湖心亭感兴趣，自然也没有人去聆听张岱的诉说。

日暮时分，坐着船离开小瀛洲。我不顾寒冷，执意站在船头，寒风凛冽，我目送着湖心亭离我们远去。

"雾凇沆砀，天与云与山与水，上下一白。湖上影子，惟长堤一痕、湖心亭一点、与余舟一芥、舟中人两三粒而已。"

我读懂了张岱，他忘不了故国家园，忘不了三秋桂子的杭州，忘不了隔江犹唱的歌女，忘不了灯红酒绿下的亭台楼阁。西湖的一次夜游竟然在二十几年后入梦。是的，在钟鸣鼎食之家，在锦衣美食中这一次夜游也许只是他声色犬马生活的一个片段而已，可是在经历家国巨变后，在经历了生命波峰波谷之后，这次夜游经过时间的流洗，情感的发酵，我们读起来有了一种异样的滋味。

"到亭上，有两人铺毡对坐，一童子烧酒炉正沸。见余，大喜曰：'湖中焉得更有此人！'拉余同饮。余强饮三大白而别，问其姓氏，是金陵人，客此。及下船，舟子喃喃曰：'莫说相公痴，更有痴似相公者！'"

那是张岱的痴人梦忆。

游客中有一学生指着湖心亭岛，大声说："我们学过一篇课文《湖心亭看雪》，是不是就是这个湖心亭？"

孩子是读不懂张岱的梦，可是盛世下的游人又有几人能读懂他的梦呢？湖心亭岛迅速后退，消失在淡淡的暮霭里。

岳飞的梦

第二天，我沿着西湖继续寻梦之旅。我不愿意坐环湖的电瓶车，坐着车听导游说，这叫什么寻梦。游西湖要慢慢走，静静地用心去感受。

岳坟，这里也寄托一个武将的梦想，一个渴望收复河山，建功立业的梦。

走进在岳王庙，文人墨客留下很多诗句来表达对这位英雄的敬仰。最引人注目的当属大殿上岳飞手书的"还我河山"四个笔力千钧的大字。我总以为文字是有生命的，它忠实地传达了情感，表现了情绪。看着这四个大字你就能感受到一种强烈的情绪，面对风雨飘摇的旧山河，岳飞表现的是愤慨与渴望。岳飞少年时期就有一个梦：精忠报国。在前院的照壁上有明人洪珠手书的"精忠报国"四个大字，其中国字少一点，意味着国土缺失，当然这是后人解读。

在碑廊里，我强烈感受到岳飞的梦。

据说这里碑刻的《满江红》《前出师表》《后出师表》均是岳飞的手书。我伫立在碑前，看着岳飞书写的前后《出师表》，感受到强烈的情绪。

公元1138年（绍兴八年）八月十五的前一天，岳飞领兵路过河南南阳，到南阳武侯祠拜谒了诸葛亮，适逢天阴下雨，就在祠内住了下来。入夜之后，秉烛殿内，观看前代贤士留在壁间的赞颂诸葛亮的诗词和文章，以及前后出师二表，看着看着，情不自禁，泪如雨下，当天晚上，他思绪万千，竟无法入睡，坐等天亮。第二天早晨，祠内的道士给他倒茶请安，然后摆出文房四宝，请题词留念。于是，岳飞便飞笔走纸，诸葛亮的前后《出师表》跃然纸上，在写的过程中，他异常激动，涕泪四流，写完搁笔，才觉得胸中郁闷之气稍稍得到舒展。

前后《出师表》字体行草，一气呵成，写得酣畅淋漓。

细看"以塞忠谏之路也"之"也"顿笔飞扬，渴望明君听取建议溢于言表。写道"志虑忠纯"之"纯"字体突然变大，一股浩然忠义之气喷涌而出。"由是感激"飞腾的"感激"两字变得异常厚重，那是精忠之怀。

　　文字不仅有生命而且有力量，凝视着电掣雷奔、龙飞凤舞的字体笔画，或大或小，或重或轻，或粗或细，或疾或迟，或驻或引，那是岳飞不可抑制的情感。凝固在冰冷的石碑上的文字虽经千年岁月，但是你分明感受到一股喷涌而出的激昂、悲愤、忠贞、勇气、渴望，刻在石碑上的字不再是冷冰冰的，那是一颗忠义之心，是一腔碧血。看着这些随态运奇，挥洒纵横的文字，我看到纵横跃马的他，我读懂了他。可是岳飞的梦在三年后，就碎了。

　　他的统一梦最终刺痛了最高统治者。李亚平在《帝国政界往事》中写道："在中国的帝制文化下，任何将普通人的情感加诸皇帝的行为，都会被视为对皇权的冒犯，从而形成对于行为者本人绝对的杀伤力。"

　　岳飞多次上表要求迎回二圣触怒了天子。

　　善于揣摩圣意的秦桧以"莫须有"罪名构陷岳飞，在审问中他只写下了"天日昭昭"，那是带血的控诉，一腔碧血，满怀忠诚让人动容。在那个寒冷的夜晚，在风波亭上，他带着统一山河的梦遗憾地走了，带着铮铮铁骨走了，也带走了南宋最后的希望。历史终究记住他，记住了他昭昭丹心，记住了他赤胆忠魂。虽然他的梦破碎了，但是渴望强大、统一的中国人的梦一直延续到今天。

　　……

　　青山埋忠骨，白铁铸佞臣。钉在耻辱柱上的奸臣，被人们所唾弃。四个跪像，被人唾弃太多，以致连累旁边的小店。店主多次向游客诉苦："我真倒霉，天天要给这些奸臣洗。"

走出岳王庙，回望山上，在青山翠色里，我读懂了岳飞的梦。

秋瑾的梦

在一千多年后，在西泠桥畔，一位女子也用生命书写了一个强国梦。

走到秋瑾墓前已经是薄暮时分。秋瑾墓呈方形，用花岗岩砌成，高1.7米，正面嵌孙中山题字"巾帼英雄"石刻，背面为徐自华、吴芝瑛题书《鉴湖女侠秋瑾墓表》。墓穴内秋瑾烈士遗骨骨殖坛中，置石砚一方，上刻"秋瑾墓一九八一年九月自鸡笼山迁西泠桥畔"。墓座上端为汉白玉雕秋瑾全身塑像，高2.7米。头梳髻，上穿大襟唐装，下着百褶散裙，左手按腰，右手按剑，眼望西湖，英姿飒爽。

一位弱女子走出家庭，她的志向与情怀远远超越了时代。在日本，她加入了同盟会，渴望改变积贫积弱的中国，她立誓改变祖国命运。回国后，她担任了绍兴大通学堂校长，致力推翻清政府统治，她积极投身于救国救民的革命运动。

1907年7月13日在绍兴大通学堂被捕。被捕后曾三次过堂，均未留下一言。

15日在轩亭口临刑前，写下"秋风秋雨秋煞人"。

这是一种何等的决绝、悲愤。

忧国忧民、壮志未酬、从容蹈死。这是一种生命的姿态，也是一种对梦想追求。

暮色里，秋瑾形象刻在我心中。心怀梦想，仗剑天下。

每在历史的关头总有这样的仁人志士，总有这些心怀梦想的决绝者，他们是中国的脊梁。

天色渐渐暗了，天空飘起了雨丝。

西湖读懂文人侠客的梦，用明月绿波抚慰英灵；文人侠客装扮了西湖的梦，用丹青墨迹塑形铸魂；游客在一次次西湖寻梦中，读懂了西湖的妩媚与深情。

跋　写给普通人

生活是一条河，不舍昼夜。浪花转瞬即逝，但是折射的七彩阳光永远定格在心头。记住这些逝去的美好情感，动人小片段、小镜头，重温感人的瞬间、温暖的话语，生命才有了厚度和广度。

1998年从港口村出发，从那个赣北皖南的普通小山村出发，经历了中国高速发展的20年，普通人的爱恨情缘只是改革浪潮里的一朵朵小浪花而已。入赘港口的妹夫海浪，成长在港口的表弟新运均来自生活的原型，他们并不是时代弄潮儿，在汹涌而来的物质浪潮冲击下陷入困境，毕竟像丽红一样的成功者只是少数，新一代农村年轻人路在何方？正如文中说描写的"海浪独孤驾驶那辆大洋摩托灯光能否穿透夜的黑？"

《妻子小何》情感之路从景德镇、兰州、深圳，跨越4000公里，伴随深圳高速发展的20年，两个年轻人从求学、求职到租房、买房的经历，故事普通、琐碎，但正是这些千千万万平凡而普通的异乡人铸就了深圳的灵魂；相反《隔壁疍家阿姨》叙述的就是当地人颇为传奇的故事，平凡与传奇增添了深圳的发展魅力。絮絮叨叨的《菜园小记》，是生命与生命的对话，一旦赋予菜圃里精心侍弄的菜蔬以生命的光彩，简单的劳动就不只是浇水施肥而已，而是灵魂与灵魂的对话，菜园成为城市焦躁心灵的安顿之处，这才能体会到"失园"的痛苦与惆怅。每个人都在成长中，《成长日记》通过3-6岁孩子的语言和生活片段还原了成长的历程，是的，每个家长都是伴随孩子一起成长的。成长没有完成式，只有进行式。

"读万卷书，行万里路"是读书人的追求，各选取了7篇读书和行走随笔，借陶渊明、张岱、沈从文、萧乾等大家的散文，浇心中块垒；行走婺源、西安、西湖等地对当下文化进行了反思与剖析。没有惊人之语，也没有深刻思想，只是普通人对20年人生经历点滴记录而已，恰恰是普通人、普通的情感、普通的生活的涓涓细流才汇成时代的洪流。

2020年2月写于倚山花园